Heinz Oskar Wuttig – Salto Mortale

HEINZ OSKAR WUTTIG

# SALTO MORTALE

Roman

MARTIN KELTER VERLAG · HAMBURG

**Verlags-Nr. 27**

Genehmigte Taschenbuchausgabe für den Martin Kelter Verlag, Hamburg
© 1970 by Hestia-Verlag, Bayreuth
Umschlag: SWF (D 17/83)
Es zeigt H. J. Bäumler, Andreas Blum, Margitta Scherr und Gitti Djamal
in der Fernsehserie »Salto Mortale«
Satz und Repro: Mero- Druck Otto Melchert GmbH & Co., Geesthacht
Druck und Verarbeitung: Ebner Ulm
Printed in Germany
ISBN 3–88832–027–5

Fliegende Menschen am Trapez! Die »Sambrinos« sind die große Attraktion in Paris. Die Galavorstellung im Cirque d'Hiver ist ausverkauft.

Trommelwirbel! Frederico fliegt mit einem doppelten Salto in die Hände des Fängers, schwingt mit einer Pirouette zurück — und dann passiert es. Er hört noch den böse knirschenden Ton, mit dem die Trapezstange aus dem Haltering bricht, dann schmiert er ab. Wie eine fallende Katze versucht er noch, den jähen Sturz aus der Zirkuskuppel unter Kontrolle zu halten. Aber er streift nur den federnden Rand des Schutznetzes und schlägt dann hart auf dem Manegeboden auf.

Mit schmetterndem Furioso überspielt das Orchester sofort die hysterischen Aufschreie im Publikum. Da kommen sie schon mit der Trage aus dem Sattelgang und bringen Frederico hinaus. Rasch wird die komische Radfahrnummer vorgezogen. Die Vorstellung geht weiter. The show must go on.

Bestürzt hört Direktor Kogler vom Circus Krone am nächsten Morgen die Nachricht in seinem Münchner Büro. Frederico mit Beckenbruch und Nierenquetschung in der Pariser Universitätsklinik. Die große Luftnummer der »Sambrinos« ist geplatzt! Was jetzt? Kogler hat die »Sambrinos« für seine Europatournee fest gebucht. In zwölf Tagen ist in Hamburg Premiere. Der Druck der Plakate und Programme muß gleich gestoppt werden. Kogler braucht eine neue Trapeznummer. Aus den nahen Ställen dröhnt das Trompeten der Elefanten herüber. Zugmaschinen rattern mit Strohballen über den Wirtschaftshof. An den weit über zweihundert rotweißen Zirkuswagen arbeiten die Maler. Auf dem ganzen Gelände an der Marsstraße herrscht ein hektischer Wirbel. Alois Horn, der Betriebsinspektor, hat soeben neue Verladetermine bekommen. Helga, die Chefsekretärin, rauft sich mit den Artisten um die Anreisekosten. Der Futtermeister kämpft um fünfzig Zentner Gefrierfleisch als eiserne Reserve. In den Werkstätten überprüfen die Schlosser die Hebebäume, die Winden und Flaschenzüge für den Aufbau des großen Chapiteaus. In zehn Tagen ist Aufbruch. Mit drei Sonderzügen auf über achthundert Achsen reist Circus Krone von München nach Hamburg. Und Kogler hat keine Trapeznummer.

Kalle Jakobsen, der Agent, ist gerade aus London gekommen und sitzt im Chefbüro. Jakobsen ist einer der ganz alten Hasen im Zirkusgeschäft. Seinen zerknitterten Regenmantel, den zerknautschten Hut und seine ewige Zigarre kennt man in München so gut wie in New York, in Kapstadt oder in Tokio. Es gibt wohl kaum einen Artisten von Rang, von dem Jakobsen nicht weiß, wo er gerade steht und wie hoch seine Gage ist. Aber eine gute fliegende Trapeznummer, die so kurzfristig für die »Sambrinos« einspringen könnte, die weiß auch er nicht.

»Wer einen Namen hat, ist längst unter Vertrag, Herr Kogler. Die ›Albanos‹ sind in Südamerika, ›The Flying Teddies‹ gehen mit Ringling nach Japan. Die ›Ugandas‹ haben bei Bouglione abgeschlossen.« Jakobsen blättert in seinem kleinen abgegriffenen Notizbuch. »Ich kann Ihnen die beiden ›Christos‹ geben, eine ausgezeichnete Luftbalance.«

Kogler verzieht das Gesicht. »Jakobsen, ich mache eine Europatornee! Ich gehe über Hamburg nach Amsterdam, London, Marseille, Neapel, Athen. Alles erste Plätze. Da kann ich nicht mit einer simplen Luftbalance ankommen.

Ich brauche ein fliegendes Trapez. Was ist mit den ›Dorias‹?«

Jakobsen schiebt seinen Hut aus der Stirn und sieht Kogler fast mitleidig an. »Sie kriegen doch die ›Dorias‹ nicht, Herr Kogler. Viel zu teuer. Viggo fliegt den dreifachen Salto Mortale. Das ist eine Weltnummer. Die ›Dorias‹ sind Topstars. Absolute Spitze!«

»Meine Gagen sind auch Spitze«, knurrt Kogler beleidigt. »Was können sie kosten? Zwischen achthundert und tausend pro Tag. Aber was viel wichtiger ist: sind die ›Dorias‹ frei?«

»Frei sind sie«, gibt Jakobsen zu, »aber es ist völlig zwecklos anzufragen. Ich traf Carlo Doria erst vor einer Woche in Zürich. Sie machen Pause und wollen mal eine Saison aussetzen.«

»Quatsch«, sagt Kogler, »ich kenne keine Artisten, die gern Pause machen und faulenzen.«

»Die ›Dorias‹ können sich das leisten.«

Das Telefon klingelt. Ruschnik, der Stallmeister, will wissen, ob er die Probemanege für den Zwölferzug der Lipizzaner haben kann. Horn klopft an, um die neue Kalkulation nach den Sondertarifen der Bundesbahn vorzulegen. Draußen wartet der Zeltmeister. Er braucht für das Chapiteau dreißig neue Sturmstangen. Kogler schmeißt alle raus. »Laßt mich in Ruhe, Herrschaften! Ich brauche eine neue Trapeznummer.« Und er bohrt weiter bei Jakobsen. »Wo sind die ›Dorias‹ jetzt eigentlich?«

»Vermutlich liegen sie auf ihrer Sonnenterrasse in Solothurn.«

»Die Telefonnummer?«

»Sparen Sie sich die Kosten. Sie holen sich nur eine Absage. Außerdem ist Viggo in Hollywood und dreht einen amerikanischen Zirkusfilm. Und ohne Viggo . . .«

»Wie ist die Telefonnummer?«

»Bitte, wie Sie wollen. Solothurn 4461.« Jakobsen muß nicht einmal in seinem Notizbuch blättern. Carlos Telefonnummer hat er im Kopf.

Fünf Minuten später hat Kogler das Gespräch. Es geht aus, wie Jakobsen vorausgesagt hat. »Eine Europatournee über acht Monate, und in zwölf Tagen Premiere? Herr Kogler, das kann ich meiner Familie nicht antun. Wir machen Ferien. Wir haben gerade die Tournee in Südafrika hinter uns und das Herumreisen für eine Weile satt. Nett, daß Sie an uns gedacht haben, aber diesmal geht's wirklich nicht. Also, grüetzi, und Hals- und Beinbruch.«

Kogler legt den Hörer auf und grollt. »Das möchte ich mir auch mal leisten können, eine ganze Saison auszusetzen. Aber da sehen Sie es wieder, Jakobsen, man zahlt den Artisten viel zu hohe Gagen.«

»Ich mache Ihnen einen Vorschlag«, sagt Jakobsen ungerührt und sieht Kogler mit einem schrägen Blick an, »springen Sie einmal selber mit dem dreifachen Salto Mortale aus der Zirkuskuppel. Wenn Sie dann, wie der arme Frederico, mit einem Beckenbruch auf dem Kreuz liegen, werden Sie merken, daß die Artisten immer noch zu schlecht bezahlt werden.«

Kogler steckt den Konter lächelnd ein. Er ist ja nicht nur Geschäftsmann und Unternehmer. Er gehört doch selbst zum Volk der Artisten und weiß nur viel zu gut, was diese Burschen da am Trapez in jeder Vorstellung riskieren. Aber verdammt, daß er die »Dorias« nicht kriegen soll.

Er steht auf, holt eine Whiskyflasche aus dem Schrank und stellt sie auf den Tisch.

»Hören Sie zu, Jakobsen, ich lasse nicht locker. Sie sind mit Carlo befreundet. Aber Sie sind auch mein Freund. Ich zahle den ›Dorias‹ Zwölfhundert. In meinem ganzen Leben habe ich noch nicht so viel Geld für eine Trapeznummer ausgegeben. Aber ich tu's. Und wenn Sie mir den Vertrag bringen, zahle ich Ihnen eine Prämie extra.«

»Die können Sie sich an den Hut stecken«, sagte Jakobsen trocken. »Unter Freunden arbeite ich nicht mit Prämien. Mir liegt doch auch daran, daß Sie mit einem erstklassigen Programm losziehen. Aber wie ich Carlo überreden soll? Na, machen Sie erstmal den Whisky auf.«

Bei Solothurn, an einem der sonnigen Hänge des Jura, liegt der Plattenhof, das Domizil der »Dorias«. Vor zwölf Jahren, als die Truppe aus Amerika zurückkam, hatte Carlo das bäuerliche Anwesen gekauft und für seine große Familie umbauen lassen. Damals lebte seine Frau noch, die süße, zauberhafte Vera Doria. Mischa, Carlos ältester Sohn, arbeitete als Fänger am Trapez, und Sascha, der Zweitgeborene, zu dieser Zeit noch blutjung, war der Flieger in der Truppe. Die beiden Jüngsten, Francis und Viggo, waren noch Kinder.

Dann kam die Katastrophe in Antwerpen. Im Wohnwagen der »Dorias« explodierte der Benzinkocher. Vera erreichte die rettende Tür nicht mehr und verbrannte. Mischa, der in den glühenden Wagen gestürzt war, um die Mutter herauszuholen, bezahlte den Versuch mit schweren Brandwunden. Eine Sepsis kam hinzu. Seitdem ist seine linke Hand – es ist keine Hand mehr, es ist ein Stumpf.

Damals sah es so aus, als sei der Stern der »Dorias« endgültig untergegangen. Über ein Jahr saß Carlo apthisch herum und sprach kaum ein Wort. Er war in keinen Wohnwagen mehr zu kriegen, und um jeden Zirkus machte er einen großen Bogen. Bis er eines Tages doch wieder anfing, die große Luftnummer neu aufzubauen. Viggo, der Jüngste, wurde sein Star. Und heute, nach zwölf Jahren, sind die

»Dorias« wieder eine der zugkräftigsten Attraktionen im Zirkusgeschäft.

Freilich, der alte Schweizer Stamm hat sich verjüngt, und neue Triebe angesetzt. Sascha hat Lona Almerida geheiratet, eine bildhübsche Spanierin, natürlich auch aus einer Artistenfamilie. Sie haben schon zwei Kinder, Pedro und Biggi. Francis brachte vor drei Jahren ihrem Vater Rodolfo Sella aus Neapel als Schwiegersohn ins Haus. Auch hier ist mit dem kleinen Tino schon Nachwuchs da. Und die ganze Familie arbeitet am Trapez. Sascha als Fänger im Kniehang, Rodolfo und Lona fliegen die »Passage«, Francis zeigt den Todessprung aus der Zirkuskuppel in die Hände ihres Bruders, und Viggo fliegt als Krönung der ganzen Nummer den dreifachen Salto Mortale.

Nur Carlo arbeitet nicht mehr über dem Netz. Dafür ist er als Boß der Truppe immer noch der Motor und der Kopf des ganzen Unternehmens. Carlo handelt die Gagen aus und schließt die Verträge ab. Carlo überwacht das Training. Carlo bestimmt, welche Figuren am Trapez geflogen werden. Und Carlo haut auf den Tisch, wenn es im Team einmal knistert. Mit allen Kniffen und Tricks des Artistenmetiers vertraut, dirigiert er seine Truppe mal sanft und mal hart um alle beruflichen und privaten Klippen. Carlo ist ein Tyrann und ein wunderbarer Vater zugleich.

Jetzt ist er fast sechzig Jahre alt. Wenn der große, schwere Mann so in Hemdsärmeln mit der Gartenschürze am Spalierobst hinter dem Haus steht und seine William-Christ-Birnen verschneidet, sieht man ihm den ehemaligen Artisten kaum noch an. Er wirkt eher wie ein etwas behäbiger Familienvater oder wie ein Pensionär auf dem Lande. Und genauso fühlt sich Carlo auch in diesem Augenblick. Er genießt die Ferien. Herrlich, einmal nicht die Enge des Wohnwagens zu spüren, nicht die ewige Zirkusmusik in den Ohren zu haben, einmal nicht unten am Pistenrand zu stehen und zittern zu müssen, wenn seine Kinder oben am Trapez schwingen. Einmal eine ganze Saison Urlaub haben.

Carlo, im Obstgarten hinter dem Haus, kann das Taxi nicht sehen, das in diesem Moment von der Stadt herauf auf den Plattenhof zusteuert. Aber die Kinder entdecken es. Pedro, Biggi und der dreijährige Tino, die unten am Bach spielen, laufen jubelnd auf Jakobsen zu, der gerade den Taxifahrer bezahlt. Onkel Jakobsen ist da. Was hast du uns mitgebracht, Onkel Jakobsen? Natürlich hat er — wie immer — den Kindern etwas mitgebracht. Ein holzgeschnitztes Zebra, einen quietschenden Gummiclown, eine Tüte mit Baseler Leckerli.

Henrike, die gerade mit einem Wäschekorb aus dem Haus tritt, schreit: »Jakobsen!« Und dann fliegt sie ihm entgegen in die geöffneten Arme. »Henrike. Ja, wie geht's denn, Mädchen?« Etwas besorgt schaut Jakobsen der jungen Frau in die Augen.

»Danke, ganz gut«, sagt sie leise. Es klingt nicht überzeugend, aber sie hält Jakobsens forschendem Blick tapfer stand und fügt hinzu: »Ich bin doch sehr froh über diese Lösung.«

»Ich auch«, sagt Jakobsen und klopft ihr ermunternd auf die Schulter. »Laß dir nur Zeit, du schaffst es schon.«

Zwischen dem alten Zirkusagenten und der jungen Frau scheint eine vertraute Beziehung zu bestehen. Henrike ist erst seit ein paar Monaten auf dem Plattenhof. Eine stille, beinahe scheue Frau, die hier das Hauswesen in Ordnung hält, wenn die »Dorias« unterwegs sind, und die sich viel mit den drei kleinen Kindern beschäftigt.

Seid nett zu ihr und fragt nicht so viel. Sie ist ein armer

Teufel. Das war alles, was Carlo erklärt hatte, als er Henrike damals ins Haus brachte und seinen Kindern vorstellte. Sascha, Francis und die anderen hatten zwar etwas verwunderte Blicke gewechselt. Sollte der Vater sich da etwa ein »Stilles Glück im Winkel« mitgebracht haben? Nun, man respektierte seinen Wunsch, fragte wirklich nicht mehr als nötig war, zumal sich Henrike als eine zuverlässige Hilfe im Haus erwies.

»Besuch ist da. Jakobsen ist gekommen«, ruft Francis vom Fenster aus ihrem Vater zu.

»Jakobsen?« Carlo wirft die Gartenschere in den Korb und läuft so schnell er kann um das Haus, den Freund zu begrüßen. Tatsächlich, es ist Jakobsen!

»Ich komme aus Basel und muß mir bei Knie in Rapperswil einen jungen Jongleur ansehen. Ich dachte, bei der Gelegenheit schau ich mal bei euch rein.«

Eine faustdicke Lüge, aber Jakobsen kann ja wohl nicht gleich mit der Tür ins Haus fallen.

Dann sitzen sie auf der Terrasse beim Wein, einem föhngetrockneten Weißen aus dem Jura, und sprechen über den Weinbau, über Spalierobst, über das Wetter, über alles mögliche, nur nicht vom Zirkus und vom Geschäft.

»Und die Familie?«

»Wir schwimmen alle im Ferienglück«, grunzt Carlo mit sichtlichem Behagen. »Seit gestern ist auch Rodolfo wieder zurück. Er war ein paar Tage bei seinen Eltern in Neapel. Nur Viggo hat noch den Job in Hollywood. Aber der muß auch in diesen Tagen fertig sein. Schau mal, da drüben den Streifen Brachland hinter den Buschweiden...« Carlo zeigt mit ausladender Handbewegung über die Landschaft. »Nächste Woche will ich mit meinen Jungs das Stück unter den Pflug nehmen.«

»Ihr wollt arbeiten? Ich denke, ihr macht Urlaub?«

»Ja, aber das ist Arbeit, die Spaß macht. Das ist Entspannung für uns. Übrigens, gestern hat Kogler aus München angerufen.«

»Ach?« Jakobsen spielt großes Erstaunen. »Was wollte er denn?«

»Ob wir für seine Europatournee frei wären. Die ›Sambrinos‹ sind ausgefallen.«

»Ja, ich weiß«, sagt Jakobsen und spielt nun eine perfekte Komödienrolle. »Aber warum ruft er dich an? Er weiß doch, daß ihr aussetzt. Ich habe Auftrag von ihm, wegen der ›Ugandas‹ zu verhandeln. Kogler will sie unter Umständen von Bouglione loskaufen.«

»Loskaufen?« fragt Carlo verwundert. »Aus einem festen Programm loskaufen? Das kostet doch ein irres Geld.«

»Anzunehmen«, erwidert Jakobsen mit einem Achselzucken, »aber was soll Kogler machen, wenn er sie haben will. Wieviel hat er euch denn geboten?«

»Über Gage haben wir gar nicht gesprochen. Ich habe gleich abgelehnt.«

»Das war richtig, Carlo«, sagt Jakobsen scheinheilig und setzt nun Stich um Stich seine Nadeln. »Laßt euch auf so etwas gar nicht ein. Ihr habt Zeit und könnt warten. Außerdem habt ihr jetzt Fett angesetzt, seid nicht mehr im Training. So plötzlich in zwölf Tagen Premiere, und dann eine große, anstrengende Tournee . . .«

»Entschuldige mal«, fällt Carlo ihm schon ins Wort, »vor Südafrika waren wir in Kanada. Das war auch kein Zuckerlecken. Wir waren ständig unterwegs und sind im Dauertraining.«

»Ja, ich weiß, ihr habt euch die Saisonpause wirklich verdient. Und deswegen finde ich Koglers Idee mit den ›Ugandas‹ ja auch gar nicht schlecht. Eine ausgeruhte Truppe und erste Klasse. Was diese Mexikaner zeigen, das hat man in Europa tatsächlich noch nicht gesehen.«

Dieser Schlag ging knapp unter die Gürtellinie, und Carlo zeigt zum erstenmal beträchtliche Wirkung.

»Ach, und wir — wir sind wohl der letzte Dreck, was?« fragt er erbost.

»Ganz und gar nicht«, beteuert Jakobsen, »ihr arbeitet eben klassisch, und die ›Ugandas‹ etwas moderner, mit etwas mehr Tempo.«

»Wie kannst du so etwas sagen«, empörte sich Carlo.

»Das ist Koglers Meinung. Immerhin, er wollte euch Zwölfhundert bieten.«

»Wieviel?« Carlo setzt betroffen das Weinglas ab. »Zwölfhundert Mark? Das ist ja mehr als — das wäre ja unsere höchste Gage. In Kanada hatten wir nur zweihundertfünfzig Dollar . . .«

»Ja, Carlo, sehr teure Ferien, die ihr euch leistet«, sagt Jakobsen mit traurigem Gesicht, »und wenn ich die ›Ugandas‹ nicht kriege, auch ein großer Verlust für mich.«

Carlo ist plötzlich sehr still geworden. Er denkt nach, er rechnet, sein Blick geht über den Garten zu dem Brachfeld bei den Buschweiden.

Jakobsen möchte ihn jetzt gern allein lassen. »Sag mal, bekomme ich eigentlich hier bei euch was zu essen?«

»Nein«, sagt Carlo verknurrt, »ein Mensch, der die ›Ugandas‹ für besser hält als die ›Dorias‹, der kriegt bei mir nichts zu essen. Geh rauf zu Francis, vielleicht hat die was.«

»Na, dann bis später«, sagt Jakobsen und steigt sehr befriedigt mit einem spitzbübischen Lächeln eine Treppe höher.

Spaghetti bolognese gibt es bei Francis.

»Heiraten Sie einen Italiener, Jakobsen, und Sie müssen

dreimal in der Woche Spaghetti bolognese kochen.« Francis lacht und fordert zum Essen auf.

»Aber sie macht wunderbar – eccelente. Wie in beste Ristorante von Bologna«, schwärmt Rodolfo und wirft seiner hübschen Frau eine Kußhand zu.

Rodolfo Sella ist der typische Süditaliener, ein gut aussehender junger Mann, der sein etwas gebrochenes Deutsch mit lebhaften Gesten unterstreicht. Ein geborener Komödiant, der sich auch am Trapez eine hinreißend komische Einlage einfallen ließ.

»Wie war's denn zu Hause, Rodolfo«, will Jakobsen von ihm wissen.

»Ach, zu Hause.« Rodolfo seufzt und zieht die Augenbrauen hoch. »Zu Hause wie immer. Zu kurz für Mama, zu lange für Papa. Mama weinen, Papa schimpfen. Er mag nicht Zirkus, verstehen? Er ist impiegato – Beamter in Ministerium, und sein Sohn Artist. Puh, eh via. Er fühlt sich beleidigt.«

»Signore Sella scheint uns für Zigeuner zu halten«, sagte Francis. »Wenn er wüßte, was wir für eine bürgerliche Familie sind.«

»Stellen Sie sich vor, Jakobsen: Papa und Mama noch nie im Leben gewesen in eine Zirkus.«

»Schade«, sagt Jakobsen und wickelt eine Portion Spaghetti auf. »Circus Krone geht demnächst nach Neapel. Kogler wollte euch eigentlich haben. Wäre doch hübsch gewesen. Papa und Mama hätten ihren Rodolfo am Trapez bewundern können.«

Rodolfo läßt überrascht die Gabel fallen. »Kogler – direttore von Circus Krone wollte uns haben? Madonna! Warum wir dann nicht gehen? Napoli – Napoli ist beste Platz für Zirkus in ganze Welt.«

»Ich glaube, Carlo wollte euch die Ferien nicht verderben«, sagt Jakobsen mit harmlosem Gesicht. »Er meint, eine Pause sei gut für euch alle.«

»Und damit hat er völlig recht«, nimmt Francis jetzt resolut für den Vater Partei. Sie streckt Jakobsen ihre offenen Handflächen entgegen. »Hier, sehen Sie sich meine Hände an. Ich kann kein Trapez mehr halten. In Kapstadt – die verharzte Trapezstange hat mir die ganze Haut heruntergerissen. Alles war nur noch rohes Fleisch, und ich habe bis zum Schluß damit durchgehalten. Jetzt ist es verhornt und verschwielt. Aber es platzt eben immer wieder auf. Ich war schon bei zwei Spezialisten. Ich muß einfach eine Weile aussetzen.«

Ja, Francis' Hände sehen wirklich nicht gut aus. Da geht die Tür auf, und Sascha kommt mit Lona herein.

»Was höre ich eben von Vater«, ruft Sascha ganz aufgeregt, »Krone wollte uns für seine Europatournee haben?«

»Ja, stell dir vor, und Carlo hat abgelehnt«, sagt Rodolfo.

»Warum denn, um Gottes willen«, will Lona wissen.

Jakobsen schaut sich mit gutgespieltem Erstaunen in der Runde um. »Ihr seid so überrascht? Ich nahm an, Carlo hätte mit euch darüber gesprochen?«

»Kein Wort hat er gesagt. Was wollte denn Kogler zahlen?«

»Ich glaube, von zwölfhundert Mark war die Rede«, sagt Jakobsen fast beiläufig.

Die Doria-Kinder sehen sich verblüfft an. »Zwölfhundert?«

»Ist Vater verrückt«, platzt nun Sascha heraus, »Zwölfhundert ist doch enorm. Überhaupt, wie lange sollen wir hier denn noch rumliegen? Diese Ruhe hier, diese Faulenzerei ist ja zum Kotzen langweilig. Jeden Abend, wenn drüben in der Stadt die Lichter angehen, werde ich nervös.«

»Ich möchte am liebsten morgen schon wieder anfangen«, sagt Lona temperamentvoll.

»Aber ich nicht«, sagt Francis sehr klar. »Und ich glaube, daß auch Viggo vorher gefragt werden möchte.«

Direktor Kogler wird langsam unruhig. Noch immer kein Anruf aus Solothurn. Jakobsen scheint dort wohl doch nicht so schnell vorangekommen zu sein. Auch mit den »Tongas«, den Schleuderbrettakrobaten, hat Kogler Kummer. Sie müssen aus Algier anreisen und haben dort Visumschwierigkeiten. Ja, es wird immer schwerer, ein Zirkusprogramm von Weltklasse aufzustellen. Es gibt immer weniger Artisten von Zugkraft und Faszination, die das Publikum vom häuslichen Fernsehschirm weg ins Chapiteau locken können.

In der Presse spricht man vom großen Zirkussterben. Es stimmt. Schon eine ganze Reihe kleinerer Unternehmen hat es erwischt. Sie haben aufgeben müssen, weil ihre Reserven in der toten Saison von den immer höher steigenden Unterhaltskosten aufgefressen wurden. Und mit der Romantik der kleinen Wanderzirkusse, die über die Landstraße von Dorf zu Dorf zogen, ist es wohl ganz vorbei.

Nun, Circus Krone hat diese Sorgen nicht. Er hat sein eigenes festes Haus, und Kogler konnte sein Stammpersonal von über dreihundert Köpfen über die ganzen letzten Jahre halten. Die Gunst seines Münchner Publikums ist ihm treu geblieben.

Helga, die Sekretärin, kommt ins Büro und bringt einen frischen Kaffee. Auf Koglers fragenden Blick schüttelte sie den Kopf. Sie kennt die Sorgen des Chefs. Nein, noch immer kein Anruf. Nur Wladimir Skarabinoff hat sich wieder gemeldet.

»Großer Gott, der Clown Nitschewo«, seufzt Kogler, »was mache ich denn mit ihm?«

»Geben Sie ihm einen Vertrag, Chef. Und nehmen wir ihn mit, meinetwegen als stille Reserve. Der Mann hat viel Pech gehabt. Er war immer schlecht placiert.«

»Aber er ist so entsetzlich altmodisch, so provinziell.«

»Seien Sie nicht so hart, er ist ein alter Mann. Wir haben doch sonst keinen Musical-Clown im Programm.«

»Ich wollte nur Peppi mitnehmen. Mäcky und Bébé sind unzuverlässig. Es gibt ja keinen Nachwuchs in diesem Fach. Der alte Wladi — na, gut, ich werd' mir's überlegen.«

Dann trinkt er den Kaffee aus, zieht die Lederjacke an und geht zu seinen Elefanten.

Die Probemanege für die Elefanten. Die Arbeit mit diesen intelligenten Tieren, die sich so gerne produzieren, ist für Kogler immer eine Nervenberuhigung. Die Elefanten sind seine Lieblinge.

Willi Schulz, langjähriger Elefantenkutscher bei Krone, ist schon dabei, die Herde der großen grauen Urwaldriesen für den Abmarsch fertigzumachen. Wie immer gibt es dabei ein paar Rempeleien. Sittah, eine massige Elefantendame, stellt sich quer und will nicht mitmarschieren.

»Los, los, Dicke, stell' dich nicht an. Du hältst den ganzen Betrieb auf«, redet Willi auf sie ein. Aber Sitta ist stur, bewegt sich nicht von der Stelle und dreht ihren schweren Kopf nur immer zu Jenny hinüber, die noch als einzige angekettet in ihrer Box steht. Jenny ist die älteste Dame im Stall, eine indische Elefantenkuh, die schon über vierzig Jahre auf ihrem breiten Buckel hat. Nervös und ungeduldig zerrt sie an der Fußfessel und fängt an zu trompeten.

Willi geht zu ihr und beruhigt sie. »Nun halt' mal die Bakken, Jenny. Du bleibst hübsch hier, verstanden? Mensch, in deinem Alter – du hast ja 'nen Vogel. Laß doch die Jungen arbeiten.«

Jetzt erscheint Kogler in der Stallgasse. »Was ist los, Willi, warum geht's nicht weiter?«

»Jenny macht wieder Theater. Aber wir können sie in der Gruppe nicht mehr arbeiten lassen. Sie ist zu lahm geworden mit ihrem Rheuma.«

Kogler geht auf Jenny zu, die ihren Rüssel gleich liebevoll, fast zärtlich um seine Schulter legt.

»Ja, ich weiß, altes Mädchen, ich weiß, was du willst. Noch einmal Tourneeluft schnuppern, nicht wahr? Na schön, nehmen wir dich noch einmal mit. Arbeiten brauchst du nicht mehr. Aber ein bißchen Zirkusmusik hören, das soll sein. Ich verstehe dich. Mach sie los, Willi.«

Kaum hat Willi die Eisenkette von Jennys Hinterfuß gelöst, da setzt sich mit ihr zugleich auch Sittah in Bewegung, überläßt ihr Schwanzende Jennys Rüssel, und der Abmarsch der Gruppe geht auf einmal ganz reibungslos vonstatten.

»Siehste, Willi«, Kogler lacht, »wie zwei alte Kaffeetanten. Die beiden muß man immer zusammen einladen.«

»Nehmen Sie auch Lilly mit der Tigergruppe mit, Chef?« fragt Willi, während sie zusammen durch die Stallgasse gehen.

»Ja«, sagt Kogler, »Lilly kommt mit. Aber ich habe noch keine Trapeznummer.«

Nur gut, daß Carlo die breite Schreibtischplatte zwischen sich und der Familie hat. So heftig ist der Ansturm seiner Kinder. In einem temperamentvollen Kauderwelsch von Deutsch, Italienisch und Spanisch reden sie auf ihn ein. Bitten, Beschwörungen, Vorwürfe. Es sei doch pure Dummheit, sich eine Tournee mit Zwölfhundert pro Tag durch die Lappen gehen zu lassen.

»Mir ist es ja recht, Kinder«, verteidigt sich Carlo. »Ich verstehe dann nur nicht, warum ihr mir noch vor einem Vierteljahr in den Ohren gelegen habt, ihr wollt aussetzen. Schluß mit der Schinderei ...«

»Das habe ich nie gesagt, Vater«, fällt ihm Sascha ins Wort. Auch Lona und Rodolfo beteuern plötzlich, nie den Wunsch nach Ferien gehabt zu haben. Man hätte nur Rücksicht auf den Vater nehmen wollen, dem die Hitze in Südafrika so zugesetzt habe.

»Was, Rücksicht auf mich? Ihr habt doch rumgelegen wie die müden Fliegen und mir immer nur vorgestöhnt, wie schön es zu Hause wäre. Einmal eine Zeitlang gar nichts tun, und ...«

»Ja, das stimmt. Genau das habe ich gesagt«, gibt nun Francis zu und wendet sich gegen die anderen. »Eine neue Tournee, wie stellt ihr euch das vor? Ich mit meinen kaputten Händen?«

»Liebling, amata, wir können doch Nummer umstellen, wirst du nicht Trapez fliegen und nur machen Todessprung. Genügt doch«, redet ihr Rodolfo zu.

»Und die Passage? Wenn Kogler uns haben will, dann will er auch die Passage kaufen.«

Die Passage könnte auch Lona mitfliegen, meint Sascha, man habe ja noch zehn Tage Zeit zum Training. Hin und her gehen die Vorschläge, bis Carlo das Palaver beendet.

»Ich stelle also fest: bis auf Francis wollt ihr alle wieder arbeiten.«

»Entschuldige, Vater«, protestiert nun Francis, »so ist das nicht. Ich will auch arbeiten. Ihr habt euch immer auf mich verlassen können. Und wenn ihr alle wollt – aber ich denke natürlich auch an Tino. Soll ich das Kind wieder hier allein lassen? Lona kann Pedro und Biggi mitnehmen. Aber Tino ist noch zu klein.«

»Tino wird bei Henrike wunderbar aufgehoben sein. Er hängt doch jetzt schon an ihr«, sagt Sascha und drängt nun. Für alle diese Probleme würde sich schon eine Lösung finden. Wichtig sei doch nur, jetzt rasch mit Kogler klarzukommen, bevor der sich für die »Ugandas« entscheidet.

»Ruf doch Kogler gleich an, Vater.«

»Das kann ich nicht, Sascha«, wehrt Carlo ab. »Gestern sagte ich nein, heute sage ich ja. Nee, das soll man Jakobsen machen.«

Jakobsen trinkt jedoch erst in der Küche bei Henrike seinen Kaffee und ist sehr zufrieden damit, daß sich die Familie nebenan so richtig die Köpfe heiß redet. Ja, sie sollen sich nur in die Wolle kriegen.

»Sie sind doch ein alter Fuchs, Jakobsen«, lacht Henrike.

»Muß ich auch sein, das ist mein Geschäft. Stell dir vor, ich wäre hier ins Haus gefallen und hätte gesagt: Kinder, in zwölf Tagen ist Premiere, ihr geht für acht Monate mit Kogler auf Tournee. Die hätten mich doch glatt rausgeschmissen. So habe ich jetzt jeden einzelnen hübsch angekocht und . . .«

»Jakobsen!« Rodolfo hat die Tür aufgerissen. »Wir Sie jetzt brauchen, Jakobsen. Bitte, kommen Sie.«

»Na also«, sagt Jakobsen zu Henrike, steht auf und greift nach seiner Aktentasche. »Siehste, jetzt sind sie soweit.«

Aber ganz so leicht wird es ihm nicht gemacht.

»Sag mal, du alter Gauner, wen verschaukelst du hier eigentlich«, empfängt Carlo den Freund. »Uns, die ›Ugandas‹ oder Kogler?«

Jakobsen grinst. »Was willst du von mir? Ich habe von

Kogler den Auftrag, ein erstklassiges fliegendes Trapez einzukaufen. Wie ich das anstelle, ist meine Sache.«

»Aber Sie haben zu Carlo gesagt, wir sind eine müde Truppe, unmodern und ohne Tempo«, stellt Sascha erbost fest.

»Kein Wort ist wahr. Aber Carlo hat mir gesagt, ihr hättet Speck angesetzt, seid bequem geworden und hättet es gar nicht mehr nötig zu arbeiten.«

»Vater?« Alle wenden sich Carlo zu.

»Glaubt ihm nicht«, ruft Carlo mit gespielter Empörung, »der Kerl lügt wie gedruckt! Aber jetzt Schluß, Jakobsen, jetzt rufst du Kogler an und sagst ihm – sagst ihm, daß er sich um die ›Ugandas‹ nicht zu bemühen braucht. Wir wären einverstanden, für Zwölfhundert natürlich, bei ihm abzuschließen.«

»Ich denk' gar nicht daran«, sagt Jakobsen gleichmütig.

»Warum denn nicht?«

»Ich telefoniere so ungern von fremden Apparaten. Du brauchst das hier nur zu unterschreiben, und der Fall ist erledigt.« Damit greift er in seine Aktentasche und legt ein paar längst vorbereitete Vertragsformulare vor den verblüfften Carlo auf den Tisch.

Carlo starrt auf die Schriftstücke. »Menschenskind, Kogler hat die Verträge ja schon unterschrieben. Und die trägst du den ganzen Tag mit dir herum und läßt uns schmoren?«

Jetzt hat Jakobsen die ganze Meute gegen sich und muß sich lachend wehren. »Herrschaften, ich bring' euch einen solchen Haufen Geld ins Haus, da könnt ihr mir wohl auch mal eine Pointe gönnen. Wie hätte ich euch denn sonst wohl einfangen sollen?«

»Krumme Touren nennt man das, mein lieber Freund«, grollt Carlo noch. Aber dann schmunzelt er und unterschreibt. Unterschreibt den fettesten Vertrag seines Lebens, mit dem er die berühmte Doria-Truppe an die Europatournee des Circus Krone bindet. Adieu, Ferienglück. Adieu, Brachland an den Buschweiden.

Eine Bedingung erwähnt Jakobsen jedoch noch. »Dieser Vertrag hat natürlich nur Gültigkeit, lieber Carlo, wenn ihr Viggo mit seinem Dreifachen im Team habt. Bist du sicher, daß Viggo rechtzeitig in Hamburg ist?«

Carlo wischt diese Befürchtung mit einer Handbewegung fort. »Ist doch selbstverständlich. Viggo wird morgen oder übermorgen in Hollywood abgedreht haben. Kalifornien, was ist das schon? In zehn Stunden kann er in Europa sein. Ich werde ihn heute abend noch verständigen.«

»Set IV« ist die größte Halle der MGM in Hollywood. Jim Fowler, der Regisseur des Films »Manegenzauber«, hat sich eine ganze Zirkusarena in das Atelier bauen lassen und als Double für die Trapezartistik den berühmten Viggo Doria verpflichtet. Heute steht Viggo, Carlos jüngster Sohn, nun zum letztenmal vor der Kamera. Die letzten zehn Tage waren ihm nicht leichtgefallen. Unzählige Male mußte er für die Kameraproben die Strichleiter hinauf zur Brücke klettern, dann am Trapez schwingen, Pirouetten drehen und sich mit Single-Saltos ins Netz fallen lassen. Die schwierigste Aufnahme des dreifachen Salto Mortale hat sich der Regisseur nun heute für den letzten Tag aufgehoben.

Gleich ist es soweit. Konzentration und knisternde Spannung beim ganzen Aufnahmeteam.

»Are we ready«, ruft Jim Fowler, »I want du shoot!«
»Ready«, antwortet der Kameramann auf dem Kran. »Light! I'm rolling.«

Die Kamera fängt an zu surren, nun zischen die Scheinwerfer auf und im blendenden Licht steht hoch oben auf der

Trapezbrücke Viggo Doria, ein junger, dunkelhaariger Mann in schneeweißem Artistenkostüm.

»Get going, Viggo! Now action!« kommt Fowlers Ruf aus der Tiefe.

Da greift Viggo die Trapezstange, stößt sich ab, schwingt bis zur Mitte, fliegt dann in vollendeter Haltung seinen berühmten Salto Mortale und läßt sich abschließend in gestreckter Hocke ins Netz fallen.

»Okay, Viggo. Very good, thank you«, ruft Jim Fowler. »And this was your last shot.«

Fertig! Viggo geht, den Bademantel über dem Trikot, verschwitzt und müde, in seine Garderobe.

Hier wartet schon Besuch. Benny Brown, ein dicker Manager, Deutschamerikaner, will ihm gratulieren. »Hab schön gehört, Viggo, Sie waren großartig.«

Viggo winkt ab, setzt sich und streckt die Beine aus. »Freut mich. Aber ich hab' auch ein wenig die Schnauze voll. Die Einstellung auf der Strickleiter haben sie achtmal mit mir gedreht. Bin froh, daß endlich Schluß ist.«

»Trotzdem, Viggo«, sagt Brown und rückt seinen Stuhl näher. »Sie sollten hierbleiben. Ich kann viel für Sie machen. Auch die ›Fox‹ dreht demnächst einen Artistenfilm. Sie könnten hier viel Geld machen.«

»Nein, vielen Dank, Brown«, sagt Viggo und kippt gierig ein Glas Soda hinunter. »Ich will kein Stuntman werden und kein Sensationsdarsteller beim Film. Und ein Schauspieler bin ich schon gar nicht. Wir Dorias sind Artisten. Zirkusleute. Aber jetzt mache ich erstmal Ferien. Ich freue mich auf Europa und auf Zuhause.«

Hinter beiden geht die Tür auf, und der Aufnahmeleiter kommt mit einem Telegramm herein. »Mr. Doria, a cable for you.« Verwundert nimmt Viggo das Telegramm, reißt es auf, liest – und wirft es dann in einem Wutanfall zerknüllt auf den Garderobentisch. Eine reizende Nachricht.

»Was ist passiert?« fragt Brown.

Ärgerlich springt Viggo auf, fischt das Telegramm wieder zwischen Abschminke und Puder heraus und zeigt es Brown.

»Bitte, ein Marschbefehl. Mein Vater telegrafiert: ›Abschluß Europatournee Krone perfekt. Acht Monate. Premiere Hamburg, Dienstag, Achtzehnten. Carlo.‹ Eben spreche ich noch von Ferien, und jetzt soll die Schinderei wieder losgehen. Nicht einmal gefragt wird man. Da kommt einfach ein Befehl: Premiere Dienstag, Carlo. Das Wörtchen ›Gruß‹ hat er sich auch noch gespart. Aber diesmal hat er sich geschnitten. Jetzt laß' ich ihn hängen.«

»Sie wollen also nicht zurückfahren?«

»Ich bin doch nicht verrückt. Er telegrafiert mir hier drei Zeilen und meint, ich springe ins nächste Flugzeug, um ihm um den Hals zu fallen, dafür, daß er uns acht Monate lang quer durch Europa hetzt? Nein, Benny einmal hört das Strammstehen für mich auf. Schließlich bin ich heute mit meinem Dreifachen der Marktwert der Dorias. Das soll sich mein Vater endlich einmal merken.«

Eine sehr selbstbewußte, vielleicht nicht ganz unberechtigte Rede des jungen Viggo Doria. Das Wort Gruß hätte Carlo auch wirklich dazu setzen können. Und schon wittert Benny Brown seine Chance.

»Wenn Sie hierbleiben, Viggo, spreche ich heute mit Steinberg. Er wird in das Script eine Rolle für Sie reinschreiben. Ich zeige ihm morgen Ihre Muster.«

Lilly wirft ihre Handtasche in die Ecke, ihr hübscher Sommerpelz fliegt auf eine Mistkarre, dann reißt sie dem Tierpfleger Bruhns die Stahlgabel aus der Hand und geht nun selber resolut auf das brüllende, giftig fauchende Knäuel der beiden großen, ineinander verbissenen Tiger los.

»Pascha, zurück! Bessie, Platz! Sauknochen, verdammte! Auseinander! Pascha, allez! Bessie, in die Ecke!«

Lilly brüllt selber wie eine Tigerin, wehrt Paschas nach ihr schlagende Pranke mit der Gabel ab, drückt ihn zur offenen Schiebeklappe, hat ihn nun aus dem Vorkäfig heraus und schreit dann Bessie an, daß diese sich gleich unter einem Postament verkriecht.

Donnerwetter, ist diese Lilly eine Person. Lilly Swoboda, vierunddreißig Jahre alt, geboren in Mährisch-Ostrau, und seit zwölf Jahren Raubtierdompteuse.

Sie kam gerade vom Friseur und hörte schon, als sie den Raubtierstall betrat, das Gebrüll der raufenden Bestien. Natürlich, ihre frische Frisur ist nun hin, und jetzt bekommt auch Bruhns eins aufs Dach. »Wie oft hab' ich Ihnen gesagt Sie sollen Bessie und Pascha nicht zusammen in den Vorkäfig lassen! Kann man sich denn gar nicht auf euch verlassen?«

Bruhns stottert noch eine lahme Entschuldigung, er hätte doch nur — doch Lilly wirft ihm einen Blick zu, daß er nur noch stumm nach ihrem Pelzmantel greift und ihr hineinhilft.

»Danke«, sagt Lilly, »aber das kostet Sie nachher einen Schnaps, Bruhns. Seien Sie froh, daß ich Sie nicht noch meine Friseurrechnung bezahlen lasse.«

Dann geht sie allein weiter, entlang an den Käfigen ihrer Tigergruppe, begrüßt Korsar und Sahib und bleibt dann bei Aki, dem riesigen Bengalen, stehen. Unruhig läuft das Tier hin und her und reibt sich an den Gitterstäben.

»Nun, Aki, schon Reisefieber?« Zärtlich krault Lilly jetzt den schönen Tigerkopf. Aki ist ihr Liebling und das Leittier in der Gruppe. »Du wirst unterwegs viel Arbeit bekommen, mein Lieber. Da sind ein paar Radaubrüder drunter, die man immer erst zur Raison bringen muß. Ich hoffe, du hilfst mir dabei.«

»Hallo, Lilly!« Kogler ist am Ende der Stallgasse aufgetaucht und kommt auf Lilly zu. »Alles okay, alle Kätzchen gesund?«

»Viel zu gesund«, sagt Lilly, »ich mußte schon mal dazwischenhauen.«

»Lilly, sehen Sie sich doch nachher mal im Büro die Transportpläne an. Ich verlade die Tiger erst mit dem letzten Sonderzug. Da kann ja dann Bruhns mitfahren.«

»Bruhns? Nein, Herr Kogler, solange die Tiere unterwegs sind, bin ich bei ihnen. Ich werde doch nicht im Salon reisen, wenn...«

»Salonwagen fällt sowieso flach, liebe Lilly. Ich muß diesmal an jeder Achse sparen.« Kogler lacht. »Ich habe ein sehr teures, fliegendes Trapez gekauft. Die ›Dorias‹ kommen.«

»Großartig, gratuliere«, sagt Lilly mit Anerkennung. »Und mich freut's besonders. Vor drei Jahren war ich mit ihnen bei ›Williams‹ in London. Carlo ist ein Schatz. Und Viggo bringt Geld in die Kasse.«

»Ich hoffe es, Lilly, ich hoffe es«, sagt Kogler und spuckt aus, »toi – toi – toi.«

Auf dem Plattenhof bei Solothurn ist das idyllische Faulenzerleben der Dorias vorbei. Schon früh am Morgen jagt Carlo seine Kinder zum Training in die große, für diese Zwecke ausgebaute Remise. Gymnastik, Bodenturnen, Arbeit an der Schwedenleiter, müssen die angefutterten Pfunde wieder herunterbringen. Mit Diät allein ist es nicht mehr zu schaffen. Bei Artisten am Trapez ist das Körpergewicht von größter Bedeutung. Carlo kontrolliert es auf der Waage genau und ist unerbittlich.

Dann wird der Wagenpark inspiziert. Wie immer wird die Truppe der Dorias in einem Treck von vier Wagen reisen. Der große Ford-Transit ist für Carlo, den Boß, bestimmt. Auch Viggo wird darin wohnen. Dann haben sie einen alten Pontiac mit angehängtem Campingwagen für Francis und Rodolfo und den neuen Mercedes mit dem Wohnanhänger für Sascha, Lona und die beiden Kinder. Dazu kommt noch der Gerätewagen für den gesamten Trapezapparat mit Zubehör, für die vielen Kostüme und die Requisiten. Alles wird jetzt gewaschen, geputzt und ausgebessert. Probelaufen und Ölwechsel bei den Motoren. Rodolfo, Fachmann für Elektrotechnik, überprüft die Anschlüsse der Lichtleitungen, der Kochstellen im Wagen und der Eisboxen. In seinem eigenen Wohnwagen hat er sogar eine Klimaanlage, Dusche und WC. Abends nähen die Frauen an ihren Kostümen, bessern den Pailettenbesatz aus, und die großen blauseidenen Auftrittscapes bekommen einen neuen Aufputz aus silbernen Straußenfedern. Auch Henrike hilft mit und zeigt dabei ein erstaunliches Geschick. Noch sieben Tage bis zum Aufbruch. Aber von Viggo ist noch keine Nachricht eingetroffen.

Carlo gibt sich gelassener als seine Kinder. Viggo kommt. Viggo läßt uns nicht im Stich. Viggo liebt Überraschungen. Morgen wird die Tür aufgehen und er ist da.

»Ich weiß nicht«, sagt Sascha skeptisch, »ich würde an deiner Stelle doch noch einmal telefonieren.«

»Noch ein Gespräch nach Amerika? Weißt du, was das kostet?« ereifert sich Carlo. »In Hollywood ist er nicht mehr. Das hat man mir gesagt. Vielleicht ist er schon in New York.«

»Oder unser Goldjunge hat sich ein hübsches Girl angelacht und verjubelt seine Dollars in Las Vegas«, spöttelt Francis.

»Kinder, macht mich doch nicht verrückt«, sagt Carlo. »Viggo kommt, auf Viggo ist Verlaß.«

Wieder vergehen zwei Tage, ohne daß Viggo etwas von sich hören läßt, und nun ist Carlo doch schon etwas von der Nervosität seiner Kinder angesteckt. Er ist übellaunig und schnauzt herum.

Sascha ist bei Schlosserarbeiten an der Trapezbrücke und schweißt eine neue Bodenplatte ein.

»Die ist doch viel zu schmal, Menschenskind«, wettert Carlo, als er dazukommt. »Wenn Lona jetzt für Francis die Passage mitfliegen soll, tretet ihr euch da oben auf die Füße. Weg mit der Platte. Bau eine breitere ein.«

Auch Rodolfo bekommt es zu spüren, als Carlo das große Schutznetz aus Nylon kontrolliert, das auf der Rasenfläche ausgebreitet liegt. »Was ist das für eine Flickarbeit, überall ausgefaserte Stellen. Wenn ich nicht aufpasse. Ihr habt nur einen Hals, den ihr euch brechen könnt. Und seht euch auch die Abseglungen an. Jedes Drahtseil Zentimeter um Zentimeter. Die kleinste Bruchstelle kann gefährlich werden.«

Carlo hat recht. Genauso wichtig wie die Präzision, mit der der Körper eines Artisten am Trapez arbeitet, ist auch die zuverlässige Funktionsfähigkeit der technischen Geräte.

Wenn Viggo nur endlich käme. Was denkt sich der Bengel eigentlich? Hat er schon einen Starfimmel? Carlo wird es langsam mulmig zumute. Ob der Junge vielleicht gleich nach Hamburg fliegt? Zu dumm, daß man Jakobsen nicht erreichen kann. Aber der ist in Paris und wird sich erst zur Premiere am Dienstag in Hamburg einfinden. Carlo hat ein sehr ungutes Gefühl im Magen, unter Umständen ohne Viggo abfahren zu müssen. Hat er vielleicht doch etwas zu voreilig den Vertrag unterschrieben?

Da, am gleichen Abend, die Familie sitzt noch im Wohnraum zusammen, hört man einen Wagen auf den Hof fahren. Er ist's. Es kann nur Viggo sein. »Na, also«, sagt Carlo.

Henrike ist gerade in der Diele, als an die schon verschlossene Haustür geklopft wird. Sie öffnet und steht einem Fremden gegenüber. Ein breitrandiger Hut über einem sonnenverbrannten Gesicht, die linke Hand steckt in einer Lederfassung. Eine sehr saloppe, etwas abenteuerliche Erscheinung.

»Ja, bitte, Sie wünschen?«

»Wer sind denn Sie?« fragt der Fremde gleich schroff.

»Darf ich fragen, wer Sie sind?« stellt Henrike mißtrauisch die Gegenfrage.

»Ich bin Mischa Doria«, bequemte sich der Ankömmling nun zu erklären. »Mein Vater ist doch wohl da, oder?«

Da wird die Schiebetür zum Wohnraum schon aufgerissen, und Carlo steht überrascht vor seinem ältesten Sohn.

»Mischa! Junge, wo kommst du denn her?«

Auch Sascha, Lona und Francis kommen hinzu, und Mischa verkündet mit etwas angeberischer Forschheit gleich allen: »Auf Umwegen aus dem Paradies, meine Herrschaften! Aus einer Fieberbaracke im Kongo, aus einer Gefängniszelle in Toulon, von einer Pleite in Ulm.« Und mit einem Seitenblick auf die etwas verlegene Henrike fügt er hinzu: »Und nach dem herzlichen Empfang zu urteilen, kommt mein Besuch – wie immer – sehr gelegen.«

»Red keinen Quatsch, Junge. Komm rein«, sagt Carlo herzlich, legt seinen Arm um Mischa und führt ihn in den Wohnraum. Die Wiedersehensfreude bei den Geschwistern ist schon etwas gedämpfter. Und nun geht die Fragerei los. Wie es in Afrika war? »Schön warm«, sagt Mischa und grinst. Und die Fieberbaracke am Kongo? »Die Moskitos hatten mich zum Fressen gern.« Der geschäftliche Erfolg? »Ich sag' ja, eine hinreißende Pleite.«

»Und wie lange bleibst du hier?« fragt Francis.

»Keine Angst, Schwesterchen, morgen früh seid ihr mich wieder los. Ich muß schon um neun in Zürich sein. Übrigens, kann ich nachher mal ein Wort mit dir allein reden, Vater?«

»Bitte, warum nicht gleich«, sagt Carlo, schiebt Mischa einen Sessel hin und schickt dann die Familie mit einem entsprechenden Wink hinaus.

In der Küche bei Henrike trifft man sich wieder. Henrike entschuldigt sich noch einmal. »Ich hatte doch keine Ahnung, wer das ist.«

»Unser Bruder Mischa. Abenteurer vom Dienst«, erklärt Francis, und ihr Ton verrät nicht allzu große Wertschätzung. »Zur Zeit Raubtierfänger in Afrika, und leider nicht sehr erfolgreich.«

»Er scheint auch jetzt wieder schief zu liegen«, sagte Lona.

»Nun ja«, stellt Francis fest, »er ist eben immer nur ein Sprüchemacher, ein Phantast und Angeber.«

»Laßt ihn doch«, nimmt Sascha jetzt den Bruder in Schutz, »ich weiß nicht, was aus mir geworden wäre, wenn ich in seiner Haut stecken würde. Mischa war mal ein großartiger Artist, als er noch zwei gesunde Hände hatte.«

»Was ist mit seiner Hand«, will Henrike wissen.

Und nun erzählt Sascha, wie Mischa seine linke Hand verlor. » ... ich glaube sogar, daß ihn der Verlust seiner Hand damals weniger geschmerzt hat, als die Tatsache, daß er unsere Mutter nicht aus den Flammen hatte retten können. Seine ganze Angeberei, sein Wichtigtun, sein Zynismus, damit überspielt er doch nur seine ganze Misere. Wollt ihr ihm die Kognakflasche übelnehmen, mit der er ein – ein etwas inniges Verhältnis hat? Ich in seiner Situation, ich würde auch anfangen zu saufen.«

Es ist recht still geworden in der Küche. Dafür geht es im Wohnzimmer etwas lebhafter zu, denn Carlo ist über Mischas Bericht nicht sehr erbaut und spart nicht mit Vorwürfen.

»Ich hatte dich gewarnt, Mischa! Tierfang und Tierhandel in Afrika ist immer ein Risiko. Und wenn ich dann noch höre, daß ihr illegal gearbeitet habt, dann wird mir ganz schlecht.«

Mischa lacht nur kurz auf. »Wenn du wüßtest, was man da drüben unter dem Deckmantel der Legalität für Schweinerein macht. Wir wollten eben auch mal 'n Schluck aus der großen Pulle nehmen. Wie heißt das schöne Sprichwort: Wer nicht wagt, der nicht gewinnt! Wäre ja auch alles noch gut gegangen. Aber dann kamen die Unruhen im Kongo. Wir verloren die ganze Ausrüstung, und als wir glücklich draußen waren, haben sie mich in Toulon festgesetzt, bis die Sache mit der Kaution geklärt war. Resultat – Totalschaden.«

»Du mit deinen Unternehmungen«, knurrt Carlo verärgert. »Da muß man immer Angst haben, daß du aus irgendeinem Krankenhaus anrufst, und jetzt kommst du sogar aus einem Gefängnis.«

»Ja, ich weiß, ich weiß, ich bin ein Versager«, sagt Mischa schnodderig. »Aber was soll ich denn machen? Als Artist bin ich versaut. Als Dompteur – die Bärennummer, die ich mir vor'm Jahr aufgebaut hatte – das ging auch ins Auge. Nee, im Zirkus ist nichts mehr für mich drin. Tut mir leid, Vater, aber ich muß dich wieder mal um Geld bitten. Daß mir das nicht leichtfällt, kannst du mir glauben.«

Carlos erster Groll ist schon verflogen. Natürlich wird er seinem Ältesten wieder einmal helfen. Er macht sich genug Sorgen um Mischa, dessen Schicksal immer wie ein Schatten über der Familie hängt. Carlo steht auf, geht an einen Wandschrank und holt eine Kassette heraus. »Sag mal, willst du nicht eine Weile hierbleiben? Du kannst dich doch hier in aller Ruhe erholen.«

Aber Mischa winkt ab. »Nee, danke, Vater. Wir sind eine zauberhafte Familie, aber ich geh' euch auf die Nerven, und − mit Verlaub zu sagen − ihr mir auch.«

»Dazu werden wir kaum Gelegenheit haben, Mischa. In zwei Tagen gondeln wir wieder los. Für acht Monate. Eine Europatournee mit Kogler. Dann hast du das ganze Haus für dich allein. Nur Henrike bleibt mit Tino hier.«

»Henrike? Ist das die, die mir vorhin aufgemacht hat?«

»Ja«, sagt Carlo, »unser neuer Hausgeist. Ich helfe ihr damit über eine etwas schwere Zeit hinweg. Sie versteht sich wunderbar mit den Kindern.«

»Ist ja schön. Aber 'n Kindermädchen brauche ich nicht mehr. Ich treffe mich morgen mit Rossem in Zürich. Er fliegt nächste Woche nach Johannisburg und sucht Leute, die sich da auskennen. Das wär' vielleicht was für mich.«

»Willst du da etwa auch wieder Geld reinstecken?« fragt Carlo besorgt.

»Nein, vorläufig bin ich bedient«, sagt Mischa, »ich brauche nur Fünfhundert. Macht doch 'n schlechten Eindruck, wenn man sich nicht mal ein anständiges Hotel und 'n Whisky leisten kann.«

»Du weißt, daß ich immer für dich da bin«, sagt Carlo, während er seinem Sohn aus der Kassette ein paar große Scheine gibt. »Und wenn das nicht reichen sollte, ab Montag sind wir in Hamburg im Circus Krone.«

»Danke, Vater«, sagt Mischa und steckt das Geld ein.
»Sag mal, wo ist denn Viggo?«

»Ja, wenn ich das wüßte«, seufzt Carlo. »Irgendwo in der Geographie. Er hat in Hollywood gedoubelt. Ich bin in ziemlicher Sorge. Wenn der Junge nicht rechtzeitig kommt, sind wir geplatzt.«

»Ach, der wird schon kommen.« Mischa lacht und fügt in etwas ironischem Ton hinzu: »Viggo ist doch ein Muster an Disziplin. Es gibt nur eine Niete in unserer Familie. Das bin ich.«

Im Dunst des Frühnebels taucht das Hamburger Stellwerk Sternschanze auf. Der erste Sonderzug von Circus Krone verläßt das Hauptgleis und fährt auf dem Güterbahnhof ein. Die größte Rampe auf Gleis acht ist hier zum Ausladen vorgesehen.

Direktor Kogler, der Betriebsinspektor Horn und der Lademeister Steffen sind schon von München aus nach Hamburg vorausgeflogen und erwarten den Zug, der vor allem die großen Wagen mit den Zeltrollen für das Chapiteau und die Ställe bringt, die Masten und die Rondellstangen, die riesige Fassade, die Piste und das Gestühl für fünftausend Zuschauer. Die Schmiede und die Schlosserei werden dabei sein, die Bürowagen, und vor allem die Kantine, die »Küche auf Rädern«, die Hunderte von Angestellten und Zeltarbeitern verpflegen muß.

Nun hält der Zug. Und jetzt, kaum stehen die Räder still, beginnt nach genau festgelegtem Plan, und Hunderte von Malen erprobt, eine Arbeitsschlacht, die mit der Präzision eines Uhrwerks abläuft. Zentimetergenau fahren die Traktoren mit aufheulenden Motoren an die Rampe heran, geschickte Hände koppeln sekundenschnell die freigezurrten Zirkuswagen an, schlagen die Bremsklötze weg und ab geht die Fahrt. Gabelstapler und kleinere Kranwagen hieven die schweren Lasten von den Waggons. Da sitzt jeder Griff, da hält jede Seilschlinge. Zeit ist Geld, die Rampengebühren sind teuer. Schon rumpeln die ersten Zugmaschinen mit den großen Gerätewagen durch die Ausfahrt des Güterbahnhofs in Richtung Stadtmitte. Auf dem Heilig-Geist-Feld, hinter St. Pauli, ist bereits der Platz abgesteckt, auf dem sich das große, blauschimmernde Chapiteau erheben wird. In drei Stunden erwartet Kogler schon den zweiten Sonderzug. Der dritte wird um die Mittagszeit eintreffen.

Etwa um die Zeit, als auf dem Zirkusplatz die ersten Anker für die vier Stahlmasten eingeschlagen werden, befindet sich der Treck der »Dorias« noch auf der Autobahn zwischen Hannover und Walsrode. Carlo und Sascha fahren zusammen im Ford-Transit dem Konvoi voraus. Nun haben sie doch die Reise ohne Viggo antreten müssen. Kein Telegramm, kein Anruf, kein Lebenszeichen kam bis zur Stunde der Abfahrt. Von Kassel aus hat Carlo noch einmal bei Henrike zurückgerufen, ob vielleicht . . . Nein, nichts.

Beim letzten Halt an der Raststätte Schwarmstedt hat Francis eine Morgenausgabe des »Hamburger Tagblattes« gekauft. Im Innenteil ist in großer Aufmachung ein Inserat mit der Ankündigung der Krone-Premiere. Das Auftreten der Dorias mit Viggos dreifachem Salto Mortale ist als besondere Attraktion angekündigt.

»Ich kann mich nicht erinnern«, sagt Carlo, »daß mir jemals auf der Anreise zu einer Premiere so mies war wie heute.«

Vor ihnen fährt ein Laster mit Anhänger. Sascha, am Steuer, drückt aufs Gas und überholt etwas riskant.

»Fahr nicht wie ein Irrer«, mahnt Carlo, »lebensmüde bin ich trotzdem nicht.«

»Wir können nicht noch Zeit verlieren«, sagt Sascha. »Wenn Viggo wirklich nicht da ist, müssen wir uns ja wohl schnellstens Ersatz suchen. Ich habe an Adi Freese gedacht. Der lebt in Hamburg.«

»Du bist verrückt«, schnaubt Carlo, »Freese ist eine Flasche, ein Dilettant. Weißt du nicht mehr – damals in Köln – der einfachste ›Single-Salto‹ war bei ihm immer nur Glückssache. Außerdem bin ich immer noch überzeugt davon, daß Viggo rechtzeitig kommt.«

»Ich bewundere deinen Optimismus, Vater. Wir wissen ja nicht mal, ob er dein Telegramm überhaupt bekommen hat. Und was Adi Freese betrifft – wenn wir ihn gleich auftreiben, haben wir immer noch genug Zeit, mit ihm zu trainieren. Natürlich gibt's dann keinen dreifachen Salto Mortale. Aber es wird auch gehen.«

»Glaubst du, daß Kogler sich darauf einläßt? Der hat den Dreifachen annonciert und will ihn auch haben.«

»Dann verstehe ich leider nicht, daß du überhaupt noch den Nerv hast, nach Hamburg reinzufahren«, sagt Sascha. »Aber bitte, du bist der Boß.«

Am Morgen war das Heilig-Geist-Feld ein menschenleerer, weitgestreckter Platz, und jetzt ist hier eine ganze Stadt entstanden, eine Zirkusstadt mit großem Chapiteau und Hunderten von bunten Wagen, um die es von Menschen wimmelt. Noch wird überall gebaut. Das große Tor mit der Fassade steht noch nicht. Die Masten mit den Tiefstrahlern sind noch nicht aufgerichtet. Es sind auch längst nicht alle Artisten eingetroffen. Aber das Wichtigste, die Tiere, sind restlos in den Stallzelten untergebracht. Die Pferde, die Elefanten, die Exoten – und jetzt werden auch die Käfigwagen der Tigergruppe in das Raubtierzelt eingeschoben.

Lilly Swoboda ist noch im Reisekostüm. Sie hat sich nicht einmal umgesehen, wo ihr eigener Wohnwagen steht. Sie kümmert sich nur darum, daß ihre Tiger gut untergebracht werden.

Die großen gelben Katzen sind von der Reise noch ziemlich aufgeregt. Korsar scheint etwas erkältet zu sein. Major sollte gleich eine Vitaminspritze bekommen, sein Fell ist so stumpf. Mit ihrer dunklen Stimme lockt Lilly nun einen nach dem anderen an die Wagengitter heran und spricht mit ihnen – beruhigend und zärtlich ...

»Lilly!«

Lilly dreht sich um. Ja, wer kommt da angetrippelt? »Peppi, mein Kleiner!«

Eine große Umarmung erfolgt, bei der sich Lilly jedoch tief hinunterbücken muß, denn Peppi, Hauszwerg und Reprisenclown bei Krone, mißt mit seinen sechsunddreißig Jahren nur wenig über neunzig Zentimeter. Dennoch ist Peppi im ganzen Zirkusensemble eine Persönlichkeit, die keiner übersieht. So komisch er in der Manege sein kann, wenn er seine naiven Späße treibt, so ernst wird dieser winzige Bursche in seinem Privatleben genommen. Peppi ist ein sehr cleverer, gescheiter, junger Mann, der auch gar nichts von der weinerlichen, mitleidheischenden Sentimentalität der Liliputaner an sich hat. Außerdem ist er Spezialist in Börsenfragen, und sein Rat ist bei Geldanlagen von allen Artisten sehr geschätzt. Auch Lilly hat schon öfter von ihm profitiert. Doch jetzt ist Peppi entsetzt.

»Du hast deine KHD verkauft?«

»Ja, leider, ich Idiot.«

»Lilly, du darfst dich doch von ein paar leichten Ausschlägen des Konjunkturpendels nicht bluffen lassen. Und die Bezugsrechte?«

»Auch weg, Peppi«, jammert Lilly. »Ich habe einfach die Nerven verloren. Hab gedacht, der Kurs sei ausgereizt.«

Peppi schüttelt den Kopf. »Du lernst es nie, Lilly. Ruf mich doch an, wenn du unsicher bist. Kogler fragt mich ja auch immer. KHD stehen jetzt vierzehn Punkte über Pari. Und wenn du was frei hast, steig' jetzt bei Montanwerten ein.«

Ein Reprisenclown mit Börsentips. Auch das gibt es beim Circus Krone. Zudem ist Peppi ein recht wohlhabender Mann, der sich erst vor zwei Jahren in München eine Pension mit achtundvierzig Betten gekauft hat.

Ganz anders sieht es dagegen bei seinem Fachkollegen Wladi aus, der gerade vor einer Stunde mit seiner Tochter Nina angekommen ist. Der Musicalclown Wladimir Skarabinoff, der sich Nitschewo nennt, weiß nichts von Montanwerten und Kapitalanlage bei rückläufigen Börsenkursen. Er hat kein Kapital. Die letzten Jahre waren ein schwerer Kampf um jedes Engagement, zu dem ihm dann manchmal sogar das Anreisegeld fehlte. Wladi, ein heimatloser Russe aus der Ukraine, ist noch einer von der alten Garde der großen klassischen Spaßmacher. Sein Alter ist nicht bekannt. Vielleicht weiß er es selbst nicht genau. Er weiß nur, daß er ein müder Mann ist. Herz und Kreislauf – njet caracho.

Wladi hat den Wohnwagen Nr. 19 zugewiesen bekommen. Die Vielzahl seiner Koffer mit den Musikinstrumenten und Clownrequisiten ist verstaut worden. Nun sitzt er einen Moment verschnaufend auf der Klappbank, sieht sich um und ist glücklich. Nicht mehr in einem der billigen schmutzigen Pensionszimmer herumsitzen müssen. Endlich wieder für acht Monate in einem Zirkuswagen leben dürfen. Wladi ist zu Hause.

Da geht die Wagentür auf, und Nina fliegt herein. Sie ist so aufgeregt und kann vor Glück kaum sprechen.

»Vater! Weißt du, wer kommt? Die Dorias! Sie sind auch im Programm. Mit Viggo! Ich werde Viggo wiedersehen!«

»Nun, dann freuen ich mich auch auf Carlo«, sagt Wladi, »Carlo war immer sehr gute Freund zu mir.«

Über Viggo sagt er nichts. Er hatte auch damals nichts gesagt, als bei dem kurzen gemeinsamen Gastspiel in Brüssel vor zwei Jahren die kurze Romanze zwischen den beiden jungen Menschen begann. Da hatte er nur Angst gehabt, Angst, daß ihm dieser junge, ehrgeizige Mann seine Tochter wegnehmen könnte. Nina, seine geliebte Ninotschka, ohne die er nicht leben und nicht arbeiten kann. Muß er nun wieder Angst haben?

Koglers Direktionswagen hat als erster Telefonanschluß bekommen. Triumphierend hebt Helga den Hörer hoch, aus dem das Freizeichen ertönt. »Wir sind wieder Menschen, Chef! Wir können telefonieren.«

»Dann rufen Sie gleich mal an und lassen Sie sich die Wettervorhersage geben«, sagt Kogler. »Ich brauche wenigstens für die erste Woche gutes Zirkuswetter, heiter bis wolkig und keinen Regen.«

Auf dem Gelände haben sich die ersten Vertreter der Hamburger Presse eingefunden. Auch zwei Kameramänner vom regionalen Fernsehen sind gekommen. Sie wollen etwas Zirkusluft schnuppern, den Aufbau des Chapiteaus erleben, die Atmosphäre romantischen Abenteuers einfangen und hinter den Kulissen vielleicht einen Blick auf das angeblich so lockere Zirkusvolk riskieren.

Wer das erhoffte, wird jedoch enttäuscht und muß manche falsche Vorstellung korrigieren. Das, was Otto Kühn, Koglers Pressechef, und Gordon, der Abendregisseur, ihnen zu bieten haben, sind nüchterne Zahlen und technische Daten. Ein moderner Großzirkus muß nach dem gleichen wirtschaftlichen Kalkül arbeiten, wie jeder andere Produktionsbetrieb. Und was die rührenden, sentimentalen oder skandalösen Sensationsgeschichten aus der Welt der »Gaukler und Fahrenden« betrifft, so sind diese meist erfunden. Die Sensation findet nur während der Vorstellung in der Manege statt, sie allein besteht in der artistischen Leistung, in der circensischen Schau.

»Chef! Die Dorias sind eben gekommen«, ruft Horn in den Direktionswagen und rennt schon weiter, um die Wagen der prominenten Trapeztruppe auf dem Artistenplatz einzuweisen.

Ja, die Dorias sind da. Die vielköpfige Familie quillt aus den Fahrzeugen heraus, die Frauen in Trainingshosen, Pullis und Kopftüchern, die Männer in Blue Jeans und Lederjacken, die Kinder müssen erst rasch mal Pipi machen.

Horn und Carlo kennen sich von früher. Artisten und Zirkusleute — wer so lange dabei ist — immer haben sich ihre Wege schon einmal gekreuzt. Man muß nur kurz überlegen, wann war es und wo — richtig, damals bei . . . Nein, es war ja ganz woanders.

Und nun gleich die entscheidende Frage: »Sagen Sie, Horn, ist mein Sohn Viggo schon da?«

Horn macht ein betroffenes Gesicht: »Viggo, nee. Haben Sie ihn denn nicht mitgebracht?«

»Nein, Viggo kommt allein«, sagt Carlo und vermeidet dabei, Sascha anzusehen.

»Na gut«, erwidert Horn, »aber sehen Sie zu, daß Sie gleich den Trapezapparat einbauen. Unser Zeltmeister wartet schon auf Sie.«

Der Trapezapparat ist ein großes, rechteckiges Gestell aus elastischen ineinanderverschraubten Stahlrohren, das

– mehrfach verstrebt – zwischen den vier Masten unter der Zirkuskuppel eingehängt wird. Auf ihm ruht die Brücke als Absprungbasis der Artisten, etwa in der Mitte schwingt frei das Fliegertrapez, und am anderen Ende hängt der Fangstuhl. Dreifache Abseglungen durch starke Drahtseile sichern den ganzen Apparat, der mit der Wasserwaage horizontal genau ausgerichtet werden muß, gegen alle Schwankungen oder Verschiebungen. Jede Abmessung ist auf den Zentimeter genau berechnet. Schon eine geringe Abweichung beeinflußt den Flug, verändert das Timing, gefährdet das Leben der Artisten.

Sascha und Rodolfo haben sich nur für eine kurze Zigarettenlänge von der langen Reise ausgeruht, dann gehen sie an das Ausladen des Gerätewagens. Auch die beiden Frauen fassen mit zu. Carlo ist allein zum Direktionswagen gegangen.

»Ich freue mich, Carlo«, begrüßt Kogler herzlich den Doria-Boß. »Sind wir also doch noch zusammengekommen. Wie war die Fahrt? Was macht die Familie? Alles gesund? Wie geht es Viggo, unserem Star? Setzen Sie sich doch, Carlo.«

Aber Carlo setzt sich nicht, obwohl er in diesem Moment ganz ekelhaft weiche Knie hat.

»Danke, Herr Kogler. Ja, gesund sind wir alle, nur Viggo – also, der ist noch nicht da.«

Kogler schaut leicht verwundert von seinem Schreibtisch auf. »Noch nicht da?«

»Sie wissen ja, Herr Kogler, Viggo hat noch bis vor ein paar Tagen drüben in Hollywood gearbeitet. Wo er jetzt ist – also, genau weiß ich es nicht. Aber drüben ist er fertig. Er muß unterwegs sein.«

»Was heißt unterwegs?« Kogler ist auf einmal gar nicht mehr so freundlich. »Machen Sie mir keinen Ärger, Carlo. Sie wissen doch genau, jeder Artist ist verpflichtet, vierundzwanzig Stunden vor der Premiere am Platz zu sein.«

»Natürlich weiß ich das, Herr Kogler. Viggo kommt ja auch. Er hat den genauen Termin. Ich kann mir nur denken, daß da irgendein Anschluß nicht geklappt hat. Bestimmt weiß Jakobsen, wo der Junge steckt. Aber Jakobsen ist in Paris, und . . .«

»Jakobsen kommt mit der Fünfuhr-Maschine. Aber das ist für mich völlig uninteressant. Jakobsen wird kaum den dreifachen Salto Mortale fliegen. Ich habe Sie mit Viggo unter Vertrag. Und das sage ich Ihnen, Carlo . . .« Koglers Ton bekommt eine nicht zu überhörende Schärfe, ». . . wenn Viggo nicht rechtzeitig eintrifft, dann können Sie Ihren Kram gleich wieder zusammenpacken und nach Hause fahren. Und das meine ich ernst.«

Sascha und Rodolfo sind schon im Chapiteau beim Verschrauben der Brückenteile, als Carlo mit deprimiertem Gesicht von Kogler zurückkommt.

»Na, was ist?« fragt Sascha.

»Ganz große Scheiße«, sagt Carlo. »Wir sollen wieder einpacken und nach Hause fahren, wenn Viggo nicht kommt. Und vermutlich wird Kogler uns eine Konventionalstrafe aufbrummen, die nicht von Pappe sein wird.«

»Das hab' ich erwartet. Also wieder abbauen?«

»Nein, ich habe noch eine Hoffnung, Sascha. Um fünf kommt Jakobsen. Vielleicht bringt er Viggo mit. Und wenn nicht, dann müssen wir's doch mit Adi Freese probieren.«

»Mit dieser Flasche, mit dem Dilettanten?« Sascha kann sich die Spitze nicht verkneifen.

Aber Carlo hat jetzt keinen Sinn für Witze. »Quatsch

nicht, Sascha. Nimm dir ein Taxi. Sofort! Freese war zuletzt bei der Agentur Monheim in Altona. Versuch ihn aufzutreiben. Schneid ihn vom Galgen ab, wenn er irgendwo hängt. Wir müssen es versuchen.«

Um drei Uhr sind die »Tongas« da, die Schleuderbrettakrobaten aus Marokko. Sie haben in letzter Minute noch ihre Ausreisevisa bekommen und sind über die Route Nizza−Frankfurt eingeflogen. Acht hervorragende Springer und Caskadeure, die jedoch zum Schrecken für Horn zum großen Teil ihre Frauen und Kinder mitgebracht haben. Chef der buntzusammengewürfelten Truppe aus Marokkanern, Algeriern und Italienern ist Rocco Vilani, ein junger Sizilianer.

Eine Stunde später ist auch die Cowboy-Nummer da − Texas-Bill und seine Partnerin Jenny.

»Fine, Bill«, begrüßt ihn Kogler, »how are you? Did you enjoy the trip?«

»Ja, alles dufte, Chef. Ick habe bloß noch nich' jefrühstückt.«

Texas-Bill und Jenny waren in ihrem ganzen Leben noch nicht in Texas. Sie kommen aus Berlin-Neukölln. Bill heißt Erich Klempke und hat am Hermannsplatz eine Kneipe. Aber seine Cowboy-Nummer ist erste internationale Klasse. Er bekommt mit Jenny den Wagen Nr. 22, gegenüber von Nitschewo und Nina.

Auch Nina − Nina Skarabinoff − schwebt zwischen Enttäuschung und Hoffnung auf Viggos Kommen. Sie weiß inzwischen von Francis und Lona, in welche Situation die Dorias durch Viggos Ausbleiben gekommen sind. Ach, wenn doch die Kraft ihres Herzens ihn herbeizaubern könnte. Wenn er wüßte, wie sehr auch sie ihn erwartet. Aber wie sollte wohl Viggo in Kalifornien erfahren haben, daß es in

Krones Zirkus-Town auch eine Programmnummer mit dem Musical-Clown Nitschewo gibt.

Nina ist dreiundzwanzig Jahre alt und geboren in Prag, Ihre Mutter war eine rumänische Tänzerin, die dem Wladi schon nach dreijähriger Ehe durchbrannte. Seitdem lebt Nina bei ihrem Vater und reist mit ihm in der Welt herum. Von Zirkus zu Zirkus, vom Groß-Varieté zu kleineren Provinz-Bühnen, bis zu den Nudelbrettern von Vorstadt-Etablissements. Nina kocht für den Vater, sie hält seine Kostüme und Requisiten in Ordnung, sie sorgt dafür, daß er regelmäßig seine Medizin nimmt, sie paßt auf, daß er seinen Auftritt nicht versäumt, und sie sagt ihm jedesmal danach mit kindlich frommer Lüge, wie gut und wie komisch er gerade heute wieder war.

Nina ist keine Artistin. Eigentlich hat sie nichts gelernt – außer Sprachen. Mit ihrem Vater spricht sie russisch, in der kurzen Schulzeit hat sie Tschechisch gelernt, sie kann die Londoner »Times« und den Pariser »Matin« lesen, und ihr Deutsch ist fehlerfrei, bis auf den schweren, slawischen Akzent.

Hübsch? Nein, wahrscheinlich ist Nina nicht einmal hübsch. Wenn sie lacht, verschwinden ihre Augen in kleinen Schlitzen ihres etwas zu breiten Gesichtes. Aber sie hat den Charme und die Anmut der Jugend. Und diesem Zauber war wohl auch Viggo verfallen, als er ihr vor anderthalb Jahren im Brüsseler »Cirque Olympic« begegnete. Er hielt sie zuerst für eine Programmverkäuferin. Es stimmte auch. Mit dieser Verpflichtung war Nina dazu engagiert und verdiente zusätzlich am Abend fünf Francs. Viggo hatte damals schon über Fünfhundert. »Brüderchen flirtet unter Niveau«, hatte die spöttische Francis gewitzelt. Aber es war mehr als ein Flirt. Es war eine sehr jähe, sehr heiße und sehr kurze Liebe. Nur knapp drei Wochen hatte das Brüsseler

Gastspiel gedauert, dann waren die Dorias nach Kanada gegangen, und Wladi zog mit Nina in den Tivoli in Kopenhaben. Ein paar Briefe kamen noch und gingen. Nina erhielt noch einmal einen Gruß aus Südafrika. Dann nichts mehr. Ob Viggo sie wohl vergessen hat?

Sascha fährt mit dem Taxi kreuz und quer durch die Stadt, um Adi Freese zu suchen. Die Agentur Monheim arbeitet schon lange nicht mehr für ihn. Vielleicht wisse die Artistenloge »Grün-Gold« seine Adresse. Ja, dort hat man sie: Adi Freese, Hühnerposten 11, nicht weit vom Dammtorbahnhof. Als sich dort im dritten Stock des grauen Miethauses die Wohnungstür öffnet, plärrt Sascha Kleinkindergeschrei entgegen, und eine blonde, junge Frau gibt mißtrauisch die Auskunft, ihr Mann sei natürlich auf Arbeit, im Dock VII, auf der Werft von Bloom & Voss. Um was es sich denn handele. Aber Sascha hetzt schon wieder die Treppe hinunter, rein ins wartende Taxi. »Zu Bloom & Voss! Aber rasch, Mann, eh' dort Feierabend ist!«

Pünktlich um fünf Uhr landet die Maschine aus Paris. Vierzig Minuten später sitzt Jakobsen bei Kogler im Direktionswagen und starrt Carlo entgeistert an. »Viggo? Ja wie kommst du auf die Idee, ich sollte Viggo mitbringen? Ich habe keine Ahnung, wo er steckt. Wann hast du denn zuletzt mit ihm gesprochen?«

»Gesprochen — gesprochen hab' ich ihn überhaupt nicht. Ich habe ihm telegrafiert — den Vertragsabschluß und den Premierentermin. Rechtzeitig. Schon vor acht Tagen. Und das Telegramm hat er auch bekommen, das weiß ich genau.«

»So, und das hätte genügen müssen, meinst du?« Jakobsen regt sich jetzt richtig auf. »Carlo, ein einziges Telefongespräch, bei dem du dem Jungen erklärt hättest, worum es geht, daß die ›Sambrinos‹ ausgefallen sind, daß ihr einspringen wollt, um dem Herrn Kogler die Tournee zu retten, daß er so großzügig ist, euch Zwölfhundert zu zahlen. Ich garantiere dir, Viggo wäre längst hier. Aber um dafür fünfzig Franken auszugeben, warst du wahrscheinlich mal wieder zu geizig. Jetzt haben wir die Bescherung.«

»Entschuldige mal, ich habe . . .«
»Gar nichts entschuldige ich. Ist ja klar, jetzt verstehe ich auch, warum Viggo nichts von sich hören läßt. Der ist sauer auf dich, Carlo. Absolut sauer ist er. Der will nicht immer noch wie ein kleiner Angestellter der Firma Doria behandelt werden, dem man nur Order gibt: geh' hier hin, geh' da hin.«

»Herrgott noch mal«, plustert sich Carlo jetzt auf, »ich habe doch alle gefragt – Sascha, Rodolfo, Lona – alle wollten wieder arbeiten. Sogar Francis mit ihren schlimmen Händen.«

»Aber Viggo, deinen wichtigsten Mann, deinen Star, der eurer ganzen Nummer erst mit seinem Dreifachen Glanz gibt, den hast du nicht gefragt!«

Jetzt greift Kogler ein, der sich die Auseinandesetzung der beiden bisher nur mit verschlossenem Gesicht angehört hat. »Ja, Herrschaften, ich muß mich jetzt entscheiden. Mir sind schon die ›Sambrinos‹ geplatzt, wenn mir nun noch die ›Dorias‹ ausfallen, dann muß ich mir eben doch die ›Ugandas‹ holen. Das Umplakatieren wird mich einen Haufen Geld kosten, aber dafür müssen Sie mir geradestehen, Carlo.«

»Das ist doch selbstverständlich, Herr Kogler.« Carlo ist jetzt ganz klein geworden. »Aber bitte, geben Sie mir noch eine kurze Frist. Premiere ist ja erst morgen. Vielleicht kommt Viggo doch noch, oder – oder irgendeine andere Lösung ergibt sich.«

Kogler und Jakobsen sehen sich mit einem ziemlich hoffnungslosen Blick an. Was sollte sich wohl für eine andere Lösung anbieten?

»Ja, gut«, sagt Kogler dann abschließend, »also, mein letzter Termin, ich warte noch bis heute abend.«

Als Carlo und Jakobsen, von Kogler kommend, über den Platz gehen, läuft ihnen mit viel Geschrei eine Schar von Artistenkindern über den Weg. Ein paar kleine braune Araberjungen sind dabei. Sie jagen Coco, den schwarzen Ziegenbock, der immer und überall dabei ist, wenn Circus Krone unterwegs ist. »Haltet ihn! Haltet ihn!« rufen sie Carlo zu. Aber Carlo hat jetzt keinen Sinn für schwarze Ziegenböcke.

»Entweder besaufe ich mich jetzt – oder ich hänge mich auf«, sagt er zu Jakobsen.

»Sauf lieber, und gib mir 'n Schluck ab«, erwiderte dieser und hängt sich bei Carlo ein. »Ich verliere ja auch viel Geld bei dieser Geschichte.«

»Dann komm mit, ich hab' noch 'ne volle Flasche im Wagen.«

Beide steuern nun auf den Ford-Transit zu, Carlo öffnet die Tür an der Hinterfront des Wagens – da steht vor ihm ein Kerl, zieht sich gerade den Pullover über den Kopf – und Carlo brüllt, daß die Elefanten im Stallzelt zusammenfahren: »Viggo!«

Jetzt ist Viggos Kopf aus dem Pullover heraus, er dreht sich um, und sehr kühl, fast beiläufig, sagt er nur: »Tag, Vater.«

»Viggo! Du bist also da? Jakobsen! Er ist ...«

Doch Carlos Strahlen erlischt jäh, als er Jakobsens grinsendes Gesicht sieht – und plötzlich dämmert ihm, was für ein hinterhältiges Spiel hier mit ihm getrieben wurde.

»Jakobsen! Du Schuft! Du hast das gewußt.«

»Natürlich.«

»Ihr beide habt mich zittern lassen und schwitzen . . .«

»Das solltest du auch«, ruft Viggo vom Wagen herunter.

»Ich habe mir Sorgen gemacht um dich, Viggo. Ich habe nicht mehr schlafen können . . .«

»Hoffentlich, Carlo«, sagt Jakobsen ungerührt. »Damit du nicht noch einmal so leichtfertig Verträge abschließt, mein Lieber. Ich will nämlich weiter mit dir arbeiten.«

»Und Kogler, wußte der es etwa auch?«

»Ja glaubst du denn, ein Zirkusdirektor wie Kogler haut bei der Vorreklame so auf die Pauke, wenn er nicht genau weiß, daß sein Star auch kommt?«

»Großer Gott«, Carlo stöhnt theatralisch auf, »von was für Menschen bin ich umgeben. Gauner, Heimtücker, Roßtäuscher! Vielleicht verlangt ihr jetzt auch noch, daß ich auf die Knie falle, und . . .«

»Nein«, sagt Jakobsen trocken, »ich verlange nur, daß du mir die Telefonspesen ersetzt. Weil du es nicht für nötig befunden hast, habe ich mit Viggo in Kalifornien telefoniert.«

»Und zwar viermal«, ergänzt Viggo, »weil ich wirklich große Lust hatte, diesen Vertrag platzen zu lassen.«

»Und wo hast du dich so lange herumgetrieben?« faucht Carlo seinen Jüngsten an.

»Bei mir war er, in Paris. Wir haben uns vier hübsche Tage gemacht«, flötet Jakobsen mit spitzem Mund.

»Junge, ich versohl' dir den Hintern.«

»Ja, komm' nur rauf«, sagt Viggo lachend und geht in Position, »ich bin gerade in glänzender Form.«

Und schon ist Carlo oben im Wagen, sie liegen sich in den

Armen, und Carlo drückt seinen Jungen an sich, daß dessen Rippen knacken. »Mensch, Viggo, bin ich froh.«

Carlos erster Freudenschrei muß sogar im Chapiteau gehört worden sein. Jetzt kommen auch Francis, Lona und Rodolfo angerannt. Viggo ist da. Gott sei Dank. Er ist da. Wieder Umarmungen, Küsse und hundert Fragen. Aber auf einmal werden Viggos Augen ganz groß. Er glaubt nicht, was er sieht. Da steht ein Mädchen an der Wagentreppe, ganz still, fast scheu, und ihre Augen lachen aus kleinen Schlitzen.

»Nina!« schreit Viggo auf, springt vom Wagen hinunter und reißt das Mädchen in seine Arme. »Ninotschka!«

Über zwanzig Mark hat die Taxe gekostet, und nichts hat die Fahrt eingebracht. Adi Freese, im Monteurkittel und mit der Schweißerbrille auf der Stirn, hat nur gelacht und gesagt: »Mann, ich habe eine Frau zu Hause, Zwillinge und mindestens zehn Kilo Übergewicht. Ich geh' nicht mehr aufs Trapez. Ums Verrecken nicht, Sascha. Ich bin nicht mehr verrückt darauf, mir die Knochen zu brechen. Außerdem war ich nie ein guter Flieger. Das weißt du selbst. Für die Provinz hat's manchmal gereicht, aber für euch, für die Dorias, nee. Tut mir leid, Sascha.«

Wie bring' ich's dem Alten bei, denkt Sascha, als er über den Zirkusplatz geht. Jetzt kann der Boß Bankrott anmelden. Und schon hinter dem Küchenwagen läuft ihm Carlo über den Weg. »Sascha?« Sascha winkt müde ab. »Fehlanzeige, Vater. Ich hab' ihn nicht gekriegt.«

»Wovon redest du eigentlich?« fragt Carlo ganz fremd zurück. »Von Addi Freese.«

»Von der Flasche, von dem Dilettanten? Viggo ist da. Ich

hab's doch gewußt. Auf Viggo ist immer Verlaß«, sagt Carlo und geht stolzgeschwellt weiter.

Sascha steht einen Moment mit offenem Mund da, dann rennt er los. Viggo!

Premiere im Circus Krone! Kogler gibt eine Galavorstellung und stellt den Reinerlös Hamburgs Waisenkindern zur Verfügung. Das ist seine Reverenz gegenüber der Stadt. Und eine geschickte Reklame zugleich. Franziska, die erste Kassiererin, konnte schon am Nachmittag das Schild »Ausverkauft« an den Kassenwagen hängen. Und jetzt sitzen fünftausend Menschen unter dem blauen Zeltdach des Chapiteaus.

Die Hamburger sind ein begeistertes Publikum und wissen guten Zirkus zu schätzen. Aber was bietet ihnen auch das Programm? Freiheitsdressuren edelster Pferde. Den Zwölferzug der schneeweißen Lipizzaner, vorgeführt von der eleganten Gloria Storck. Das große Tableau aus achtzehn Tigerschecken und sechzehn Isabellen. Teresa Storck, Glorias junge Schwester, reitet auf dem Araberhengst Ibrahim die schwierigsten Pas der Hohen Schule. Pistolenschüsse und Peitschenknallen bei der Cowboy-Nummer von Texas-Bill. Dann kommen die »Tongas« und wirbeln mit ihrer Schleuderbrettakrobatik durch die Manege. Rocco, der Sizilianer, springt einen gewagten »Saut-perilleux« auf den schwankenden Viererturm. Und wieder Tiere. Die Elefantengruppe, die der Direktor im Frack vorführt. Exoten-Parade zieht um die Piste. Jubel und Lachen über den Clown Nitschewo! Nummer auf Nummer folgt. Gordons Regie hat ein enormes Tempo, und schon zur Pause ist der Erfolg gesichert. Hamburg sieht wieder einen Zirkus von Weltformat.

Mit der Tigergruppe geht es dann weiter. Im großen Zentralkäfig zeigt die schwarzhaarige Lilly im engen Lederdress, in der Hand nur die »Perpignan«, die kurze Raubtierpeitsche, die gewagtesten Dressuren, daß den Zuschauern der Atem stockt.

Jongleure lösen sie ab. Die Seelöwen kommen hereingewatschelt. Peppi, der Zwerg, turnt als Reprisenclown um den Manegenrand. Noch einmal Akrobaten mit »Ikarischen Spielen«. Schon über zwei Stunden dauert die Vorstellung, und dann kommt als Höhepunkt des Programms – die berühmte Luftnummer der »Dorias«.

Fliegende Menschen am Trapez! Das Schutznetz hängt schon über der Manege. Alle Scheinwerfer sind auf den Vorhang zum Sattelgang gerichtet. Ein Tusch der Musik! Die Gardine geht auf – und da stehen sie in strahlendem Licht – die »Dorias«! Sascha und Viggo mit nacktem Oberkörper und in langen, hautengen, silbernen Hosen. Francis und Lona, ebenfalls in silbernen Pailettentrikots und mit blitzenden Diademen im Haar. Alle tragen blauseidene Capes, die sie nun abwerfen, und in der klassischen Artistenpose der »Reverenz« danken sie für den Auftrittsapplaus des Publikums.

Dann setzt das Orchester mit dem »Doria-Motiv« ein, nun laufen sie in die Manege hinein. Alle vier klettern über die Strickleiter auf ihre Positionen – nein, ein fünfter kommt noch nach. Mit riesigen Schuhen, Clownhose und Pleuresenhut stolpert Rodolfo hinter seinen Partnern her, erwischt das falsche Seil, rutscht ab, knallt auf sein Hinterteil. Nun hat er die Strickleiter, verheddert sich drin, fällt – nein, fällt nicht – klettert weiter, trudelt wieder abwärts. Allein Rodolfos Eskapaden auf der Strickleiter sind eine hinreißende Schau grotesker Komik und vollendeter Akrobatik. Jetzt steht er mit angstschlotternden Knien auf der Brücke, kippt wieder rücklings über den Rand, verliert den

Hut, das Publikum jauchzt, kreischt und schreit auf, wenn Rodolfo zu stürzen droht.

Doch dann wird es ganz still. Sascha, kopfüber im Fangstuhl hängend, hat sich eingependelt. Und nun fliegen die Dorias! Mit kühnen, weitausladenden Schwüngen machen sie Tempo. Viggo, Lona, und nun auch Rodolfo, nicht mehr als Clown, sondern seriös und elegant wie die anderen, beginnen mit einfachen Passagen, Hechtsprüngen und Single-Salti. Francis mit ihren bandagierten Händen wird noch geschont und hat nur ein paar attraktive Einlagen. Dann steigern sich die Schwierigkeiten und Tricks der Truppe zum doppelten Salto, zu den Pirouetten, zur doppelten Passage. Alle drei Dorias sind zur gleichen Zeit im freien Flug in der Luft, kreuzen und untertauchen sich. Ein Ballett am Trapez von bezaubernder Leichtigkeit und Eleganz. Im mitschwingenden Lichtkegel der Spotlights flirren sie wie glitzernde Vögel, gleiten wie schillernde Fische hoch oben von der Brücke, zum freien Trapez, in die Hände des Fängers, und federn zurück.

Gebannt sitzen die Fünftausend auf ihren Plätzen, halten den Atem an und blicken nach oben. Kaum einer von ihnen sieht unten am Manegenrand den großen, schweren Mann im Straßenanzug stehen, der auf die Ankerverspannung gestützt, aufmerksam und konzentriert, die Arbeit der Kinder mit kritischem Blick verfolgt, jedes Timing lautlos mitzählt, und sich nach jedem gelungenen Trick den Schweiß von der Stirn wischt – Carlo Doria.

Dicht hinter ihm steht Kogler. Auch er ist fasziniert von dieser Glanznummer. Weiß Gott, diese »Dorias« sind einsame Weltklasse, und ihre Zwölfhundert wert. Jetzt trifft sein Blick Jakobsen, der in einer nahen Loge sitzt. Strahlend nickt er ihm zu. Und an der Geradine, hinter der Barriere aus Stallmeistern und Bereitern im Kronedreß, drängt sich das ganze Zirkusensemble . . . Keiner will den Auftritt der »Dorias« verpassen. Ganz vorn steht Nina und sieht nur Viggo. Neben ihr Tiger-Lilly, Peppi, die »Tongas«, und dahinter die Garde der Riquisiteure, der Stallburschen, der Zeltarbeiter.

Wieder Tusch der Musik. Ilse Langner, die Ansagerin im langen weißen Abendkleid, sagt mit dem Mikrophon in der Hand, Francis Dorias »Todessprung« aus der Zirkuskuppel an. Aus einer Höhe von achtzehn Metern wird Francis mit verbundenen Augen in die Hände ihres Bruders Sascha springen. Erst seit einem Jahr zeigt Francis diesen Trick, an dem sie lange Zeit mit Sascha gearbeitet hat.

Schon steht sie hoch über dem Trapezapparat, dicht unter der Spitze des Chapiteaus auf einem schmalen Absprungbrett, sieht tief unter sich den im Fangstuhl pendelnden Sascha. Jetzt gibt er das Zeichen. Francis legt sich die schwarze Binde über die Augen, beginnt leise zu zählen . . . sieben – acht – neun. Nun läßt sie sich fallen, fliegt mit weitausgestreckten Armen in die Tiefe. Verfehlt? Nein, Saschas kräftige Hände fassen ihre bandagierten Gelenke mit sicherem Griff. Sanft schwingen beide aus, lösen sich, und mit effektvollem Drehsprung läßt sich Francis unter donnerndem Applaus ins Netz fallen. Phantastisch.

Aber die Krönung der Luftnummer kommt erst. Viggo Doria wird den dreifachen Salto Mortale zeigen. Eine Leistung, die in der artistischen Welt lange Zeit für unmöglich galt, bis sie dem berühmten Alfredo Codona vor etwa fünfzig Jahren zum erstenmal gelang. Im Dezember 1924 konnte er diese artistische Sensation zum erstenmal in Deutschland – und auch in Hamburg bei Hagenbeck – zeigen. Nur ganz wenige Flieger am Trapez schafften es in der Folgezeit, diese Leistng zu wiederholen. Und jetzt ist Viggo Doria der legitime Nachfolger von Alfredo Codona.

Ganz allein steht Viggo nun auf der Brücke, unbewegt wie eine Statue. Nur ihm gehört jetzt der Raum unter der Zirkuskuppel. Für eine Sekunde schließt er die Augen und konzentriert sich. Dann ist es soweit.

Trommelwirbel! Viggo greift nach dem Trapez, stößt sich ab, gewinnt mit drei, vier kraftvollen Schwüngen, die ihn fast bis an das Zeltdach tragen, ein enormes Tempo. Allez! Er gibt das Trapez frei, sein Körper wirbelt wie rasend – das Auge kann kaum folgen – einmal, zweimal, dreimal um die eigene Achse. Jetzt hat Sascha seine Hände gepackt, hält sie wie in eiserner Klammer. Viggos Körper streckt sich wieder, holt den Schwung zum Rückflug, erreicht das Trapez mit doppelter Pirouette – und steht wieder auf der Brücke, die Hand lächelnd zum »Kompliment« erhoben.

Der Tusch der Musik geht in einem beispiellosen Beifallssturm unter. Mit einer eleganten, geschraubten Hechtrolle segelt Viggo ins Netz.

Unten am Manegenrand wischt sich Carlo Doria wieder ein paar neue Schweißperlen vom Gesicht, auf dem sich alles abzeichnet: die Sorge, der Stolz und das Glück des großen, alten Artistenvaters.

## II.

Amsterdam. Der Vorsommer hat überraschend heiße Tage gebracht. Nur wenn der Wind von der Zuidersee weht, frischt eine kühlere Brise auf. Aber er weht selten von der Zuidersee. Heute weht er gar nicht.

In den frühen Vormittagsstunden ist in der Wagenburg auf dem großen Zirkusplatz noch nicht viel los. Artisten auf Tourneen sind meist Langschläfer. Auch Carlo Doria hat etwas gegen allzu frühes Aufstehen. Training ist erst um die Mittagszeit angesetzt, wenn die Manege frei ist.

Carlo blinzelt aus seiner Koje zur anderen Seite hinüber, Viggos Bett ist schon leer. Draußen vor dem Wagenfenster plätschert Wasser. Carlo richtet sich auf und sieht Sascha mit nacktem Oberkörper bei der Morgenwäsche. Dann gibt es also wohl auch noch keinen Kaffee, denkt Carlo und legt sich noch einmal zurück. Es war gestern spät geworden. Kogler hatte ihn, Horn, Gloria Storck und Tiger-Lilly nach der Vorstellung noch zu einer Reistafel in ein indonesisches Restaurant eingeladen. Es gab sechsundzwanzig verschiedene Beilagen, und Carlo hatte keine ausgelassen. Jetzt spürt er es. Er muß wohl doch anfangen, etwas vorsichtiger zu leben. Die Tournee ist noch lang.

Viggo ist also schon unterwegs. Wahrscheinlich zieht er wieder mit Nina in der Stadt herum. Carlo hat nichts dagegen, aber er müßte sich Viggo vielleicht doch einmal vornehmen, damit der Junge da keine Torheiten macht.

Jetzt klopft es an die Tür. Helle Sonne fällt in den Wohnwagen, und Francis ruft dem Vater zu: »Aufstehen! Kaffee ist fertig!« Also doch.

Auf dem Vorplatz vor den Stallzelten bekommen die Elefanten ihre Morgendusche. Willi Schulz und zwei seiner Tierpfleger spritzen die grauen Dickhäuter mit Wasser ab. Die Elefanten genießen sichtlich die Abkühlung. Nicht weit davon entfernt hält Teresa Storck eine zweijährige Fuchsstute an der Longe und arbeitet sie ein. Bei den Tigern ist Bruhns beim Ausmisten der Käfigwagen und hat diesmal seine Not mit dem sonst so sanften Korsar. Der große Bengale ist nervös und gereizt. Es muß an der ungewöhnlichen Hitze liegen. Oder kommt vielleicht ein Gewitter? Bruhns entdeckt keine Wolke am Himmel.

Sie sind weit bis ans Meer gefahren und liegen in den Dünen von Zandvoort. Viggo hat seinen Arm unter Ninas

Nacken geschoben, und im Augenblick gibt es für sie nichts anderes auf der Welt, als den Himmel, das Meer und ihre Liebe.

»Drückt dir mein Köpf, Liebster?«

»Nein, Nina, bleib' lieben. Außerdem heißt es nicht Köpf, sondern Kopf. Und wenn er drücken sollte, würde er nicht mir, sondern mich drücken.«

»Spassibo, Herr Professor. Kriegst du Kuß für Danke.«

Die beiden Jahre der Trennung sind vergessen. Nur die Gegenwart zählt für Viggo und Nina, und die beglückende Gewißheit, sie noch für die lange Zeit der Tournee jeden Tag auskosten zu können.

»Viggo. Du schläfst ja. Eben hast du geschnurcht.«

»Ich habe nicht geschnurcht. Ich habe nachgedacht.«

»Hört sich lustig an, wenn du nachdenkst.«

»Ninotschka.« Viggo wirft sich herum, liegt nun halb über ihr, und plötzlich ist er ganz ernst. »Ninotschka, wenn die Tournee zu Ende ist, und wenn ich mir bis dahin nicht den Hals gebrochen habe, dann werden wir heiraten.«

»Viggo.« Die Schlitzaugen werden noch enger vor Glück. »Was für wunderschöne Sachen dir einfallen, wenn du nachdenkst.«

»Nina, ich meine es ernst. Ich will nicht mehr ohne dich sein. Nie mehr. Wenn ich in Rio bin, bist du mit deinem Vater vielleicht in Stockholm oder sonstwo, das will ich nicht. Ich möchte mich nie mehr von dir trennen.«

»Ich möchte auch nicht mehr Trennung, Viggo«, sagt Nina, »aber wenn wir heiraten, was wird aus meine Vater? Er ist müde, alte Mann und krank. Ohne mich, er kann nicht mehr arbeiten. Ich wundere, wie er überhaupt noch durchsteht zwei Vorstellungen am Tag.«

»Ja, warum hört er dann nicht auf?«

»Aufhören«, sagt Nina, über ihr Gesicht legt sich ein leichter Schatten. »Wovon sollen wir leben, Viggo?«
»Hat er keine Altersversorgung, keine Rente?«
»Nichts. Wir haben keine Reserven, keine Rückhalt. Letzte Jahre die Engagements immer nur klein – zu wenig.«
»Das verstehe ich nicht«, sagt Viggo, »es gibt doch so wenig gute Musical-Clowns.«
»Ja«, sagt Nina, und zum erstenmal spricht sie es einem anderen Menschen gegenüber aus: »Aber ist Vater heute wirklich noch gute Clown?«

Außer Nina müssen es wohl auch noch andere gemerkt haben, daß der Clown Nitschewo in diesem Spitzenprogramm internationaler Glanzleistungen nicht mehr so recht zündet. Seine Nummer war nie sehr stark, und in den letzten Tagen bröckelte sie mehr und mehr ab.
Kogler hat sich den alten Clown am Vormittag in den Direktionswagen bestellt. Er ist der Meinung, ein offenes Wort ist mehr wert, als versteckte Kritik. Er will dem alten Mann ja nicht weh tun, aber die Dinge müssen einmal beim Namen genannt werden.
»So geht's doch nicht weiter, Wladi. Spüren Sie denn nicht auch, daß Sie beim Publikum nicht ankommen? Sie waren schon zuletzt in Hamburg so schwach.«
Aber Wladi will es nicht wahrhaben. »Das stimmt nicht, Herr Direktor. Ich habe Applaus, die Leute lachen sehr.«
»Nein, nicht einmal mehr die Kinder«, sagt Kogler nun sehr klar. »Im Gegenteil, die Stimmung fällt bei Ihnen rapide ab. Wenn Ruschnik nach Ihnen mit der Ponyparade in die Manege kommt, hat er Mühe, das Publikum wieder hochzureißen. Lassen Sie sich doch mal was Neues einfallen, Wladi. Ihre Nummer war gut, ja, vor zwanzig Jahren.

Aber über die Späße von damals lacht heute kein Mensch mehr.«

Es ist schwer, mit Wladi zu reden. Er sieht es nicht ein. »Ich kann Nummer nicht mehr ändern, Herr Direktor. Eine gute, alte Clown ist wie gute klassische Musik. Kann man auch nichts Neues dazuschreiben. Es gibt eben gute Publikum, die lachen, und schlechte Publikum, was nicht lachen. Herr Direktor Kogler, ich habe große Gastspiele gehabt in Petersburg, in Moskau, in Warschau. Ich allein habe gemacht Programm über vierzig Minuten. Ich war großer Entertainer.«

Kogler ist aufgestanden, hat aus dem kleinen Barschrank eine Flasche Kognak und zwei Gläser geholt. Dann sagt er, so schonend er kann: »Wladi, das ist lange her. Ich will's Ihnen gar nicht nachrechnen, wie lange. Ich brauche von Ihnen auch keine vierzig Minuten. Ich brauche nur acht, aber die müssen stark sein. Das muß ein Knaller sein, ein Feuerwerk. Aber was Sie mir jetzt bringen, ist wirklich zu dürftig. Kommen Sie, Wladi, trinken wir erstmal einen.«

Nein, Wladi will keinen trinken. Er sieht nur mit seinem müden, faltenreichen Gesicht stumm und abweisend aus der offenen Wagentür.

»Jetzt seien Sie doch nicht beleidigt, Wladi«, sagte Kogler. »Ich meine es doch nur gut mit Ihnen.«

Carlo Doria ist auf seinem Vormittagsspaziergang durch die Wohnwagenstraßen. Merkwürdig, es muß wohl am Wetter liegen. Heute scheint überall dicke Luft zu herrschen. Er trifft Gloria Storck, die verärgert ist, weil sie zwei ihrer Pferdepfleger abgeben muß. Im Wagen von Texas-Bill ist Krach, weil Jenny vergessen hat, Zigaretten zu besorgen. Bei den »Tongas« bekommt der kleine kaffeebraune Biff von seiner Mutter eine Tracht Prügel. Sie mag gar nicht, wenn er den schwarzen Ziegenbock Coco mit in den Wohnwagen bringt.

Auch bei den Stallzelten liegt etwas in der Luft. Zwei der wertvollen Don-Fuchshengste aus der Budjonner Zucht haben sich gegenseitig lahmgeschlagen. Und mit den Tigern ist heute kaum zu arbeiten. Lilly hat Korsar und Tibet im Probekäfig. Aber Korsar, mit dem vorher schon Bruhns Schwierigkeiten hatte, ist auch bei Lilly so aufsässig und gereizt, daß er den großen Sibirier Tibet mit seiner schlechten Laune ansteckt. Auch der wird jetzt rebellisch und hätte Lilly beinahe mit einem Prankenschlag erwischt.

»He!« schreit die ihn an. »Seid ihr verrückt? Was habt ihr denn heute?«

»Heute steht alles auf Krawall«, sagt Carlo, der am Käfiggitter erscheint. »Hör lieber auf und riskiere nichts.«

Aber Lilly will davon nichts wissen. Sie macht nur eine kurze Pause, geht aus dem Käfig und raucht mit Carlo zusammen eine Zigarette.

»Wie stellst du dir das vor, Carlo? Ich brauch' die beiden in der Gruppe. Nein, die müssen arbeiten. Und sie werden auch arbeiten.«

»Überzieh's nicht«, warnt Carlo. »Solche Kraftproben sind gefährlich.«

Lilly lacht, schnippt die Asche von ihrer Zigarette. »Du, ich habe drei Jahre mit Eisbären gearbeitet, das war gefährlich. Beim Tiger siehst du genau, was er denkt, was er vorhat. Der Bär aber – besonders der Eisbär – dem siehst du gar nichts an. Nein, wenn mich die beiden Raufbolde da jetzt auch nicht mögen, wir lieben uns trotzdem, und bis zur Vorstellung krieg' ich sie schon wieder hin.«

»Hoffentlich«, sagt Carlo und klopft Lilly freundschaftlich auf die Schulter. Dann geht er weiter. Er will noch mit Kogler sprechen, um für die angesetzte Probe ein paar

Spotlights zu bekommen. Francis' Hände sind wieder heil, und sie soll heute zum erstenmal wieder die Passage mitfliegen.

Auf dem Weg zum Direktionswagen kommt ihm Wladi mit traurig-zerknittertem Gesicht entgegengewatschelt.

»Wladi, was ist denn? Hast du Ärger?«

Wladi winkt nur mürrisch ab. »Ach, diese Direktor. Was weiß der von eine Clown? Sagt mir, ich soll machen Probe mit Reprisenclown Peppi in Manege. Ich bin sehr gekränkt. Und wie soll ich machen Probe ohne Publikum? Ich brauchen volles Haus am Abend, damit Leute lachen. Wenn ich nur sehe Gesicht von Direktor, muß ich leider weinen.«

»Aber Wladi . . .«

Wladi hört gar nicht mehr hin. Schon watschelt er weiter und ist hinter dem Garderobenwagen verschwunden.

»Haben Sie Wladi geärgert, Herr Kogler?«
»Ja, ich fürchte, er ist eingeschnappt.«

Wladis Kognak steht noch unberührt auf dem kleinen Tisch im Direktionswagen, und Kogler schiebt das Glas jetzt Carlo zu. »Er hat sogar meinen Kognak verschmäht. Trinken Sie ihn, Carlo, oder wollen Sie lieber Kaffee?«

Nein, Carlo kippt lieber den Kognak, und Kogler vertraut ihm nun seinen Kummer mit Wladi an. »Was mache ich nur mit ihm? Ich kann doch den alten Mann nicht feuern.«

»Nein, das kann man nicht«, sagt Carlo und setzt sich in den Sessel. »Eine schlimme Sache. Man darf nicht alt werden.«

»Vor allem nicht beim Zirkus«, fügt Kogler hinzu. »Ein altes Pferd bricht sich die Beine, ein alter Artist den Hals, einem alten Clown bricht das Herz. Ich brauche eine starke, komische Nummer noch vor der Pause. Wissen Sie nicht jemand?«

Carlo schüttelt den Kopf. Er weiß auch keinen. Mitten in der Saison? Der Musical-Clown ist ohnehin ein aussterbendes Fach.

»Bei Boltini hatten wir den ›Basta‹.«

»Ja, Basta – der große Basta.«

»Ach, damals war er auch schon alt und krank – und verrückt«, sagt Carlo und erzählt nun die tragische Geschichte von Basta, dem berühmten italienischen Clown, die vor Jahren in allen Artistenkreisen die Runde machte. Als Basta bei einem Gastspiel in Paris wieder einmal ganz am Ende war, von Depressionen und Selbstmordgedanken belastet, ging er eines Tages zum Arzt. Der untersuchte ihn gründlich und schüttelte dann den Kopf: »Ich kann Ihnen leider nicht helfen, Monsieur. Ihr Körper ist in Ordnung. Es ist Ihre Seele. Ihre Seele ist krank. Sie nehmen das Leben zu schwer. Gehen Sie doch mal in den Zirkus Boltini. Da gibt's einen Clown, der heißt ›Basta‹, bei dem können Sie sich gesundlachen.«

»Das geht leider nicht«, kam die Antwort aus todtraurigem Gesicht, »ich bin ›Basta‹.«

»Ja, hinter dem Clownslachen steckt oft sehr viel Schwermut«, sagt Kogler. »Ich weiß es. Aber mein Publikum weiß es nicht. Das Publikum will lachen. Was machen wir mit Wladi?«

Es muß einfach am Wetter liegen. Auch bei den »Dorias« ist der Teufel los. Mitten beim Essenkochen dreht die sanfte, vernünftige Lona plötzlich durch. Es geht um die »Passage«, die von heute ab wieder Francis fliegen soll.

»Wer hat das eigentlich bestimmt und warum?«

»Carlo, selbstverständlich«, sagt Sascha und sieht seine Frau erstaunt an, »ist doch klar, Francis' Hände sind wieder heil, und nun steigt sie wieder ein. Die Passage hat ihr immer gehört.«

»Francis hat genug mit ihrem Todessprung«, rebelliert Lona, fängt an, bedrohlich mit den Topfdeckeln zu klappern. »Bin ich nur Statist in Truppe? Muß Francis alles haben, diese verdammte kleine Giftnudel?«

Natürlich geht Francis genau in diesem Augenblick an der offenen Wagentür vorbei, kommt jetzt wie eine Rakete hereingeschossen und schon ist der schönste Krach im Gange.

Bei einer normalen Vorsommertemperatur hätte Francis vermutlich die »Giftnudel« noch geschluckt. Aber heute fliegen gleich die Fetzen. »Giftnudel? Lona, leg' dich nicht mit mir an! Wenn du gegen mich hetzen willst, dann . . .«

Sascha muß nun für Lona Partei ergreifen. Francis holt dafür ihren Mann Rodolfo zu Hilfe. Der möchte sich eigentlich drücken und hat gar keine Lust zu streiten. Aber da die Frauen so schön beim Keifen sind, und weil nun auch die Prozente vom Gagenanteil zur Sprache kommen, da wird auch er mobil. »Porco Madonna! Momento – momento, Sascha.« Rodolfo läßt auf italienisch seine Kanonade los. Lona schießt ihre Pfeile auf spanisch ab. Francis sprüht lauter kleine deutsche Teufel aus. Und Sascha haut auf den Tisch, daß der Wagen wackelt. Der Krach ist ungeheuer, aber auf einmal ist es ganz still.

Carlos Kopf ist im Fensterausschnitt erschienen. »Macht weiter«, sagt er noch ganz ruhig. »Macht weiter, und laßt euch nicht stören. Ich höre so etwas für mein Leben gern. Warum prügelt ihr euch eigentlich nicht?«

Betretenes Schweigen. Dann erscheint Carlos massige Figur in der Wagentür, nun fängt er an zu brüllen: »Eine feine Familie hab' ich. Zank – Stunk – und Krakeel.«

Als Francis ein Wort wagt, blafft er sie an: »Halt den

Mund. Ich habe alles gehört.« Als Sascha ihm erklären will, worum es ging, wird auch er angefaucht. »Du bist auch ruhig, Sascha. Und nun will ich euch allen mal was sagen: Rauft euch von mir aus bei uns zu Hause in Solothurn. Schlagt euch die Schädel ein, ich habe nichts dagegen. Zu Hause sind die Wände dick. Aber solange ihr auf Tournee seid, verlange ich, daß ihr euch vertragt und daß ihr euch so benehmt, daß ich mich nicht schämen muß, der Boß der ›Dorias‹ zu sein. Mahlzeit! Um zwei Uhr ist Probe.« Damit dreht er sich kurz um und verschwindet aus dem Wagen.

Mit betroffenen Gesichtern stehen die vier Dorias wie geprügelte Hunde da. Keiner rührt sich. Keiner sagt etwas – bis Sascha schließlich wortlos Rodolfo die Hand reicht. Auch die Frauen sehen sich an, etwas verlegen zuerst, dann bricht das erste Lächeln auf, Lona winkt ihre Schwägerin mit einer versöhnenden Geste zur Kochnische. Sie tunkt einen Löffel in die fertige Suppe. »Probier mal, Francis. Sopa de fideos.«

Francis kostet. »Hm«, sagt sie, »schmeckt wie Giftnudel.« Aber auch sie lacht schon wieder.

Es muß einfach am Wetter gelegen haben.


Bei der Probe im Chapiteau ist nachher wirklich alles vergessen. Auch Viggo ist nun wieder dabei und steckt alle mit seiner guten Laune an. So wie es geplant war, wird Francis wieder die Passage mitfliegen. Und damit Lona ihren Anteil behält, tritt Rodolfo zurück.

»Lona ist gut. Und vielleicht hat Passage mit zwei Frauen noch mehr spendore – noch mehr effetto«, sagt er zu Carlo, der das Training kontrolliert. Carlo ist einverstanden. Aber die kleine Umstellung in der Nummer muß probiert werden. Also, allez.

Schon hängt Sascha wieder im Fangstuhl. Viggo und die

beiden Frauen stehen auf der Brücke. Die ersten Probeschwünge, und dann fliegen sie one – two – three. Erst Viggo mit einem »Hechter« über das Trapez, dann Francis, und wenn Viggo zurückfliegt, schwingt Lona ab. Ja, das Timing klappt auf Anhieb. Auch Francis hat das Gefühl für den Rhythmus nicht verloren. Der Griff ihrer Hände ist wieder sicher und fest.

»Und nun das Ganze noch einmal«, ruft Carlo von unten hinauf.

Auch der zweite Durchgang klappt ausgezeichnet. Nur Viggo ist noch nicht mit sich zufrieden. Die Pirouette beim Rückflug war ihm noch nicht sauber genug. Es liegt an Sascha, der ihn zu spät freigibt. Dadurch kann sich Viggo aus der angehockten Haltung nicht rechtzeitig strecken, und das sieht nicht gut aus.

Viggo probiert es allein noch einmal. Hoher Absprung, er fliegt bis zur Abseglung des Stirnnetzes, nun der Salto – wo sind Saschas Hände? Verflucht, die Drehung war noch immer nicht hoch genug! Viggo schmiert ab – stürzt ins Netz, kommt ganz schlecht auf und bleibt einen Moment benommen liegen.

Carlo ist sofort bei ihm. »Viggo?«

Etwas mühsam richtet sich Viggo auf und faßt mit schmerzverzerrtem Gesicht nach seiner Schulter. »Diesmal war's mein Fehler«, sagt er und läßt sich aus dem Netz rollen. »Ich kam zu früh für Sascha. Mein Glück, daß er mich noch touchieren konnte, sonst wäre ich genau aufs Genick gefallen.«

Das Training wird sofort abgebrochen, und Minuten später liegt Viggo auf der Pritsche in Carlos Wagen. In seinem langen Artistenleben ist Carlo zum Spezialistenn für alle Arten von Verrenkung, Verstauchung, Prellung und Bänderrissen geworden. Fachmännisch untersucht er nun Viggos schmerzende Schulter.

»Bewege mal den Arm im Gelenk.«

Viggo versucht eine kreisende Bewegung. Es tut saumäßig weh, aber es geht.

»Dann ist's nur 'ne Prellung«, sagt Carlo, »bis zur Vorstellung krieg' ich dich wieder hin. Leg dich auf den Rücken.«

Dann kommt er mit einem ganzen Arsenal von Salben, Ölen und Flaschen mit Essenzen und fängt an, Viggos Schulter zu kneten und zu massieren.

»Womit schmierst du mich denn da ein?« fragt Viggo und zieht die Nase kraus.

»Ein altes Geheimrezept.« Carlo lacht. »Es stinkt, aber es hilft. Wenn du mal verheiratet bist und auch Kinder hast, die sich in unserem verrückten Beruf die Knochen verrenken wollen, dann verrat' ich's dir.«

»Na, da hab' ich vielleicht bald eine Chance«, sagt Viggo.

Carlo hört augenblicklich auf zu massieren und fragt mißtrauisch: »Was soll das bedeuten?« Und als Viggo ihn nur vielsagend anblinzelt, gibt er gleich den ersten Warnschuß ab. »Mach keinen Unsinn, Junge. Ich hoffe, du läßt dir damit noch eine ganze Weile Zeit. Ich wollte es dir überhaupt mal sagen: diese Nina, häng' dich nicht so an das Mädchen. Damals in Brüssel – schön, das war so knallbums die erste Verliebtheit, und ich hab' sie dir herzlich gegönnt. Dann habt ihr euch in Hamburg wiedergetroffen, und nun hockt ihr die ganze Zeit zusammen. Bitte, ich hab' nichts dagegen. Aber denkt daran, macht es euch nicht so schwer. Eines Tages kommt die Trennung. Wir sind Artisten, Viggo.«

»Ich weiß das, Vater«, sagt Viggo sehr bestimmt, »und

deshalb wollen wir uns nicht mehr trennen. Wenn die Tournee zu Ende ist, werde ich Nina heiraten.«

»Heiraten?« Nun ist es ganz aus. Carlos eben noch väterlich-freundschaftlicher Ton wird grob, und seine Hände greifen noch härter in Viggos Schultermuskeln. »Bist du denn verrückt? Menschenskind, du bist noch so jung. Du hast eine Weltkarriere vor dir. Willst du dich jetzt schon mit einer Ehe belasten?«

Viggo will sich aufrichten, aber Carlo drückt ihn auf die Pritsche zurück, daß Viggo unter seinem Griff aufstöhnt. »Bleib liegen und rühr dich nicht«, sagt Carlo, »dich muß man hart rannehmen.«

Und während er seinen Sohn weiter massiert, versucht er, ihm die seiner Meinung nach blödsinnigen Heiratspläne auszureden. Er habe überhaupt nichts gegen das Mädchen. Sie sei nett, sie sei reizend, aber sie ist nichts, sie kann nichts. Sie bürstet ihrem Vater den Hut ab und paßt auf, daß er seinen Auftritt nicht versäumt. Das ist alles.

»Wir Dorias sind eine Truppe, bei der jeder hart arbeiten muß. Da ist kein Platz für jemand, der nur im Weg steht und mal so nebenbei ein gutes Steak für uns macht.«

»Vater, ob Nina die richtige Frau für mich ist, das muß ich ganz allein entscheiden. Und wenn du . . .«

»Du sollst liegenbleiben, verdammt nochmal – und mir zuhören. Sieh dir Francis an, und Lona. Das sind Frauen, wie wir Dorias sie brauchen. Und so war auch deine Mutter, Viggo. Von klein an hat sie schon auf dem Vertikalseil gearbeitet, war dann bei uns auf dem Trapez die große Nummer, und hat noch dazu euch vier Kinder großgezogen. Nein, Viggo, du brauchst eine Frau, die vom Bau ist, die wirklich zum Zirkus gehört. Alles andere ist nur Ballast. So, und nun rum auf den Bauch. Streck die Arme aus . . .«

»Au«, schreit Viggo. Aber Carlo bearbeitet ihn ungerührt weiter. »Ich weiß, das tut weh. Aber in ein paar Stunden mußt du wieder aufs Trapez.«

»Es war nicht so schlimm. Er ist wieder okay«, berichtet Helga dem Chef. Sie war eben bei den Dorias und kann Kogler die beruhigende Nachricht bringen, daß Viggos Salto Mortale in der Abendvorstellung nicht gefährdet ist.

Kogler hat ohnehin genug Sorgen. Nach Amsterdam wird London der nächste Standort ein, und gerade steht in der »Times«, daß die Tarifverhandlungen der englischen Hafenarbeiter wieder einmal gescheitert sind. Die Gefahr eines Streiks ist nicht ausgeschlossen. Soll Kogler das Risiko auf sich nehmen, trotzdem über den Kanal zu setzen? Er saß schon einmal – vor vier Jahren – mit seinem Zirkus auf der Themse fest und konnte nicht ausladen, weil gestreikt wurde. Er könnte natürlich die Plätze tauschen. Nach London ist Marseille vorgesehen. Aber dieser Riesenumweg wirft ihm die ganze Kalkulation über den Haufen. Nun, noch hat er zehn Tage Zeit. Mal sehen, wie sich die Situation entwickelt.

Draußen an der Wagentreppe steht Peppi. Er reckt erst den Hals, ob Kogler auch an seinem Schreibtisch sitzt, dann hüpft er herauf. »Darf ich?«

»Komm rein, Peppi«, sagt Kogler, der den kleinen Kerl sehr gerne um sich hat. »Magst 'n Kognak?«

»Immer«, sagt Peppi und klettert auf den Sessel, in dem er fast verschwindet. Seine kleinen Beine reichen kaum bis an den Rand. Dafür kippt er den Kognak wie ein ganz Großer.

»Du könntest mir eigentlich mal wieder einen Rat geben, Peppi. Ich habe da von meiner Bank einen Tip bekommen.

Kaltenbach-Aktien hätten in den letzten Wochen um dreißig Punkte angezogen. Man erwartet auch Vorzugsaktion. Soll ich kaufen?«

Peppi hebt abwehrend die Hände. »Kaltenbach-Aktien? Also, wenn Ihnen das die Bank geraten hat, Chef, würde ich an Ihrer Stelle die Bank wechseln. Kaltenbach hat überhaupt keine Aussicht. Der Kurs ist doch frisiert, steht außerdem unter dem Einfluß der Ultimo-Disposition. Nein, Chef, Hände weg. Wenn Sie wirklich Geld übrighaben, dann sehen Sie sich mal die Ertragslage von ›Wilson United‹ an. In dem Kurs steckt was drin.«

»Ich kann dich beruhigen, Peppi«, sagt Kogler, »ich habe kein Geld übrig. Ich hätte auch die Kaltenbach nicht gekauft. Hamburg war ein gutes Geschäft. Ich bin hier in Amsterdam mit der Kasse zufrieden. Aber was in den nächsten Monaten auf uns zukommt, ist glattes Abenteuer. Auch geschäftlich. Zirkus, überhaupt das Showbusiness, kannst du vorher nie ausrechnen. Du mußt einfach Glück haben.« Kogler greift nach der Flasche. »Noch einen, Peppi?«

»Nein, danke«, sagt Peppi, aber er bleibt in seinem Sessel sitzen, obwohl er sieht, daß der Chef schon nach den Rapportblocks des gestrigen Tages greift, die sich vor ihm auf dem Schreibtisch häufen.

»Hast du noch was auf dem Herzen, Peppi? Ist was?«
»Ja, Chef. Ich war eben bei Lillys Tigern.«
»Ja, und?«
»Ich habe Angst, Chef. Lassen Sie Lilly heute nicht mit den Tigern arbeiten. Ich hab' so'n Gefühl. Korsar und Tibet gefallen mir gar nicht. Auch die anderen sind heute so böse.«

»Blödsinn.« Kogler lacht auf. »Ich kann doch die Tigernummer nicht streichen, nur weil du 'n Gefühl hast. Oder hat Lilly was gesagt?«

»Lilly — nein. Die sagt nie was. Aber ich — ich habe Angst, Chef.«

Es war vorauszusehen. Mischa Dorias Unternehmen in Südafrika war nur von kurzer Dauer. Schon nach einer Woche hatte er mit den Leuten da unten Krach bekommen. Rossem hatte keine Lust, sich von dem unbequemen jungen Mann ständig belehren zu lassen. Er hatte Mischa kurzerhand ausgezahlt und ihn nach Hause geschickt.

Seit vier Tagen sitzt Mischa nun wieder in der Familienburg bei Solothurn und ist dabei, unter Carlos Kognakvorräten aufzuräumen.

Henrike geht ihm so weit sie kann aus dem Wege. Sie schläft mit dem kleinen Tino zusammen in dessen Zimmer. Sie macht das Frühstück, zu dem Mischa nur selten herunterkommt, weil er meist lange schläft. Sie hält die Wohnräume sauber, kocht, erledigt die Post der Dorias und spielt viel mit dem dreijährigen Tino.

Zuerst hatte sie sich vor dem Alleinsein in dem großen Haus gefürchtet. Dann – schon während die Dorias in Hamburg waren – hatte sie sich daran gewöhnt, zumal Francis oder Carlo fast alle drei Tage einmal telefonierten. Die Ruhe und die täglich anfallenden kleinen Pflichten waren für sie so wohltuend, daß sie Mischas plötzliches Wiederauftauchen beinahe als störenden Einbruch in ihre Geborgenheit empfand. Längere Gespräche sind mit ihm sowieso kaum zu führen. Nach seinem erneuten Fiasko in Südafrika ist er nur noch verbitterter zurückgekehrt, und um über seine Probleme zu diskutieren, erscheint ihm wohl das »Kindermädchen«, wie er Henrike immer etwas spöttisch nennt, nicht als geeignete Partnerin. Vielleicht spürt er auch in ihrem Ton die ständige Abwehr, den unausgesprochenen Vorwurf.

Es geht auf den Abend zu. Tino ist schon zu Bett gebracht.

Henrike war noch im Garten und hatte die Außenpforte geschlossen. Nun geht sie durch das Haus.

Als Henrike in der Tür erscheint, sieht er mit einem fahrigen Blick auf und empfängt sie gleich in gereiztem Ton und mit schwerer Zunge. ». . . ja, ja, ich habe 'ne Flasche getrunken. Und ich werde noch mehr trinken, wenn Sie gestatten. Hören Sie bloß auf, mich so anzusehen wie eine Gouvernante. Ich bin bereits erwachsen. Aber bitte, wenn Sie neugierig sind – kommen Sie her. Ich arbeite nämlich. Na, kommen Sie schon.«

Fast gegen ihren Willen kommt Henrike ein paar Schritte näher und sieht nun auf dem Zeichenblock, skizzenhaft und mit wirren Strichen angedeutet, das Modell einer großen circensischen Apparatur. Ein ovaler Kreis zeigt die Manege in der Perspektive. Auf Stützpfosten ruht spiralenartig eine Gleitbahn, die in einem schraffierten Netz endet.

»Wissen Sie, was das ist?« fragt Mischa mit schon etwas lallender Stimme. »Das ist die Todesspirale. Toll, was? Eine einmalige Sensation. Konstruiert von Mischa Doria. Leider sind ein paar Fehler drin. Hier, der erste: ich habe die Zentrifugalkraft falsch berechnet. Die Steigung in der Kurve reicht nicht aus, den Körper – meinen Körper, verstehen Sie? – in die richtige Flugbahn zu tragen. Fehler Nummer zwei: wenn das hier die Piste ist . . .« Er unterbricht sich und sieht Henrike mit einem abschätzenden Blick an. »Warum erzähle ich Ihnen das eigentlich? Waren Sie denn überhaupt schon mal in Ihrem Leben in einem Zirkus?«

»Doch, ja«, sagt Henrike und blickt wieder auf das Geschmiere, das Mischa mit dem Lederstumpf seiner linken Hand festhält.

»Wenn das also die Piste ist«, fährt er fort, »so nennt man nämlich den roten Manegering, dann steht hier die Kanone. Die arbeitet natürlich nicht mit Sprengsatz, sondern schleudert mich mit starker Federkraft hier auf den Raketenschlitten. Können Sie sich das vorstellen? Ach, ist auch egal. Das ist also Fehler Nummer zwei. Ich habe für die Kanone nicht genug Platz. Und Fehler drei? Der ganze Salat kostet über dreihunderttausend Franken, die ich nicht habe, und die ich nie haben werde. Also, ist alles Scheiße!« Und mit einer Geste der Verzweiflung reißt er die Zeichnung vom Block herunter, wirft sie zur Seite und greift wieder nach der Flasche. »Alles Scheiße! Und darum besaufe ich mich.«

Henrike hindert ihn nicht. Sie hebt nur still die zerknüllte Zeichnung auf, legt sie wieder auf den Tisch, fragt dann behutsam: »Wollen Sie denn wieder zum Zirkus zurück, Mischa?«

Mischas Blick ist schon etwas glasig, und es vergehen einige Sekunden, ehe er antwortet: »Wenn Sie mir die Frage morgen stellen, morgen bin ich wieder nüchtern, und dann werde ich sagen: nein – nein, und nein! Aber Sie fragen mich jetzt – jetzt bin ich besoffen, sage die Wahrheit. Ja! Ich will wieder zurück, ich muß wieder! Glauben Sie denn, der Zirkus, der läßt einen jemals wieder los? Wenn ich nachts da oben liege und einzuschlafen versuche, dann hör' ich es immer noch – die Musik – das Allez-hepp – Allez-hepp – und das Aufrauschen des Beifalls – aber davon haben Sie Gott sei Dank keine Ahnung, Sie Glückliche. Was wissen Sie von unserem Leben.«

In diesem Augenblick klingelt das Telefon auf dem Schreibtisch, und Henrike begrüßt es wie eine Erlösung. Als sie sich meldet, hört sie Carlos Stimme. Er ruft aus Amsterdam an, kurz vor der Vorstellung. Er fragt, wie es ihr ginge, was Tino mache, was es Neues gäbe.

»Alles in Ordnung. Tino ist gesund und munter. Post habe ich nachgeschickt. Im Garten blühen die Stockrosen, und . . .«

Henrikes unsicherer Blick geht nun zu Mischa, und als der sich nicht rührt, spricht sie weiter: » . . . Mischa ist übrigens wieder zurück. Ja, seit vier Tagen. – Nein, das hat sich zerschlagen. – Tut mir auch sehr leid. – Nein, er ist oben in seinem Zimmer. Er hat sich wohl etwas hingelegt. – Ist gut, ich sag's ihm. Und bitte, Carlo, grüßen Sie alle. Wie laufen die Vorstellungen? Na, fein. Also, bis bald. Danke.«

Sie legt den Hörer auf und sieht Mischa an, der nun schwer aufsteht und auf sie zukommt.

»Sie wollten nicht, daß ich mit Carlo spreche, nicht wahr?«

Henrike schüttelt nur leicht den Kopf. »Er sollte wohl nicht merken, daß ich getrunken habe, stimmt's? Danke, Kindermädchen. Werde mich bei Gelegenheit revanchieren. Aber Sie sind ja wohl nie betrunken, oder? Warum auch?«

Er macht ein paar unsichere Schritte zur Tür hin, doch dann dreht er sich noch einmal um, wird plötzlich beinahe nüchtern und sagt in einem sonderbar-forschenden Ton: »Was sind Sie eigentlich für ein Mensch, Henrike? Ich komme bei Ihnen nicht dahinter. Sie weichen immer aus, man kann Sie nicht fassen. Aber mir können Sie nichts vormachen.«

Henrike sagt keinen Ton, und sie hält seinem Blick mit unbewegtem Gesicht stand. Auch als Mischa fortfährt: »Ich spüre es, auch hinter dieser Glaswand, hinter der Sie sich verstecken . . . Ja, Sie verstecken sich. Aber glauben Sie mir – die Gezeichneten, Henrike – die Gezeichneten erkennen sich . . .«, läßt sie sich auf nichts ein und sagt nur ruhig: »Seien Sie vernünftig, Mischa, und gehen Sie jetzt schlafen.«

Girlanden aus Zehntausenden bunter Glühbirnen illuminieren die Prachtfassade von Circus Krone auf der Prinsenplein in Amsterdam. Die Vorstellung hat schon begonnen. Im Chapiteau schmettert das Orchester. Aus den Stallzelten führen die Pferdejungen die Rapphengste und die Isabellen zum Tableau hinaus.

Aber selten hat eine Vorstellung mit einer solchen Unruhe im Ensemble begonnen. Die beiden Budjonner Fuchshengste sind noch immer lahm und müssen durch die beiden Trakehner ersetzt werden. Rocco Vilana, der Springer von den »Tongas«, liegt mit einer fieberhaften Angina in seinem Wagen und weiß noch nicht, ob er auftreten kann. Lilly hat immer noch Schwierigkeiten mit ihren Tigern und bittet darum, ihre Nummer erst nach der Pause einzusetzen. Gordon, der Abendregisseur, rennt wie ein aufgescheuchtes Huhn herum, um alle Artisten von der geänderten Programmfolge zu unterrichten. Aber ob es dabei bleibt, weiß er selber noch nicht.

Viggo, schon in seinem Auftrittskostüm und nur den Bademantel über die Schultern gehängt, schaut eben noch einmal zu Nina herein. Wladi sitzt schon in seinem Clownskostüm an seinem kleinen Schminktisch und macht Maske, während Nina seine Perücke aufbürstet und ihm die großen Watschelschuhe zum Hineinschlüpfen bereitstellt. Nina geht heute besonders behutsam mit ihrem Vater um und dämpft auch Viggo, der in seiner burschikosen Art hereinkommt. »Vater heute großen Ärger mit Kogler«, sagt sie besorgt.

Aber Wladi will davon schon nichts mehr hören: »War

nicht Ärger. Nur kleine Disput, weil Herr Direktor hat andere Vorstellung von Komik als Nitschewo. Nun, macht nix. Schon vergessen. Wie geht es deine Arm, Viggo?«

»Danke, geht schon wieder. Hab Glück gehabt. Ich glaube, Lillys Tigergruppe fällt aus. Ihre Lieblinge sind heute zu rabiat.«

Nina schieb Viggo einen Hocker hin, und Viggo will sich gerade setzen, da läßt Wladi plötzlich die Flasche mit der flüssigen Schminke fallen, hält sich mit einem Aufstöhnen krampfhaft an der Tischkante fest, fällt vornüber.

»Wladi . . .!« Schon sind Nina und Viggo bei ihm, richten ihn auf. Der alte Clown ringt nach Luft – das Herz! Ein schwerer Herzanfall.

In der Manege reitet Teresa Storck auf Ibrahim leicht und elegant die Gangarten der »Hohen Schule« und schließt mit der schwierigen Piaffe ab. Im Sattelgang warten Texas-Bill mit Jenny, die Jongleure und die japanische Schrägseiltruppe auf ihren Auftritt. Aber keiner weiß bei der Programmumstellung, wann er dran ist. Jetzt kommt Gordon durch die Gardine geschossen. »Die Jongleure! Rasch – rasch. Jacomo, go on!« Und während die Jongleure in die Manege einlaufen, bestimmt er die weitere Reihenfolge. Als nächstes kommt die Cowboynummer, dann werden die »Dorias« vorgezogen, nach ihnen der Clown Nitschewo.

»Ist Wladi schon da? Natürlich nicht. Zum Kotzen, diese Bummelei!«

Viggo und Nina haben Wladi auf die Couch im Wagen gelegt. Er atmet noch immer schwer. Unter dem großen weiten Clownskragen zuckt krampfhaft sein alter faltiger Hals.

»Ich werde Kogler verständigen«, sagt Viggo, »wir brauchen einen Arzt. Er kann doch nicht auftreten.«

Kaum hört das Wladi, versucht er sich aufzurichten. »Njet! Njet – laß – wird gehen.«

Nina kniet sich verzweifelt zu ihm. »Bitte, Vater, bleib liegen, streng dich nicht an.«

Da wird die Wagentür aufgerissen, und Sascha, der die Situation wohl kaum erfaßt, ruft erregt hinein: »Viggo! Komm schnell. Netz aufhängen! Programmumstellung! Wir sind gleich dran!«

Einen Moment steht Viggo unschlüssig da. Nina drängt ihn: »Geh, Viggo, geh – kümmere dich nicht. Ich werde Arzt holen.«

Draußen ruft Sascha noch einmal: »Viggo! Nun komm schon.« Da läuft er los.

Die Programmumstellung aus technischen Gründen, die Ilse Langner über das Mikrofon ansagt, beachtet das Publikum kaum. Es sieht eine Zirkusvorstellung von rasantem Tempo, nahtlos geht eine Glanznummer in die andere über. Kein Mensch bemerkt die Nervosität hinter der Barriere. Jetzt ist Direktor Kogler selbst hinter der Gardine und sorgt für Ruhe im Sattelgang. Er ist noch immer der Meister der Manege, der wie der Kommandant eines großen Schlachtschiffes auch bei höchstem Seegang die Übersicht behält.

Schon ist die große Luftnummer der »Dorias« unter der Zirkuskuppel. Sie fliegen die Passage. Allez hepp! Tief unter ihnen rauscht der Beifall auf. Die »Dorias« arbeiten mit einer unglaublichen Präzision. Elegant und schwerelos schwingen die Körper der Artisten durch den Raum. Viggos geprellte Schulter schmerzt zwar noch etwas, wenn er das Trapez schräg anreißt, aber er ist ein harter Bursche, der sich keine Schwäche gestattet. Jetzt landet er nach der Pirouette wieder auf der Brücke. Allez hepp!

»Wir können ein paar Minuten überziehen«, sagt Viggo zu Francis, die sich für ihren Todessprung vorbereitet, »Wladis Nummer fällt aus. Herzanfall. Ich zeig' vor dem Dreifachen noch ein paar Tricks mit Rodolfo. Also, laß dir Zeit.«

»Wladi fällt aus«, ruft Lona, als sie beim Single in Saschas Händen landet, »wir fliegen noch das Rondell.« Allez hepp! Und schon fliegt sie zurück.

Unten am Manegenrand taucht nun Kogler neben Carlo auf. »Wladis Nummer fällt aus«, sagt Kogler, ohne den Blick vom Trapez zu lassen. »Das Herz, hab ihm eben 'n Arzt geschickt.«

»Ich hab's befürchtet«, sagt Carlo, »und was wird mit den Tigern? Kommen sie, kommen sie nicht?«

»Ich könnte darauf verzichten«, erwidert Kogler, »aber Lilly will unbedingt arbeiten. Auch 'ne Verrückte!«

Willy Schulz steht schon mit der Elefantengruppe auf dem Vorplatz des Chapiteaus in Bereitschaft. Drei Minuten dauert es nur, bis das Schutznetz der Dorias abgebaut ist, dann will Kogler mit den Elefanten den ausfallenden Auftritt des Clowns Nitschewo überbrücken. Nun ist der Trommelwirbel zu hören, der Viggos Dreifachen ankündigt, dann die Totenstille im Chapiteau, nun der Tusch der Musik und der Applaus.

Die große Luftnummer ist beendet. Alle Scheinwerfer auf die fünf Dorias, die sich jetzt mit dem Kompliment für den Beifall des Publikums bedanken und abgehen. Vor der Gardine stößt Viggo auf Kogler. »Was ist mit Wladi?«

»Schlecht. Der Arzt ist bei ihm«, sagt Kogler und sieht sich schon nach den Elefanten um – da kommt vom Logenentree plötzlich ein schrill quietschender Ton auf dem Piston.

Renzi, der Kapellmeister, sieht sich überrascht um. Der Clown Nitschewo stolpert – wie immer – über die Logenbrüstung und watschelt in die Manege. Also doch. Rasch den Orchestereinsatz mit Wladis Auftrittsmotiv.

»Die Elefanten zurück«, schreit Kogler in den Sattelgang. »Nitschewo bringt doch seine Nummer!«

»Das kann nicht gutgehen«, sagt Viggo zu Carlo, »das steht Wladi nicht durch.« Und alle, die um den Zustand des alten Clowns wissen, drängen sich nun vor der Gardine und starren auf Wladi, der mit seinen Instrumenten behängt schon in der Manegenmitte ist. Im Publikum brechen die ersten Lacher aus. Nitschewo stellt seine große Leiter auf, kippt mit ihr um, fällt auf den Bauch. Jubel bei den Zuschauern.

Viggo sieht sich zu Kogler um, der schüttelt nur den Kopf. Wie ist das möglich? Jetzt kommt Nitschewos Akordeonsolo auf der Leiterspitze. So hat der das noch nie gebracht. Und nun folgt Gag auf Gag. Die Kaskaden von der Stuhllehne – großartig! Jetzt der »Sterbende Schwan«, auf der Pauke ... Krach, bricht er durch! Hinreißend komisch! Die Pantomime mit dem Wassereimer, aus dem er die kleine Geige herausfischt!

Nach der beklemmenden Spannung der Trapeznummer sind die Zuschauer glücklich, von Herzen lachen zu dürfen. Und die Leute tun es. Als Wladi seine Nummer mit dem explodierenden Bombardon beendet, bekommt er einen Riesenbeifall wie nie zuvor in den letzten Wochen.

Kogler ist begeistert und läuft dem aus der Manege herauswatschelnden Clown entgegen. »Gratuliere, Wladi! Sie waren um drei Klassen besser. Großartig!«

Doch plötzlich stutzt er, sieht auf den breiten, grellgeschminkten Mund, nimmt Wladi den Hut mit der Perücke ab – lange, blonde Locken fallen herunter.

»Nina!« In dem Kostüm des Vaters steckt die Tochter. Die Sensation ist perfekt.

»Bitte, entschuldigen – ich wollte nur Auftritt retten«, stammelt das Mädchen noch etwas atemlos und sieht mit ihren ummalten Schlitzaugen auf den Direktor.

Da ist schon Viggo und will sie umarmen. »Ninotschka!« Aber Kogler ist fürs Geschäft. »Keine Familienszene, bitte. Los, Nina – nochmal raus! Ohne Hut! Und nimm die Blechnase ab.«

Überrascht sieht nun auch das Publikum, daß der groteske Musicalclown ein hübsches junges Mädchen ist, und Nina wird mit neuem, und sich steigerndem Applaus empfangen.

»Was sagst du nun, Carlo? Ist das ein phantastisches Mädchen?« Viggo umarmt den Vater, der sprachlos auf das Wunder starrt. »Aber sie ist nichts, sie hat nichts, sie ist nicht vom Bau. Herr Doria, Sie werden Ihre Meinung ändern müssen!«

Noch zweimal muß Nina sich dem Publikum zeigen, dann zieht sie die Watschelschuhe aus und rennt rasch durch den Sattelgang zu ihrem Wagen – zum Vater.

Und nun kommen die Elefanten. Es ist die letzte Nummer vor der Pause. Willi Schulz hat Mühe gehabt, die grauen Riesentiere mit den bunten Schabracken so lange im Sattelgang ruhigzuhalten. Die Tiere sind gewöhnt, ohne Unterbrechung gleich in die Manege zu marschieren. Jetzt sind sie nervös geworden durch das Warten, und es gibt beim Einmarsch eine kleine Remperlei. Sittah wird dabei an einen der Stützmasten gedrückt, an dem zwei Scheinwerfer hängen. Der Mast erzittert, und einer der schweren Scheinwerfer kippt – nein, er kippt nicht – er hält noch. Gerade noch gutgegangen, denkt Willi und übergibt nun Direktor

Kogler, wie es die Zirkustradition erfordert, den Elefantenhaken mit dem Elfenbeingriff.

»Meine Damen und Herren! Sie sehen jetzt Hans Kogler, den Chef des Hauses, mit seiner einmaligen Elefantendressur!«

Bei Wladi ist noch der Arzt. Er hat dem alten Clown eine Spritze gegeben. Sie hat ihm etwas Luft verschafft. Nun atmet Wladi schon ruhiger und dämmert im Halbschlaf. Gleich nach Nina ist auch Viggo gekommen.

»Es geht ihm besser«, sagt ihnen der Arzt. »Ich hoffe, er wird eine gute Nacht haben. Aber er muß sich sehr schonen. Ein altes Herz — keine Anstrengung, keine Aufregung. Und arbeiten — arbeiten wird er wohl nie mehr können. Ich komme morgen wieder vorbei.«

Der Arzt ist gegangen. Nun sind die beiden mit dem schlafenden Wladi allein. Viggo nimmt das Mädchen bei den Schultern und starrt sie an. »Ninotschka, wie du aussiehst . . .«

»Schrecklich, nicht wahr? Warte, ich schminke mich schnell ab.«

»Wie kamst du nur auf die Idee?«

»Weiß auch nicht. Wie ich Vater so sah — und Arzt kam, ich dachte an Programm — dachte, jetzt drüben keine Clown Nitschewo und entsetzliches Loch — und alle werden sein furchtbar böse auf Vater. Bin ich rasch in sein Kostüm. Keiner wird merken, hab' ich gedacht. War ich sehr schlimm, Viggo?«

»Ach, Nina, du warst herrlich«, sagt Viggo und reißt sie in die Arme, küßt sie und quer über sein Gesicht ziehen sich nun die roten und blauen Schminkstreifen von Ninas Maske.

Während der Pause wird überall in den Wagen, den Garderoben, im Sattelgang und in den Ställen nur über Ninas Auftritt als Clown Nitschewo gesprochen. Wer hat das in dem Mädchen vermutet?

Kogler hat sich Nina nach seinem Besuch bei Wladi sofort in den Direktionswagen geholt. Hier ist sie jetzt Mittelpunkt. Alle drängen sich um sie, gratulieren ihr.

»Woher können Sie nur so etwas? Haben Sie denn jemals komisch gearbeitet?«

»Nein, nie«, kann Nina nur immer wieder bescheiden beteuern. »Aber sehen Sie, seit über zehn Jahre ich reise mit meinem Vater. Ich kenne jeden Schritt, jede Bewegung, jede Ton von seine Nummer. Ich habe ihn doch nur kopiert.«

»Kopiert? Nina, Sie waren zehnmal origineller als das Original«, sagt Kogler. »Und die Instrumente? Sie spielen ja auch alle?«

Nina lächelt aus ihren kleinen Schlitzaugen. »Ach, das bißchen Piston und Klarinett. Akkordeon habe ich schon als Kind gespielt. Nur Vater war immer viel größere Künstler — auch wenn er jetzt ist alt und krank.«

Kogler, der alte Zirkusmann, ist viel zu clever, um sich hier eine echte Sensation entgehen zu lassen. Die Pause ist noch nicht zu Ende, da hat er Nina schon unter Vertrag für die ganze Tournee inklusive einer Option für die nächste Saison, und eine Prämie für die heutige Vorstellung bekommt sie dazu. Kogler hat endlich, was ihm fehlte — eine starke, komische Nummer vor der Pause.

Allez, die Vorstellung geht schon weiter.

Lillys Tigernummer ist kurz vor dem Finale angesetzt. Noch während die Exotenparade um die Piste zieht, schleppen die Arbeiter die schweren Gitterteile des Zentralkäfigs aus dem Sattelgang. Draußen vor dem Chapiteau stellt der Raubtierkutscher Bruhns mit seinen Helfern den Laufgang zusammen, der von dem Käfigwagen der Tiger in die Manege führt.

»Wird heute 'n hartes Stück Arbeit geben für Lilly«, sagt Bruhns, der noch einmal die Verschlüsse überprüft. »Unsere Kätzchen sind verdammt schlechter Laune.«

»Stimmt das eigentlich«, fragt einer der Helfer, »wenn die Lilly in den Käfig geht, hat sie immer 'ne durchgeladene Pistole in der Hosentasche?«

»Quatsch«, sagt Bruhns und lacht, »sowas braucht die nicht. Weißte, was die in der Hosentasche hat? Hustenbonbons. 'n Tigerdompteur darf nämlich bei der Arbeit nicht husten.«

Der große zentrale Rundkäfig steht. Die Postamente, die Reifenständer und die Treppe sind aufgestellt. Noch einmal wird die Manege durchgeharkt. Dann flammen über ihr die Tiefstrahler des Lüsters auf. Bruhns öffnet die Klapptür des Laufgangs.

Nur wenige Zuschauer in den vordersten Reihen bemerken, daß heute für die Raubtiernummer besondere Sicherheitsvorkehrungen getroffen werden. Kogler hat einige Stallmeister und Bereiter mit langen Stahlgabeln und Wasserschläuchen rund um den Käfig postiert. Auch er bleibt in der Nähe der Gittertür, ebenso der Oberstallmeister Ruschnik, Horn und Carlo Doria.

Dann ist es soweit. Nach dem Tusch der Musik kommt die Ansage: »Lilly Swoboda, die berühmte Raubtierdompteuse, mit ihrer Tigernummer in einer der gewagtesten Dressuren, die jemals in einem Zirkus gezeigt wurden. Wir bitten das Publikum, Ruhe zu bewahren.«

Schon hört man vom hinteren Ende des Laufganges das kurze, heisere Aufbrüllen des ersten Tigers. Es ist Aki, der große Bengale. Er passiert die Zugklappe, ist in der Manege, wendet, in den Lichtkegel blinzelnd, seinen schönen Kopf nach rechts, dann nach links, als erwarte er Applaus. Dann duckt er sich geschmeidig und springt mit einem gewaltigen Satz auf sein Postament.

Aki ist immer der erste in der Manege. Erst dann kommt Lilly in ihrem Lederanzug mit dem großen Dekolleté und einer gelben Nelke im nachtschwarzen Haar. Wie es Zirkusbrauch ist, überreicht ihr Kogler vor dem Eintritt in den Käfig die kurze Raubtierpeitsche und die Touchierstange. »Vorsichtig, Lilly. Riskieren Sie nichts«, flüstert er ihr kurz zu. Lilly sieht ihn nur verwundert an und lacht. »Nichts riskieren? Wofür bezahlen Sie mich dann, Herr Direktor?«

Und gleich darauf steht sie in der Mitte der Manege. Sie wirkt ganz ruhig und souverän. Mit der erhobenen Perpignan dankt sie für den Auftrittsapplaus, begrüßt Aki mit der gespreizten Hand und einem kurzen Peitschenknall, dann gibt sie mit einem Fingerschnalzen das Zeichen zum Laufgang.

Und nun kommen in kurzen Abständen fauchend, grollend oder gefährlich stumm die anderen: Fedor und Tibet, die beiden Sibirier, Korsar und Igor erscheinen. Sahib, Bessie und Pascha kommen zuletzt. Acht herrliche, gelbgestromte Bestien des Dschungels.

Gleich zum Anfang gibt es schon eine kleine Stänkerei zwischen Korsar und Pascha, in die auch Tibet eingreifen möchte. Aber Lilly zeigt ihnen sofort, wer Chef in der Manege ist, und auf das Kommando: »Alle Platz!« sitzen alle gehorsam auf ihren Postamenten.

Lillys Tigernummer ist ganz auf der sogenannten »zahmen Dressur« aufgebaut. Sie verzichtet auf billige Effekte und haßt es, wenn ein bis an die Zähne bewaffneter Dompteur die Tiere mit Peitschenknall und schrillen Schreien so wild macht, daß sie gereizt und aufgestachelt mit Gebrüll durch den Käfig fegen. Nicht sie will glänzen, sondern die Leistungen ihrer Tiger sollen im Mittelpunkt der Bewunderung stehen. Es war immer Lillys Prinzip, so unauffällig wie möglich zu arbeiten und ihre mit so viel Liebe und Geduld aufgebaute Dressur nur mit knappen Andeutungen zu leiten.

Aber heute — ob es wirklich am Wetter liegt — heute ist eine merkwürdige Unruhe in der ganzen Tiergruppe. Lilly muß härter arbeiten als sonst. Was sie an anderen Tagen gleichsam spielerisch erreicht, muß sie jetzt unter Druck erzwingen. Lilly fühlt fast körperlich den Widerstand der Tiere, die Spannung — die Rebellion, die in der Luft liegt. Die »Achterpyramide« klappt zwar noch einigermaßen. Der gefährlich aufgerissene Rachen von Sahib, der ihr seinen heißen Atem entgegenfaucht, ist nur Angeberei. Die Prankenschläge von Tibet nach Peitsche und Touchierstange sind Koketterie. Aber schon beim bewegten »Rondell« geht die Rauferei zwischen Korsar und Pascha wieder los.

»He! Auseinander!« Scharf kommen Lillys Befehle. »Korsar, verdammtes Biest! Zurück!«

Lilly gibt dem Aufsässigen die Touchierstange zu spüren. Giftig zischt er sie an und schlägt zurück. Lilly knallt mit der Peitsche dazwischen.

Carlo Doria am Käfiggitter hat vor Aufregung schweißnasse Hände. Diese Lilly. Jetzt wird auch das Publikum unruhig. Man spürt es, die Arbeit in der Tigergruppe ist aus dem Rhythmus gekommen. In der Manege spielt sich ein erbitterter Kampf um die Macht ab.

»Paß auf, Lilly!« Carlo Doria blickt kurz zur Seite, da steht winzig klein der Peppi neben ihm und tastet nach seiner Hand. Auf dem Gesicht des Clowns bilden sich zwei hektisch rote Flecken. Und das ist keine Schminke. Mit angstvoll aufgerissenen Augen schaut er zu Lilly. Ob sie es schafft?

Ja, jetzt hat Lilly Korsar zu seinem Postament zurückgedrängt. Allein mit ihrem Blick zwingt sie ihn wieder zur Arbeit in die Gruppe. Auch Pascha reiht sich wieder ein. Es läuft wieder. Doch immer noch spürt Lilly irgendwo eine lauernde Gefahr. Ein Dompteur im Raubtierkäfig ist wie ein Boxer im Ring, der einsamste Mensch. Eine einzige falsche Reaktion, ein leichtes Strauchein genügt schon, um ...
»Ruhig, Bessie! Komm, Sahib! Avant, Fedor!«

Ich muß nur auf Korsar und Pascha aufpassen, denkt Lilly, die nun die Treppe aufstellt. Und da, ganz plötzlich, kommt der Angriff von unvermuteter Seite. Igor verweigert. Lilly fordert ihn noch einmal, aber Igor duckt sich, er will nicht, und auf einmal steigt er gereizt hoch, springt Lilly an. Streift die mit einem Sidestep Ausweichende noch mit einem Wischer. Doch da federt plötzlich Aki zornig aufbrüllend und wie ein gelber Blitz mit einem Riesensatz zwischen beide und versetzt Igor ein paar so gewaltige Backpfeifen, daß der sich gleich zweimal überkugelt.

»Danke, Aki«, sagt Lilly leise, »das war sehr brav von dir.«

Aki, der Leittiger, war schon immer der Polizist, der für Ordnung in der Gruppe sorgte, jetzt ist auch tatsächlich Ruhe im Käfig. Die Rebellion ist erstickt. Die Sprünge von Sahib und Fedor durch den doppelten Feuerreifen gelingen auf Anhieb und ohne Zögern. Bei der »Rolle« wälzen sich die acht Tigerleiber wie ein großer gelbgestreifter Teppich durch die Manege, zum Finale sitzt die ganze Gruppe einträchtig männchenmachend wie zahme Häschen auf den Hinterteilen, und als Lilly zum Schluß bei Aki, ihrem Retter, aufsitzt, und bis zur Laufgangtür reitet, löst sich die Spannung beim Publikum in einem Riesenapplaus.

Aufatmend legen die Männer rund um den Käfig die Stahlgabeln und die Wasserschläuche aus der Hand. Carlo und Peppi wischen sich den Schweiß von der Stirn. Gott sei Dank, es ist vorbei.

»Großartig, Lilly«, empfängt Kogler seine Tigerdompteuse an der Käfigtür. »Aber heute kommen Sie so nicht davon. Heute müssen Sie sich mindestens dreimal zeigen.«

Und während die Arbeiter schon die Gitterteile des Käfigs auseinandernehmen und wegtragen, geht Lilly strahlend unter dem Beifallgeprassel immer wieder in die Manege und dankt dem Publikum mit dem Kompliment.

So, nun ist's genug. Für heute ist's überstanden, denkt sie gerade und will im Sattelgang verschwinden, da stößt vor ihr einer der Zirkusarbeiter mit einem der schweren Gitterteile an den Stützpfosten, der vorhin schon der Elefantenkuh Sittah im Weg war. Der angekippte Scheinwerfer rutscht nun ganz aus der Halterung, fällt. »Lilly!« Peppi schreit auf, aber es ist zu spät. Aus einer Höhe von über acht Metern herunterstürzend trifft der schwere Scheinwerfer Lilly genau zwischen Kopf und Schulter und schmettert sie zu Boden.

Kogler und Carlo sind als erste bei ihr. »Eine Trage! Den Arzt...!« – »Ich hab's gewußt, daß was passiert«, wimmert Peppi und zittert am ganzen Leibe.

Lilly liegt leblos am Boden. Die gelbe Nelke in ihrem Haar ist blutig rot gefärbt. Schwere Schnittwunden an Schulter und Oberarm. Das Orchester spielt schon die Marschrhythmen zur Finalparade. Da kommt endlich die Trage.


Es ist lange nach Mitternacht. Im Hospital zum Begijnhof an der Kallverstraat empfängt die Nachtschwester ganz gegen die Hausordnung noch zwei späte Besucher. Ein seltsames Paar: Carlo Doria, und an der Hand trippelt der winzig kleine Peppi.

»Frau Swoboda? Chirurgische Abteilung, erster Stock, Zimmer siebzehn. Aber bitte, bleiben Sie nicht lange.«

Leise, vorsichtig, öffnet Carlo die Tür und da liegt sie. Ein trauriger Anblick. Ein dicker Mullverband verhüllt fast ganz den Kopf, Schulter und Arm sind eingegipst. Lilly liegt blaß, mit geschlossenen Augen in ihrem Krankenbett wie eine Tote.

»Lilly! Lillychen«, jammert Peppi. Doch da schlägt Lilly die Augen auf, erkennt ihre Freunde und sagt mit Galgenhumor und viel robuster, als ihr Zustand es erlauben dürfte: »Was sagt ihr dazu, da kommt man gerade noch zitternd aus dem Tigerkäfig, und dann fällt einem so'n blöder Scheinwerfer auf den Karton. Dreimal haben sie mich nähen müssen, aber die Birne ist heil geblieben.«

»Was hast du nur für Glück gehabt, Lilly«, sagt Carlo.

»Ich weiß. Aber ohne Glück kann kein Artist sehr lange leben. Das weißt du am besten, lieber Carlo. Nach London werdet ihr aber wohl ohne mich fahren müssen. Schade, meine Kätzchen werden mich sehr vermissen.«

»Können wir sonst noch etwas für dich tun, Lilly?« fragt Carlo.

»Ja«, sagt Lilly und deutet mit einer schwachen Handbewegung zum nahen Stuhl. »Da liegt meine Handtasche. Mach sie auf und hol den Lippenstift raus.«

Verwundert hält Carlo den Lippenstift in der Hand und weiß nicht recht, was er damit machen soll.

»Jetzt zieh mir mal die Lippen nach, mein Freund, sonst hält man mich morgen früh für ein altes Weib. Sie haben hier einen zauberhaften jungen Arzt.«

»Lilly, du bist wirklich nicht umzubringen«, sagt Carlo

lachend und behutsam, fast zärtlich, zieht er kunstvoll Lillys blasse Lippen mit einem feurigen Rot nach.

III.

Circus Krone gastiert in der »Olympic Hall« in London. Trotz des drohenden Streiks der englischen Hafenarbeiter hat Kogler den Sprung über den Kanal gewagt. Und es hat sich ausgezahlt. Volle Häuser und gute Kassen. Dazu konnte ein großer Teil der Transportkosten eingespart werden, denn die »Olympic Hall« ist ein fester Bau, und das ganze Chapiteau mit dem Gestühl und viele Gerätewagen konnten auf dem Kontinent bleiben. In den ersten Tagen hatte man die Konkurrenz der großen Eisrevue zwar etwas zu spüren bekommen, aber nun ist Circus Krone die Sensation von London, und die Zirkusfans strömen in die Regent Street, um vor allem die »Dorias« am Trapez und Viggos dreifachen Salto Mortale zu bewundern.

Nach der Abendvorstellung hat Kogler einen lieben Gast in seinem Büro. Kalle Jakobsen ist da. Er trägt noch immer seinen alten schäbigen Regenmantel, und von seinem zerkauten Zigarrenstummel scheint er sich auch nicht trennen zu können.

Jakobsen kam schon am Nachmittag aus Wien und hat Otto Haffner mitgebracht, der Lillys Tigergruppe übernehmen soll. Haffner ist ein guter Mann, der in letzter Zeit hauptsächlich mit Löwen gearbeitet hat.

»Übrigens, herzliche Grüße von Lilly. Sie liegt am Strand von Scheveningen in der Sonne, und ihre Schulter heilt erstaunlich rasch. In Marseille wird sie schon wieder dabeisein können.«

»Und wie hat Ihnen die Vorstellung gefallen?« fragt Kogler seinen alten Agenten.

»Großartig, frisch wie am ersten Tag. Und diese Nina!«

Jakobsen ist geradezu hingerissen von Ninas Clownnummer. Grandios, was das Mädchen macht. »Aber wie geht's Wladi?«

»Ja, das wird nichts mehr«, sagt Kogler. »Wladi ist alt, verbraucht – vorbei. Nina und er haben nun die Rollen getauscht. Jetzt verdient sie das Geld und er – er sitzt unten im Wagen und putzt die Instrumente. Ich werde ihn natürlich immer mitnehmen. Die beiden kann man einfach nicht trennen.«

Nun kommt auch Carlo dazu, und Kogler stellt zur Feier des Wiedersehens ein paar Flaschen Porter und Sekt auf den Tisch. So, Herrschaften, was gibt es Neues? Nun, in der großen Zirkuswelt ereignet sich täglich etwas Neues. Artisten sind international. Sie sind eine große Familie über alle politischen Grenzen hinweg. Ob Ost oder West, im Chapiteau gilt nicht die politische Ideologie, sondern da zählt nur die Leistung. – Übrigens, der »Russische Staatszirkus« ist wieder auf Reisen. Jakobsen sah ihn vor einer Woche in Leipzig. Ein Riesenerfolg! – wißt ihr eigentlich, daß Arne Brams in Kopenhagen seine Eisbärgruppe abgegeben hat? – Ja, haben wir gehört. Sarrasani hat sie übernommen. – Und Steffi Döbler – erinnert ihr euch noch? Die stärkste Frau der Welt, der berühmte Kraftakt. Vor vierzehn Tagen in Wien gestorben. Einundneunzig Jahre alt. Mein Gott. Carlo kannte sie noch, als sie kurz nach dem ersten Weltkrieg im Berliner Wintergarten mit Kanonenkugeln jonglierte.

»Und was hörst du aus Solothurn«, will Jakobsen von Carlo wissen. »Was macht Mischa?«

Carlo hat erst gestern telefoniert. Mischa hat beim Zirkus Knie in Rapperswil eine Tierpflegerstelle angenommen.

Aber wie lange er es dort aushält? Carlo zuckt mit den Achseln.

»Und Henrike?«

»Ich glaube, sie ist ganz froh, daß sie wieder mit Tino allein ist. Mischa kommt nur zum Wochenende nach Hause.«

»Wer ist Henrike?« fragt Kogler dazwischen.

»Der gute Geist meines Hauses«, antwortet Carlo. »Ich verdanke sie Jakobsen. Es muß sich ja jemand um die Wirtschaft kümmern, wenn wir uns in der Welt herumtreiben . . .«

Ein heftiges Klopfen unterbricht ihn. Horn steht in der Tür und ruft ziemlich entsetzt: »Chef! Die ›Tongas‹ spielen verrückt! Kommen Sie doch mal.«

Die Artistengarderoben befinden sich in der »Olympic Hall« in zwei Stockwerken übereinander, und durch das Treppenhaus hört man sogar hier im Büro das Johlen und Toben der Schleuderbrettakrobaten.

Kogler springt auf. »Was ist denn da los?«

»Ich weiß nicht, Chef. Die schlagen die ganze Garderobe in Stücke. Die spielen Revolution oder so.«

»Ist Rocco nicht da?«

»Nee, den hab' ich nicht gesehen.«

Auch Rocco Villani, der Boß der »Tongas«, hört den Krach. Er ist gerade unten bei Texas-Bill, denn er hat seit Hamburg eine kleine Freundschaft mit Bills Tochter Jenny geschlossen und will sich gerade mit ihr zum Essen verabreden. Nun saust er die Treppe hinauf, trifft vor dem Büro auf Kogler. »Rocco! Was ist los bei euch?«

»Weiß nicht, Chef.«

»Wenn das nicht sofort aufhört, schmeiße ich euch alle raus!«

»Okay, Chef« sagt Rocco und läuft weiter.

Die Garderobe der »Tongas« sieht wirklich wie ein Schlachtfeld aus. Der große Mitteltisch ist umgekippt. Stühle sind zerbrochen. Ein Spiegel ist von der Wand gerissen und liegt zerschmettert am Boden. Zwei Koffer, die wohl als Wurfgeschosse benutzt wurden, liegen aufgeklappt mit verstreutem Inhalt am Fenster, und die sieben Artisten, zum Teil noch in ihren Kostümen, sind in zwei Parteien gespalten, die sich wie blutrünstige Kampfhähne gegenüberstehen. Die turbulente Auseinandersetzung der braunen, verwegen aussehenden Burschen wird von einer Flut von Beschimpfungen, teils italienisch, teils arabisch, oder einem fürchterlichen Kolonialfranzösisch begleitet. Offensichtlich versteht bei dem Lärm ohnehin keiner mehr den anderen.
Aber jetzt ist Rocco da. Und augenblicklich tritt Ruhe ein. Der junge Sizilianer, der wunderbare Schlußspringer auf den »Viererturm«, besitzt eine erstaunliche Autorität. Er sagt zunächst gar nichts. Er fragt auch nichts. Er packt sich nur die beiden Nächststehenden, versetzt jedem von ihnen ein paar schallende Ohrfeigen, die auch widerspruchslos hingenommen werden, und dann beginnt er das Verhör. Was geht hier vor?
Ja, was war wirklich los? Bei dem Nationalitätengemisch aus drei Italienern, zwei Marokkanern, zwei Tunesiern und einem Libanesen ist schon ein hingeworfenes Wort Zündstoff genug, um Rivalitäten, Eifersucht und beleidigten Stolz zur Explosion zu bringen. Es fing an mit dem Streit um einen Garderobenplatz, und dann . . .
Hinter Rocco erscheint nun Kogler und donnert: »Seid ihr blödsinnig geworden? Wie sieht das hier aus?«
»Scusi, Chef«, sagt Rocco und dreht sich zu ihm um. »Bitte entschuldigen. Nur Kindereien. Wird nicht wieder vorkommen.«
»Wer war denn der Anstifter«, will Kogler wissen.

»Gibt keine Anstifter, Chef«, sagt Rocco lächelnd. »Tongas sind truppa. Entweder alle oder keiner.«

»Na gut«, sagt Kogler, der es respektiert, daß Rocco sich vor seine Leute stellt. »Dann werdet ihr eben alle zahlen. Denn der Schaden hier, den werde ich euch von der Gage abziehen.«

»Okay, Chef«, sagt Rocco. »Tongas werden bezahlen.«

Kaum hat Kogler die Garderobe verlassen, kommt Tonino, der Jüngste der Truppe, auf Rocco zu und zieht einen Brief aus seiner Hemdbluse. »Das soll ich dir geben, Rocco.«

»Von wem?« fragt Rocco etwas befremdet.

»Ettore Salvi war hier. Du sollst zu ›Albertini‹ kommen.«

Rocco reißt den Briefumschlag auf, er enthält einen Zettel mit aufgemaltem Signum: einem Totenkopf über zwei gekreuzten Dolchen.

»Die Mafia«, sagt Rocco tonlos und sieht Tonino mit ernstem, leicht erschrockenem Blick an.

Carlo und Jakobsen haben es nicht geschafft, auch Kogler noch mitzunehmen. Er war zu müde. Von den »Dorias« waren die Männer auch nicht zu bewegen, noch einen Nachtbummel zu machen, und so sitzen die beiden alten Knaben nun allein bei »Albertini«, einem italienischen Restaurant, in einer Seitenstraße, dicht hinter Piccadilly Circus. Das kleine Lokal ist gestopft voll. Viele Zirkusleute gehen hier nach der Vorstellung noch essen. Aber man trifft auch Gäste im Smoking und Nerz, denn Francesco Albertini führt eine ausgezeichnete Küche. Seine Zuppa pavese und seine Spaghetti sind berühmt, und der herbe Orvieto, der hier ausgeschenkt wird, ist eine Klasse für sich.

»No, no«, sagt Carlo zu Giorgio, dem Kellner, der ihnen

zwei Gläser Wein einschenkt, »laß uns mal gleich die ganze Flasche da.«

»Du scheinst einiges vorzuhaben, mein Alter«, lacht Jakobsen. »Aber gut, ich halte mit. Es ist hübsch hier. Erinnert mich an ein Lokal in Rom. Da hab' ich vor Jahren Vasco Buzzetti entdeckt. Er war da Rausschmeißer und schlief unter der Theke. Heute verdient er bei Ringling achttausend Dollar im Monat und schläft im Waldorf-Astoria.«

»Hast du ihn noch unter Vertrag?«

»Nee, Gott sei Dank nicht. Nach mir hatte er noch drei Manager. Dem letzten hat er ein Ohr abgedreht. Nur so zum Spaß, weißt du. Donnerwetter, der Wein ist wirklich gut. So, nun erzähl mal: Viggo und Nina wollen also heiraten?«

»Ja, irgendwann mal. Ich finde, das hat Zeit. Anfangs habe ich mich sehr dagegen gesträubt. Ich wollte nicht, daß der Junge sich da Ballast ans Bein bindet.«

»Ballast? Na, hör' mal«, sagt Jakobsen. »Du bekommst da einen Edelstein in die Familie.«

»Weiß ich ja. Hab doch auch längst klein beigegeben.«

Die Schwingtür zur Straße ist ständig in Bewegung. Gäste gehen, Gäste kommen. Es ist kaum noch ein freier Tisch zu haben. Aber der Gast, der nun das Lokal betritt, braucht keinen Platz an einem Tisch. Es ist Rocco. Er grüßt den Kellner Giorgio mit leichtem Kopfnicken, geht rasch zur Theke, stellt dem Wirt halblaut eine Frage, und als der zusagend nickt, verschwindet Rocco im Küchengang.

Jakobsen sieht ihn gerade noch um den Ausschank biegen und fragt verwundert: »War das nicht Rocco von den Tongas?«

»Ja«, sagt Carlo, »Rocco Vilani ‹ il Saltatore. Ob der hier nachts noch kocht?«

Nein, Rocco kocht nichts. Im Gegenteil, er soll etwas fressen, was andere ihm einbrocken wollen. In dem kleinen, halbdunklen Hinterzimmer neben der Küche haben außer Ettore Salvi noch dessen Brüder Marcello und Pietro auf den Artisten gewartet. Die drei Salvis sind nach England ausgewanderte Sizilianer. Rocco ist in den Bergen von Tortoricci mit ihnen aufgewachsen. Und nun stehen die drei vor ihm – auf dem Tisch liegt eine große amerikanische Logger-Pistole –, und sie sehen Rocco mit forderndem Blick an.

»Tu es, Rocco!«

Rocco sieht die Männer an, sieht auf die Pistole, dann schiebt er sie zurück. »Nein, ich will nicht.«

»Du mußt es tun, Rocco, es ist das Gesetz«, fast beschwörend redet Ettore auf ihn ein. Aber Rocco schüttelt den Kopf. »Es ist nicht mein Gesetz, Ettore. Und es ist ein schlechtes Gesetz. Es muß endlich einmal Schluß sein mit diesem Teufelskreis der Vendetta. Ich habe nicht gewußt, daß die Malamorte auch hier in London umgeht.«

»Und hast du auch vergessen, daß Massimo Guerra deinen Bruder umgelegt hat?« fragt Pietro nun eindringlich.

»Das gibt mir kein Recht, ihn jetzt zu töten«, sagt Rocco sehr klar.

Marcello lacht ihn aus. »Ja, glaubst du denn, daß Massimo – wenn er weiß, daß du in London bist – daß er nur eine Sekunde zögern wird, dich wie ein Kaninchen abzuknallen?«

»Ich fürchte mich nicht«, sagt Rocco, »außerdem wird Massimo kaum erfahren, daß ich hier bin.«

»Da kennst du ihn schlecht. Massimo Guerra hat hundert Augen und hundert Ohren.«

Wie recht Ettore hat. Schon in diesem Augenblick liegt

das Ohr des Kellners Giorgio ganz dicht an der Tür des Hinterzimmers und belauscht das Gespräch der vier Männer. Er kann nicht alles verstehen, denn die Stimmen sind manchmal gedämpft, und das Geschirrklappern in der Küche stört sehr. Aber für das, was er gehört hat, wird Massimo Guerra sehr gern etwas bezahlen. Seine Spitzel bezahlt Massimo immer sehr großzügig.

Dunstiger Morgennebel liegt über der Themse. Von den nahen Docks dröhnt es herüber. Nebelhörner, Schiffssirenen, das Stakkato der Niethämmer. Zwischen den Lagerhallen und dem Hafen rattern Lastwagen und Zugmaschinen. An den Verladeplätzen drehen sich kreischend die Giraffenhälse der riesigen Kräne.

Etwas ruhiger ist es in der kleinen Straße hinter den Lagerhäusern. In den meist zweistöckigen Gebäuden liegen dicht nebeneinander die Agenturen verschiedenster Handelsgesellschaften, die Filialen einiger Makler- und Versicherungsbüros, und ein paar Geschäfte für Seemannsausrüstungen und Schiffszubehör. Dazwischen gibt es noch einen kleinen ebenerdigen Laden mit verschmutzten Schaufensterscheiben. In gelben Messingbuchstaben liest man auf einem Schild: Agentur Italienischer Importen. Darunter steht der Name – Massimo Guerra.

Massimo Guerra hat es nicht nötig, ein elegantes, repräsentatives Büro zu unterhalten. Sein Reichtum liegt gestapelt in den beiden großen Lagerhallen: Weine und Obst aus Italien. Und zur Abwicklung seines Handels genügen ihm Schreibmaschine und Telefon. Daß er das Telefon auch für andere, dunkle Geschäfte benutzt, die ihm oft mehr einbringen, als eine ganze Schiffsladung sizilianischer Orangen, ist eine andere Sache.

Massimo Guerra ist Mitte Vierzig. Ein schwerer, etwas

verfetteter Mann, der seine goldgefaßte Sonnenbrille auch bei Dunkelheit nur ungern absetzt. Natürlich hat Ettore Salvi recht. Guerra, der vor vier Jahren aus Palermo kommend in London untertauchte, ist der große Bandit geblieben, der er immer war. Skrupellos und robust hat er sich in kurzer Zeit eine gutgetarnte Organisation geschaffen, einen Ring aus größeren und kleineren Teilhabern an vielen undurchsichtigen Geschäften, die aus Schmuggel, Zollbetrug und anderen Verstößen gegen das Gesetz bestehen. Eingeweihte reden davon, daß seine Beziehungen sogar bis Scotland Yard reichen. Ob es stimmt, weiß niemand. Aber alle seine Freunde wissen, daß sich Guerra niemals mit der Mafia anlegt. Vor dem sizilianischen Geheimbund der Blutrache, der bei den Ex-Italienern im Londoner Untergrund noch immer eine gefährliche Rolle spielt, hat Guerra Respekt. Die Mafia fürchtet sogar er.

»Rocco Vilani ist hier?« Leicht erschrocken starrt Massimo seinen frühen Besucher an.

»Ja«, sagt Giorgio, der Kellner, »er ist bei diesem deutschen Zirkus, der in der ›Olympic Hall‹ gastiert. Und gestern war er bei Albertini.«

»Wer war noch dabei?«

»Ettore Salvi, Pietro und Marcello. Sie haben nur von dir gesprochen, Massimo. Sie haben Rocco eine Pistole hingelegt. Er soll dich erledigen.«

»Mich erledigen? Bravo!« Auf Guerras Gesicht erscheint ein brutales, verächtliches Lächeln. »Bravo. Rocco soll nur kommen. Ich werde ihn an mein Herz drücken, bis ihm die Luft ausgeht.« Damit zieht er eine Schublade seines Schreibtisches auf, entnimmt ihr einen schweren Colt und steckt ihn sich unter das Hemd in sein Schulterhalfter.

»Momento, Giorgio«, sagt er dann nach kurzem Nachdenken. »Wie lange bleibt dieser Zirkus in London?« Gior-

gio weiß es nicht genau. Noch zehn Tage — noch vierzehn Tage?
»Kannst du mir für heute abend eine Karte besorgen?«
»Ja, das kann ich«, sagt Giorgio.
»Gut. Dann möchte ich eine Loge haben — ganz vorn und für mich allein.«

Bei der Arbeit am Trapez ist nichts davon zu spüren. Aber wenn sie allein sind, ohne die Kinder, in der Enge des Wohnwagens, dann liegt eine frostige Stimmung über den spärlichen Gesprächen. Was ist los mit Sascha und Lona? Sie sind nun über acht Jahre verheiratet. Lona ist noch immer bildhübsch, wie im ersten Ehejahr. Sascha, der große, blonde Sascha — natürlich wirkt er auf Frauen. Er strahlt so etwas von Ruhe und Sicherheit aus, in seinen Armen könnte man sich geborgen fühlen. Ist Lona eifersüchtig? Ist eine Entfremdung eingetreten? Hängt es mit dieser Maria zusammen?
In Amsterdam, als Lillys Tigernummer ausfiel, weil so schnell kein Ersatzdompteur zu finden war, hatte Kogler kurzfristig Monsieur Degard verpflichtet. Maurice Degard nennt sich »Magier und Illusionist«. Er war gerade frei, er war nicht teuer, und seine Nummer gefiel. Ein paar gefällige Taschenspielereien, etwas Zauberei, zwei, drei originelle Entfesselungstricks. Das ganze nicht gerade erste Klasse, eher eine Füllnummer. Um so aufregender ist seine Partnerin Maria. Sie kann gar nichts. Sie steht nur in einer atemberaubenden Korsage in der Manege, reicht Maurice die Requisiten und wackelt mit dem Popo. Ein langbeiniges blondes, zauberhaft gewachsenes Geschöpf. Als Carlo sie zum erstenmal sah, meinte er, dieser Maurice könnte statt zu zaubern auch Kohlköpfe sortieren. Mit Maria als Assistentin würde er immer beim Publikum ankommen. Die Mei-

nungen der Frauen im Ensemble sind verständlicherweise nicht ganz so enthusiastisch. Dieses Pariser Vorstadtflittchen. Na ja, wenn man sonst nichts gelernt hat.

Hat Sascha sich etwa in diese Maria vergafft? Bisher haben sie noch nicht viel Worte gewechselt. Nur belangloses Zeug, ein paar banale Sätze über das Wetter, über die Vorstellung, über das Publikum. Aber wenn Maurice und Maria in der Manege arbeiten, oder wenn sie am Vormittag einen neuen Trick probieren, dann ist Sascha meist in der Nähe und starrt fasziniert auf das Mädchen. Auch an diesem Morgen sitzt er im Chapiteau auf dem Rand der Piste und schaut zu, wie Maurice und Maria trainieren. Sascha spricht französisch wie ein Franzose und versteht jedes Wort, das zwischen den beiden fällt. Und es sind oft sehr häßliche Worte darunter. Maurice ist gereizt. Maria ist ihm nicht schnell genug. »Du schläfst wohl noch, du dumme Kuh!« Er quält das Mädchen. Nun holt er aus, als wolle er sie schlagen. Sascha zuckt es in den Fäusten.

»Entschuldige, wenn ich störe«, hört er da hinter sich Lonas Stimme. Er dreht sich um. »Bitte?«

»Ich sagte, entschuldige, wenn ich störe«, sagt Lona mit besonderer Betonung. »Jakobsen möchte dir ›auf Wiedersehen‹ sagen, er fährt gleich ab. Komm bitte.«

»Ja, ich komme«, sagt Sascha und steht auf.

Die ganze Doria-Familie, auch Nina ist dabei, steht im Hof an Carlos Wohnwagen und nimmt Abschied von Jakobsen, der nach Frankfurt zurückfliegen muß. Oben auf der Wagentreppe sitzt Carlo noch im Bademantel, hält sich stöhnend den schweren Kopf und sagt mit komischer Bissigkeit: »Ich bin verdammt froh, daß du wieder nach Hause fliegst, mein Lieber. Noch so eine Nacht mit dir, das halte ich nicht aus.«

»Haben Sie den Boß fertiggemacht, Jakobsen?« fragt Francis amüsiert. »Wann kamt ihr denn nach Hause?«

Ganz genau weiß das keiner mehr von beiden, aber Jakobsen, der erstaunlich frisch wirkt, gibt zu, daß es schon hell war, als sie in Soho ein Taxi erwischten.

»In Soho? Ich denke, ihr wart bei Albertini?«

»Ja, da waren wir zuerst. Aber dann wollte euer Vater noch unbedingt nach Soho. Ich ahnte ja nicht, daß er auf den Wein keinen Whisky verträgt.«

»War es sehr schlimm?« fragt Viggo mit teilnahmsvollem Blick auf den Vater.

»Es ging«, erwidert Jakobsen. »Nur so gegen drei Uhr, da wollte mir Carlo den geschraubten Vorwärtssalto mit Griffwechsel zur Pirouette erklären. Er sprang plötzlich auf die Theke, und . . .«

»Er lügt wieder, dieser Mensch! Er lügt«, schreit Carlo. Aber sein Protest geht in dem wiehernden Gelächter der anderen unter, und Jakobsen ermahnt seinen Kumpanen mit sanfter Stimme: »Und vergiß bitte nicht, Carlo, daß du dem Taxichauffeur für heute abend sechs Freikarten versprochen hast.«

»Großer Gott!« Jetzt bricht Carlo zusammen.

»Scheint ja 'n ziemlich teurer Abend gewesen zu sein«, frozzelt Francis. »Wer hat denn bezahlt?«

Carlo sieht Jakobsen an und versucht sich zu erinnern. Ja, wer hat eigentlich gezahlt? Doch Jakobsen winkt nur mit einem nachsichtigen Blick ab und sagt: »Geschenkt, mein Lieber, geschenkt.«

Nun kommen auch Lona und Sascha vom Chapiteau. »Jakobsen, addio. Hasta la vista! Geht's los?«

»Ja, Herrschaften, es wird Zeit. Bis so'n Taxi durch die City zum Flugplatz kommt . . . Also, macht's gut, Kinder.

Brecht euch den Hals, aber mit Gefühl. Vielleicht sehen wir uns in drei Wochen in Marseille. Lona – Francis, salute. Ciao, Rodolfo. Und du, Carlo, geh' in dich, mein Alter, und vergiß die sechs Freikarten nicht. Frankie Turner hieß der Chauffeur.«

Und dann geht er mit seinem kleinen zerknautschten Hut und dem Köfferchen. Noch ein Zurückwinken – addio, addio.

Carlo sieht ihm nach, bis er hinter einer Wagenecke verschwindet; dann sagt er gerührt: »Kinder, wenn ich nochmal zur Welt kommen sollte – ich geh' ja doch wieder als Artist aufs Trapez – dann wünsch' ich mir noch einmal so einen Agenten und so einen Freund.«

Zur Abendvorstellung ist das Haus wieder voll bis unter das Dach. Zu den Klängen der »Japanischen Laternenserenade« zeigt Tanako Sumi mit seiner Truppe Akrobatik am Schrägseil. Auch die Sumis sind eine geschlossene Familie. Tanako, der Vater, Yuta, die Mutter und die drei Töchter Mara, Shinta und Nanami. In zauberhaft bestickten Geishakostümen, bunte Papierschirme in den Händen. laufen die kleinen Mädchen am Schrägseil ohne Schutznetz bis unter die Zirkuskuppel.

In der Loge Nummer sieben, ganz vorn an der Piste, sitzt ein großer, schwerer Mann mit goldgefaßter Sonnenbrille. Er scheint gar nicht hinzusehen, was die Sumis zeigen. Er blättert in seinem Programmheft, sucht ein Foto der »Tongas«, dann hat er es und schiebt die Sonnenbrille hoch. Rocco Vilani, der Springer. Gut sieht Rocco aus. Er hat sich kaum verändert in den fünf oder sechs Jahren seit Tortoricci. Die »Tongas« haben die Programmziffer 11. Das ist die vorletzte Nummer vor der Pause.

Schon gegen Mittag hatte Direktor Kogler erstaunt feststellen können, daß sich die Garderobe seiner Schleuderakrobaten wieder in einer musterhaften Ordnung befindet. Die zerbrochenen Stühle sind repariert, der zerschlagene Spiegel ist ersetzt, Tische und Schränke sind auber und aufgeräumt. Auch jetzt, vor dem Auftritt, ermahnt Rocco noch einmal seine Leute, sich anständig wie zivilisierte Menschen zu benehmen. Dann nimmt er sich Tonio vor, seinen Landsmann, den Jüngsten der Truppe. »Hör zu, Tonino«, sagt Rocco leise, aber eindringlich, »der Brief gestern von Ettore – ich will keine Briefe mehr haben, verstehst du? Ich werde auch nicht mehr zu Albertini gehen. Und dir gebe ich den guten Rat: Halte dich heraus aus allem, was man dir anträgt.«

»Es war die Mafia? Was wollen sie von dir?«

»Die Mafia will immer nur eins – den Tod. Aber ich tu's nicht. Ich bin Artist, und ich liebe meine Freiheit. Ich will nicht für Jahre in den Kerker gehen, nur weil sie meinen, Blut verlange immer wieder nur Blut.«

Vom Sattelgang kommt das Klingelzeichen der Abendregie zum Auftritt der »Tongas«. Alles fertig? – Pronto! Avanti, giovini!

Und Minuten später wirbeln die acht braunen Burschen im Flick-Flack durch die Manege, bilden zu zweit, zu dritt lebende, sich in rasantem Tempo drehende Räder, dann schleudern sie sich mit Hilfe der kurzen Wippbretter hoch durch die Luft und drehen ihre Salti. Mit kurzen, kehligen Rufen feuern sie sich gegenseitig an. Tonino ist ein glänzender »Hand in Hand-Springer«, aber alle übertrifft Rocco Vilani mit seinem »saut-perilleux«, einem gefährlichen Drehsprung, als Schlußmann auf den Viererturm.

Prasselnder Beifall belohnt diese kühne Leistung. Sogar der Besucher in der Loge Nummer sieben, der sich bei den Sumis kaum gerührt hat, klatscht nun in seine fetten Hände.

In der Pause gibt es für das Publikum auch einen Ausgang auf den Hof, wo Circus Krone seinen Besuchern unter Tiefstrahlern die große Tierschau präsentiert. Hier können die Tiger, die Seelöwen, die Ponys und die vielen Exoten in ihren Käfigen aus nächster Nähe betrachtet werden. Auch die Artisten haben von ihren Garderoben aus einen Ausgang zum Hof. Eben erscheint Nina in ihrem Clownkostüm, die rote Blechnase auf der Stirn, und läuft zu dem Doria-Wagen hinüber. Gloria und Teresa Storck kommen, um sich für das zweite Programm umzuziehen. Der nächste ist Rocco. Noch etwas erschöpft von seinem Auftritt lehnt er sich an die Hauswand, atmet die frische Luft, greift nach einer Zigarette.

»Rocco! Rocco Vilani!«

Roccos Kopf fährt herum, da kommt aus dem Gedränge der Menschen ein schwerer Mann mit dunkler Brille unter dem weißen Strohhut auf ihn zu und streckt ihm beide Hände entgegen. »Rocco! Kennst du mich nicht mehr? Massimo Guerra! Wie lange haben wir uns nicht gesehen? Benvenuto in London.«

Tatsächlich, es ist Guerra. Rocco erkennt in den schwammigen Zügen das Gesicht des sizilianischen Banditen wieder.

»Du warst in der Vorstellung?« Roccos Ton und seine Haltung sind abwartend kühl.

»Ja, danke dir – ein Zufall«, sagte Guerra mit südländischer Lebhaftigkeit. »Ich hatte keine Ahnung. Plötzlich sehe ich dich. Ich wollte es nicht glauben. Rocco, was bist du für ein wunderbarer Artist. Aber du freust dich anscheinend nicht so sehr, mich zu sehen?« Und als Rocco seine Haltung nicht ändert, legt er ihm beide Hände auf die Schulter und sagt mit fast ehrlich klingender Herzlichkeit: »Ich weiß, Rocco, zwischen den Guerras und den Vilanis steht es nicht zum besten. Diese dummen Geschichten damals. Vergiß sie, Rocco. Ich habe sie auch vergessen. Komm, versöhnen wir uns — und laß uns was zusammen trinken.«

»Ich kann noch nicht weg, Massimo«, sagt Rocco, schon um eine Spur zugänglicher. »Jetzt ist Pause. Ich muß noch zum Finale in die Manege.«

»Nun, ich bleibe auch bis zum Schluß. Ich werde dich abholen, Rocco, und wir fahren dann zu mir. Du mußt dir mein Lager ansehen. Ich bin sehr stolz darauf. Wein und Orangen aus Sizilien.«

Massimo Guerra fährt einen großen amerikanischen Straßenkreuzer. Sie nehmen den Weg entlang der Themse über Eastend, und fahren dann die lange, schnurgerade Straße weiter, die kilometerlang von taghell erleuchteten Ölraffinerien gesäumt wird.

»Wirklich, Rocco, wir sollten nicht mehr in der Vergangenheit graben und auf Feindschaft stehen. Wir sind doch fortschrittliche Menschen. Wir müssen beide hart arbeiten und das Leben ist so kurz.«

Nun sind sie schon im Hafengelände bei den Docks. In den Werfthallen arbeitet die Nachtschicht. Am Kai ragen die Silhouetten der riesigen Schiffe in den Himmel. Dann hält der Wagen in der kleinen Seitenstraße bei den Lagerhäusern.

»Es sieht nicht sehr einladend bei mir aus«, sagt Guerra, als er die Tür seines Büroladens aufschließt und das grelle nackte Licht einschaltet. »Aber dafür werden wir einen herrlichen Marsala trinken, Rocco, den besten Marsala von ganz Sizilien und dabei alles begraben, was einmal zwischen uns stand.«

Er wischt ein paar Brotkrümel vom Schreibtisch, zieht einen zweiten Sessel heran und fragt dann fast beiläufig:

»Hast du in London schon Landsleute getroffen, alte Freunde aus Tortoricci oder Randozzo?«

»Ja«, sagte Rocco im gleichen Ton, »Ettore Salvi und Pietro und Marcello – gestern bei Albertini.«

»Ah, Ettore Salvi. Ich weiß, er ist auch hier. Ich sehe ihn selten. Ich glaube, er mag mich nicht sehr. Aber komm, Rocco, sieh dir erstmal meine Lager an. Ich habe gestern frische Ware bekommen.«

Er schließt im Hintergrund eine schmale Eisentür auf, hinter der sich zu Roccos Überraschung eine große Lagerhalle öffnet. In dem fahlen Neonlicht sieht man lange Reihen übereinandergestellter Weinfässer und korbumflochtener Ballonflaschen. Der Mittelraum ist fast ganz mit hochgestapelten Orangenkisten ausgefüllt.

Guerra geht mit Rocco durch die Lagergassen und zeigt voller Stolz auf die Fässer. »Meine Weine. Ich habe alles da: den Marino aus Rom – Moscate aus Asti – Orvieto, Chianti und Marsala. Die Orangen sind gestern aus Messina gekommen. Schau sie dir an.« Er nimmt ein kurzes Brecheisen und öffnet den Deckel einer Kiste. Sie ist randvoll mit großen, leuchtenden Früchten.

Roccos Blick wandert beeindruckt über die Kistenstapel, die bis zur Decke reichen. Auf jeder einzelnen Kiste steht in großen Buchstaben aufgemalt der Name: MASSIMO GUERRA/LONDON!

»Du hast es weit gebracht, Massimo«, sagt Rocco in ehrlicher Bewunderung.

»Ja, das Geschäft ernährt den Mann. Vor einem Jahr hatte ich auch noch Zitronen und Oliven. Aber die spanische Konkurrenz ist jetzt stark. Der Markt ist schwieriger geworden, und es gibt eine ganze Reihe von Leuten, die es mir sehr schwermachen. Du glaubst gar nicht, wie viele mir gern ein Bein stellen würden. Aber sie verrechnen sich«, sagt Guerra lächelnd und reißt plötzlich blitzschnell seinen Colt aus dem Halfter und fordert ohne Vorwarnung, fast im gleichen unverbindlichen Plauderton, Rocco auf: »Stell dich an die Wand, Rocco. Nimm die Hände hoch.«

Rocco ist völlig überrascht. Er sieht ungläubig auf Guerra, auf den Revolver in dessen Hand und rührt sich nicht.

»Nimm die Hände hoch, hab' ich gesagt«, schreit ihn jetzt Guerra an, der die Beherrschung verliert. »Dreh dich zur Wand.«

In Roccos Gesicht zucken die Muskeln, dann hebt er langsam die Arme und stellt sich mit dem Gesicht zur gekalkten Wand. Guerra, den Colt auf Roccos Rücken gerichtet, beginnt mit der freien Hand Roccos Taschen nach einer Waffe abzusuchen. Als er nichts findet, verzerrt sich sein Gesicht.

»Wo ist deine Kanone? Gib die Kanone raus! Wenn ihr denkt, ihr könnt mich abschießen – Ettore, Pietro und du – mich nicht! Ich werde dich erledigen, genau wie deinen Bruder. Umdrehen!«

Mit noch immer erhobenen Händen dreht sich Rocco um, und nun sucht Guerra die Vordertaschen ab. Da auch nichts? Rocco ohne Waffe? Guerra kann es nicht glauben und tritt irritiert einen Schritt zurück.

In der gleichen Sekunde aber schnellt Rocco, sich von der Wand abfedernd, mit einem artistischen Sprung vor – er springt mit beiden Füßen zugleich – schlägt mit dem einen dabei Guerras Arm mit dem Colt hoch – der Revolver fliegt in hohem Bogen. Guerra weicht gegen einen Stapel Orangenkisten zurück, hat plötzlich ein blitzendes Stilett in der Hand und faucht heiser: »Na, komm'.«

Und Rocco kommt. Wieder springt er mit beiden Füßen zugleich den ihn erwartenden Guerra an und stößt ihn mit aller Kraft gegen den Kistenstapel, der unter der Erschütterung zu wanken beginnt. Dann wirft er sich auf seinen Gegner, versucht ihm das Stilett zu entwinden. Neben ihm stürzt die erste schwere Kiste mit Krach herunter, bricht auf. Hunderte von leuchtenden Orangen rollen zwischen die kämpfenden Männer. Unter dem Gewicht von Guerra platzen einzelne Früchte auf, bilden eine gelbe, glitschige Soße. Guerra gewinnt nun die Oberhand, kann sich über Rocco wälzen. Er hat die Hand mit dem Stilett frei, doch beim Zustoßen rutscht er auf den rollenden Orangen aus. Rocco kann den Stoß abfangen. Und wieder knallen zwei neue Kisten herunter. Die Orangen kollern auf dem glatten Boden wie Billardkugeln in alle Richtungen.

In Guerras leerem Büro sitzt eine kleine, graue Maus auf dem Schreibtisch und knabbert an alten Brotkrumen. Da hört sie den entsetzlichen Aufschrei eines Menschen im Lagerraum und huscht erschrocken vom Tisch. Es dauert noch eine ganze Weile, bis sich die Eisentür zum Büro mit einem penetranten Quietschen öffnet, und Rocco aus dem Halbdunkel in das grelle Licht tritt. Seine Hände sind blutig, an seinem Anzug klebt das Fruchtfleisch zerquetschter Orangen. Er atmet schwer und sieht sehr müde und alt aus. Er entdeckt an einem Türhaken ein schmutziges Handtuch. Er wischt sich das Blut von den Händen. Dann knipst er das Licht aus und geht langsam hinaus in die Nacht.

Wieder ein schöner Morgen. Wer hat nur das Gerücht aufgebracht, es gäbe in London keinen richtigen Sommertag? Viggo holt Nina ab. Sie wollen etwas einkaufen, bummeln, sich in der Stadt umsehen. Wladi sitzt auf der Wagenbank am Fenster und liest die Zeitung.

»Wie geht's, Wladi?« fragt Viggo den alten Clown.

»Danke, heute geht sehr gut, fühle mich wunderbar. Wo wollt ihr hin?«

»Wir wissen noch nicht, Vater«, sagt Nina, die in ihrem neuen Sommerkleid entzückend aussieht.

»Ninotschka, bitte, in der Fleet dicht bei Temple Church es gibt kleine Tabakgeschäft, wo hat echte russische Papyrossi: Hab ich früher immer gekauft.«

»Papyrossi?« Nina macht ein strenges Gesicht. »Darf ein alter, kranker Mann denn rauchen? Was wird sagen dein Herz?«

»Mein Herz?« Wladi sucht Hilfe bei Viggo. »Viggo, bitte, kannst du erklären meine Tochter, daß Herz und Papyrossi sind ganz verschiedene Sachen? Das Herz aber wird erst froh, wenn es sieht Papyrossi, und . . .«

»Und – und – und ist Wladimir Skarabinoff immer klüger als alle Ärzte. Schüttet Medizin weg, geht zu spät schlafen, regt sich auf über Politik – und nun will noch rauchen. Schlimm, schlimm.«

»Ich weiß, Ninotschka. Gib Kuß auf deine schlimme Vater – und vergiß Papyrossi nicht.«

Sie schwirren ab. Als sie an dem Doria-Wagen vorbeikommen, ruft ihnen Francis noch nach, sie möchten Waschpulver mitbringen.

»Braucht ihr noch was?« ruft Viggo in den Campingwagen von Sascha und Lona. Aber Lona schüttelt nur stumm den Kopf. Was sie braucht, können ihr die beiden nicht mitbringen. Es ist wieder ein häßlicher Morgen. Sascha liegt im Trainingsanzug auf dem Klappbett, hat die Arme unter dem Kopf verschränkt und starrt ins Leere. Er hatte sich nicht einmal an den Tisch gesetzt, als die Kinder frühstückten. Biggi und Pedro waren ganz bedrückt abgezogen, als sie zum Schulwagen gingen, in dem Annie Moore die Artistenkinder unterrichtet.

»Bitte, steh auf, Sascha. Ich möchte hier aufräumen«, sagt Lona schließlich in nicht sehr freundlichem Ton.

Sascha antwortet nicht, erhebt sich betont langsam, steckt sich erst eine Zigarette an und geht dann, ohne Lona anzusehen, zur Tür.

»Sascha! Soll das so mit uns weitergehen? Ich finde, du könntest wenigstens auf die Kinder Rücksicht nehmen.«

Sascha dreht sich in der Tür um und sieht seine Frau mit leerem Blick an. »Liegt es an mir?« Und als Lona schweigt, weil sie nicht mit einer heftigen Antwort alles ganz verderben möchte, sagt Sascha: »Na, also«, und verläßt den Wagen.

Carlo ist gerade bei Francis, als Sascha mit verdrossenem Gesicht draußen vorbeigeht.

»Sag mal, Francis, stimmt da drüben was nicht?«

»Merkst du das erst jetzt?«

»Krach?«

»Leider nicht. Wenn sie sich wenigstens mal richtig anbrüllen würden, das schafft immer Luft, aber . . .«

»Was ist denn der Grund?«

»Lieber Gott, Gründe gibt's immer in einer Ehe. Und wenn man monatelang auf so engem Raum zusammenlebt . . .«

»Quatsch«, sagt Carlo, »ich habe mit eurer Mutter vierzehn Jahre lang im Wohnwagen gelebt. Wir waren glücklich und haben uns nie gestritten.« Doch als Francis ihm einen Blick zuwirft, korrigiert er sich schmunzelnd: »Stimmt, einmal hat mir Mutter auch – mit der Trapezstange ist sie auf mich losgegangen. Das war in Stockholm im ›Colosseum‹. Lydia Petrowna hieß sie, eine Polin, und eine hinreißende Person – akrobatischer Tanz. Mutter glaubte, Lydia und ich – wir hätten was. Aber wir hatten gar nichts – leider. Und ich hab' die Beule von der Trapezstange ganz umsonst bekommen.«

»Und wenn du sie verdient hättest? Würde das etwas geändert haben?«

»Es wäre denkbar«, gibt Carlo lächelnd zu.

»Na, dann sollte man Lona wohl mal den Tip mit der Trapezstange geben.«

Sie haben die Papyrossi gekauft, sie haben das Waschpulver nicht vergessen, und sie haben auf der Bond Street eine Krawatte mit einem silbernen Elefantenmuster erstanden. Die wollen sie Kogler mitbringen.

»Und wo gehen wir jetzt hin?« fragt Nina unternehmungslustig.

Viggo hat einen guten Vorschlag. »Jetzt gehen wir in den Buckingham-Palast und fragen die Königin, ob sie uns nicht zum Lunch einladen möchte.«

»Wunderschöne Idee. Und wenn sie sagt ja, geben wir ihr heute abend Freikarten für Zirkus. Kann sie auch mitnehmen ihre Mann, den Herrn König und die Kinderchen.«

»Ninotschka, der Mann der Königin von England ist kein Herr König, sondern er nennt sich Prinzgemahl.«

»Prinzgemahl? Kann ich nicht glauben. Ich werde sie fragen.«

Eine halbe Stunde später stehen Viggo und Nina tatsächlich vor der Königin Elisabeth von England und Prinz Philip. Beide sind im großen Krönungsornat, und Viggo erlaubt sich, mit großer Geste vorzustellen: »Gestatten, Majestät, daß ich Sie mit Nina Wladimirowna Skarabinowa, dem großen weiblichen Zirkusclown, bekannt mache.«

Majestät gestattet es huldvollst. Und nun macht Nina einen tiefen Hofknicks und weist auf Viggo.

»Und das ist Viggo Doria, der berühmte Flieger am Trapez, Majestät.«

Die Königin schweigt. Prinz Philip schweigt. Beide sehen starr geradeaus.

»Ninotschka, ich glaube, wir haben keinen großen Eindruck gemacht«, sagt Viggo leise.

»Aber da drüben sitzt Churchill. Vielleicht ist der zugänglicher.«

Aber nein, weder Churchill noch alle die anderen Größen der Weltpolitik, wie Stalin, Fidel Castro, Nasser und die Präsidenten der Vereinigten Staaten von Amerika sind zu einem kleinen Schwatz geneigt, denn sie sind, ebenso wie das englische Herrscherpaar, nur aus Wachs.

Komm, laß uns reingehen, hatte Viggo gesagt, als sie in Marylebone Road plötzlich vor dem berühmten Wachsfigurenkabinett der Madame Tussaud standen. Es ist sicher sehr lustig. Und wie ein paar etwas angealberte Kinder wandern sie nun Hand in Hand durch die Säle, in denen überall ein etwas süßlicher Paraffingeruch schwebt. Im Saal der Schauspieler und Sportler grüßen sie Charlie Chaplin, die Duse und Sofia Loren, gegenüber läuft Nurmi, mit der Stoppuhr in der Hand, einen neuen Weltrekord, und auf einmal stehen sie vor den »Drei Codonas«. Alfredo, Lalo und Vera Bruce. Und Viggo fällt plötzlich gar kein Witz dazu ein. Er schaut nur ehrfürchtig und angerührt in das wächserne Gesicht Alfredos, der als erster Mensch den dreifachen Salto Mortale beherrschte, der ein König am Trapez war und am Leben scheiterte.

»Ob hier auch einmal stehen wird: Viggo Doria als Wachsfigur in Lebensgröße?« fragt Nina leise und drückt sich an ihren Geliebten. »Vielleicht wenn du geschafft hast den vierfachen Salto?«

»Den Vierfachen gibt es nicht, Nina. Tony Steele, der Amerikaner, springt manchmal den Dreieinhalbfachen. Aber das ist die Grenze.«

»Ach, Viggo, mir ist's auch gleich. Auf deinen Ruhm in Wachs und Museum kann ich verzichten. Gib rasch Kuß auf Ninotschka! Lebendige Viggo ist mir lieber.«

Texas-Bill und Jenny sind im Hof beim Training und lassen ihre Lassos vor den Wohnwagen kreisen, als Viggo und Nina von ihrem Stadtbummel zurückkommen.
»Gib mir die Papyrossi für Vater«, sagt Nina, »und komm' in Stunde zu Essen, ich mache russische Blinis.«
»Fein«, sagt Viggo, »darauf freue ich mich.« Er fingert aus den vielen Päckchen in seiner Hand die Zigarettenpackung heraus und geht erst zu Kogler, während Nina rasch auf ihren Wagen zuflattert. Als sie die Tür öffnet, sitzt Wladi noch auf der Bank am Fenster, die Zeitung in den Händen.
»O je, jetzt haben wir Papyrossi vergessen!«
Nina will einen Spaß machen. Aber mit ihrem Vater ist kein Spaß mehr zu machen. Wladi ist tot.

Schon am übernächsten Tag tragen sie ihn auf dem kleinen Friedhof mitten im Londoner Häusermeer zu Grabe. Um die Mittagszeit hat ein feiner Nieselregen angefangen, aber das ganze Zirkusensemble ist mitgegangen. Seitlich der schmalen, offenen Gruft steht Renzi mit seinen Musikern in den roten Röcken. Sie spielen das wehmütige russische Lied von den »Drei Krähen auf einer Birke«, das Wladi so oft zur Balalaika sang. Nina steht im Schmerz erstarrt, mit tränenlosem Gesicht vorn zwischen Carlo und Viggo. Hinter ihnen die anderen Dorias, Peppi, Ruschnik Horn, die Geschwister Storck, die »Tongas« mit Rocco, die Japaner, die Jongleure. Der kleine Friedhofgang kann kaum alle fassen. Und Direktor Kogler nimmt jetzt für alle von Wladi Abschied.
»Wladimir Nikolajewitsch Skarabinoff, aus Charlow in

der Ukraine kamst du und bist als Clown um die Welt gewandert, um den Menschen den Spaß, das Lachen und die Heiterkeit zu schenken. Nitschewo – dieses wunderbare russische Wort, hast du dir als Namen gewählt. Nitschewo – ein so weites und so weises Wort, das so vieles bedeutet – nichts – es macht nichts – laß es gut sein – Nitschewo. Und dieses Wort gilt ja für uns alle – für uns Zirkusleute, für das Volk der Gaukler und der Fahrenden – laß es gut sein. Nun wirst du in fremder Erde ruhen, lieber Wladi, aber du weißt es besser als wir, ein Clown ist unsterblich, und du hast uns mit deiner Ninotschka ein wunderbares Erbe hinterlassen. Ich nehme Abschied von dir. Leb wohl, Wladi. Im großen Zirkus da oben unter dem ewigen Chapiteau sehen wir uns alle wieder.«

Eine Handvoll guter Londoner Erde prasselt dreimal auf den Sarg in der Tiefe. Dann gibt Kogler den Platz frei für Nina, für die Dorias und all die anderen. Renzi formiert seine Musiker schon zum Abmarsch. Und während noch die letzten Blumen in die Guft fallen, stimmen die Bläser – wie es alter Zirkusbrauch ist – eine flotte Marschmusik an.

Wladi, der alte Mann aus der Manege, soll zum letztenmal Zirkusmusik hören.

Sie haben alle kaum Zeit zum Umziehen. In einer Stunde beginnt schon die Nachmittagsvorstellung. Kogler hat Nina angeboten, ihre Clownnummer aus dem Programm zu streichen. Aber Nina will es nicht annehmen. Ihr Vater hat auch keine Vorstellung ausgelassen, wenn er sich krank und elend fühlte. Das Publikum hat bezahlt, und in ein richtiges Zirkusprogramm gehört eine Clownnummer.

Und so treibt sie, gleich nach dem Tableau der Tigerschecken und Isabellen, wie jeden Tag ihre grotesken Clownspäße in der Manege. Die Leute kreischen vor Lachen, wenn sie von der Leiter in die Pauke fällt. Ninas Trick mit dem explodierenden Bombardon war nie besser als heute.

Dann kommen die dressierten Seelöwen. Einem der Stallmeister fällt es zuerst auf: Am Hauptausgang des Chapiteaus, am Ende der Logengänge, und nun auch an den Seitenausgängen stehen plötzlich fast uniformgekleidete Herren, deren Gesichter nur wenig Interesse für die Darbietungen in der Manege zeigen.

»Was sind'n das für welche?« fragt der Stallmeister seinen Kollegen.

»Weiß nicht. Hinten am Sattelgang stehen auch so'n paar Figuren.«

In der Garderobe der »Tongas« bereitet man sich auf den Auftritt vor. Die beiden Marokkaner massieren sich gegenseitig, Tonino springt sich ein und macht die Gelenke weich. Rocco legt sich die breite rote Leibbinde um, da wird die Tür aufgestoßen. Zwei Herren, sehr ähnlich denen, die im Sattelgang warten, machen einem dritten Platz, der nun rasch auf Rocco zugeht.

»Sie sind Rocco Vilani?«

»Si, Signore, ich bin es«, sagt Rocco ruhig und voller Würde.

»Im Namen Ihrer Majestät, Sie sind verhaftet.«

Fast zu gleicher Zeit meldet Helga im Direktionsbüro einen Besucher an. Mr. Barnett von Scotland Yard. Verwundert empfängt Kogler, der sich gerade den Frack anzieht, den Inspektor, eine älteren, grauhaarigen Mann.

»Scotland Yard? Was kann ich für Sie tun, Mr. Barnett?«

»Nichts, nichts, danke. Eine scheußliche Sache für mich, Mr. Kogler. Ich bin ein alter Zirkusnarr. Ich habe mir dreimal Ihre Vorstellung angesehen. Kompliment! Sie haben wunderbare Artisten – und eben habe ich einen Ihrer besten Leute ... Vielleicht haben Sie noch einen Whisky für mich da? Ich habe Rocco Vilani verhaftet.«

»Rocco? Um Gottes willen, was hat er getan?« fragt Kogler bestürzt.

»Die Mafia. Er hat jemanden umgebracht.« Der Inspektor kippt rasch einen Whisky, den ihm Kogler hingestellt hat und schüttelt sich. »Ich sage Ihnen, diese Sizilianer hier im Land – es sind nur ein paar tausend – aber sie machen uns allerhand Arbeit. ›Regelung der Konten‹ nennen sie das.«

»Rocco ein Mörder?«

»Es sieht mehr nach Totschlag aus, vielleicht sogar Notwehr. Ich hoffe es für ihn. Verstehen Sie mich, Herr Kogler, ich bin ein harter Knochen, aber bei Zirkusleuten, das geht mir immer an die Nieren. Nun mache ich Ihnen auch Ihr Programm kaputt.«

Kogler schaut auf die Uhr. »Mr. Barnett, in zehn Minuten ist der Auftritt der ›Tongas‹. Ich habe ein ausverkauftes Haus. Können Sie mir Rocco noch etwas lassen? Eine halbe Stunde – eine halbe Stunde nur, Mr. Barnett! Ich bitte Sie darum.«

Der Inspektor kippt den zweiten Whisky und sieht Kogler scharf an. »Verbürgen Sie sich für ihn?«

»In vollem Umfang«, versichert Kogler, »auf Rocco kann ich mich verlassen.«

»Na gut – thank you«, sagt Barnett, und zum erstenmal lächelt er. »Sie sind also ebenso ein Narr wie ich. Aber Sie verstehen, daß ich trotzdem gewisse Sicherheitsmaßnahmen treffe?«

»Bitte.«

Dann gehen sie hinaus.

Im Chapiteau, im Sattelgang und in den Garderoben hat es sich mit Windeseile herumgesprochen. Rocco verhaftet!

Polizei ist im Haus! Einer sagt es dem anderen weiter. Renzi und das Orchester sind schon informiert, die Tonga-Nummer fällt aus.

Texas-Bill ruft in seinen Wagen: Jenny, beeil dich, wir müssen vorziehen! Die Bullen haben unseren Rocco geschnappt! – Ruschnik, der Stallmeister, ruft nach der Ponyparade als Füllnummer.

Doch plötzlich kommt die Gegenorder. Das Programm bleibt wie es steht. Die »Tongas« kommen doch. Und Rocco?

Sie stehen schon im Sattelgang. Sieben braune Burschen in den bunten Kostümen mit verstörten Gesichtern. Nur Rocco, der Boß, blickt als einziger frei und selbstbewußt auf die sich öffnende Gardine. Jetzt kommt der Tusch der Musik! Sie laufen ein in die Manege, vom Beifall des Publikums empfangen, einem ahnungslosen Publikum, das nichts von den Polizisten weiß, die unauffällig alle Ausgänge besetzt halten.

Nur die Zuschauer an der Barriere: Kogler, Inspektor Barnett und alle anderen Artisten im Zirkus wissen, daß dies Roccos letzter Auftritt in der Manege sind wird. Wenn der letzte Tusch verklingt, werden sich Handschellen um seine Gelenke legen, und er wird vielleicht für Jahre ins Gefängnis wandern.

Auch Rocco weiß es. Aber er ist ein echter Artist. Präzis und exakt sitzen seine Sprünge. Seine Nerven halten auch dieser Belastung stand, und mit besonderer Bravour springt er heute im Wirbel seiner Truppe den »Saut-perilleux« auf den Viererturm.

Auch der Schlußapplaus und das Kompliment werden ihm noch gegönnt, dann geht er mit schweißnassem Gesicht, erschöpft, aber gelassen auf die ihn im Sattelgang erwartenden Beamten zu und streckt ihnen seine Hände entgegen.

»Prego, signori.«

## IV.

Sie sitzen auf einer niedrigen Mauer hoch oben bei der Basilika Notre Dame de la Garde. Unter ihnen liegt die Riesenstadt Marseille, die sich wie ein Katarakt aus weißem Gestein in den Golfe du Lion stürzt. Der Mistral, der von den Bergen weht, kämmt das Meer und läßt es in vielen kleinen Schaumkronen aufblitzen.

Sascha hat seinen Arm um Marias Schulter gelegt und zeigt mit der freien Hand vom Vieux Port eine gerade Linie entlang der Canebière, die sich wie eine Schlucht im Häusermeer abzeichnet, bis zur oberen Corniche. Dort, dicht beim Cours-Pierre-Puge leuchtet im dürftigen Grün der Hügel ein blauer Punkt auf. Voila, le Chapiteau! Das blaue Zeltdach des Zirkus.

»Ich will es nicht sehen«, sagt Maria schroff und wendet den Kopf ab. »Ich gäbe etwas, wenn ich nicht mehr zurück müßte. Aber wo soll ich denn hin?«

Sascha schweigt. Er weiß es auch nicht. Er ist ja selber ratlos und begreift nicht, wie alles geschah, wie es geschehen konnte. Es sind jetzt kaum mehr als drei Wochen her — es war noch in London —, daß ihn die Begegnung mit Maria wie ein Blitz, wie ein Elementarereignis traf. Sascha, der solide, der gradlinie Sascha, der Verläßlichste aller Dorias, als Fänger am Trapez der ruhende Pol der ganzen Truppe, hat sich plötzlich im Stolperdraht einer verhängnisvollen Leidenschaft verstrickt. Dabei weiß er nicht einmal, ob er dieses Geschöpf, das er nun in seinen Armen hält, ob er Maria wirklich liebt. Er liebt doch auch Lona, mit der er seit über acht Jahren in einer glücklichen Ehe lebt, er liebt seine Kinder. Was, um Gottes willen, hat denn noch Bestand auf dieser Welt, wenn diese Bindungen nicht mehr wert sind, als der schäbige Rest eines Anisschnapses, den man aus dem Glas kippt? Sascha weiß es. Er weiß das alles. Er kommt sich so erbärmlich vor und kann es doch nicht ändern. Manchmal träumt er des Nachts, er hänge hoch oben unter der Zirkuskuppel im Fangstuhl, und beim Absprung ins Netz – plötzlich ist kein Netz mehr da. Er fällt und fällt ins Bodenlose. Schweißgebadet wacht er dann auf, richtet sich hoch – dann hört er die Atemzüge seiner Kinder, manchmal hört er Lonas leises, unterdrücktes Weinen.

Eine große, dunkle Wolke zieht jetzt über die Sonne. Das Meer verändert seine Farbe, es wird bleigrau, und der leuchtende blaue Punkt beim Cours Pierre-Puget ist verblaßt.

»Komm, laß uns gehen«, sagt Maria, »es wird kalt hier oben.«

Seit acht Tagen steht Circus Krone in Marseille. Es hat eine glanzvolle Premiere gegeben, und die Kassenrapporte der ganzen Woche sind über Erwarten gut, Kogler strahlt. Die »Dorias« am Trapez sind auch hier die Sensation des Programms. Ja, vielleicht bewundern die Franzosen sogar Francis mit ihrem Todessprung noch mehr als Viggos dreifachen Salto Mortale. Die Schleuderbrett-Truppe der »Tongas« hat sich leider nach Roccos Verhaftung in London aufgelöst. Kogler mußte sie schweren Herzens vom Vertrag entbinden. Aber dafür kommt Lilly Swoboda aus Scheveningen zurück. Tiger-Lilly ist wieder gesund und brennt darauf, ihre Raubkatzen wieder zu übernehmen. Sie will mit der Dreiuhr-Maschine aus Paris kommen. Der ganze Zirkus freut sich auf Lilly.

»Jakobsen hat sich angemeldet«, sagt Helga, als Kogler den Direktionswagen betritt. »Er rief gerade an. Er bringt uns die Estrellos mit.«

»Also, die will ich mir erst einmal sehr genau ansehen«, sagt Kogler, »auch bei unserem Freund Jakobsen kaufe ich nicht die Katze im Sack. Von wo rief er denn an?«

»Aus Zürich«, sagt Helga, »er ist beim Zirkus Knie.«

Es stimmt. Jakobsen hat aus Zürich telefoniert. Aber ein paar Stunden vorher war er noch bei Henrike und dem kleinen Tino auf dem Plattenhof in Solothurn gewesen. Er hatte nur einmal hereinschauen wollen, wie es geht, um morgen in Marseille berichten zu können. Nur für eine kurze Stunde hatte er Zeit gehabt, dann war er nach Zürich weitergefahren. Aber sein Besuch hat bei Henrike eine seltsame Unruhe hinterlassen, eine Unruhe, die ihr Herz bis zum Hals hinauf klopfen läßt. Kommen die alten bösen Träume wieder auf sie zu, die Beklemmungen, die Angst?

Die letzten Monate hier im Hause der Dorias, das tägliche Einerlei der häuslichen Arbeit, die Beschäftigung mit dem kleinen Tino, die stille, sanfte Landschaft – dankbar hatte Henrike auf ihrer Flucht vor den Menschen die heilsame Ruhe empfunden. Hier hatte sie niemand gestört und mit Fragen irritiert. Sogar Mischa hatte sie nicht aus ihrer Reserve herauslocken können. Und jetzt – jetzt hat Jakobsen sie wieder aufgeschreckt.

Henrike erinnert sich an jedes seiner Worte: Sag mal, hast du eigentlich nie mehr daran gedacht, wieder anzufangen? Ich dränge dich nicht, Henrike. Der Wunsch muß von dir kommen, ganz allein von dir. Aber wenn du ihn spürst und du hast die Kraft, dann versuch's. Versuch's, Henrike! Frei, richtig frei wirst du nur, wenn du wieder anfängst und zurückkehrst.

Henrike steht am Fenster und starrt hinaus in den Garten. Vom Nebenzimmer kommt das kindliche Plappern von Tino, der mit dem großen Plüschbären spielt, den ihm Jakobsen mitgebracht hat. Henrike hört es nicht. Was sie hört, ist immer noch Jakobsens Stimme: Richtig frei wirst du nur, wenn du wieder anfängst und zurückkehrst.

Hat er vielleicht recht? War ihre Flucht in die Geborgenheit, in die Stille, nicht eine Illusion? Belügt sie sich nicht selbst, wenn sie sich einredet, vergessen zu können? Versuch's, Henrike, versuch's. Vielleicht ist es doch der einzige Weg, über die Barriere hinwegzukommen? Ich dränge dich nicht, Henrike. Der Wunsch muß von dir kommen, ganz allein von dir. Aber wenn du ihn spürst, und du hast die Kraft ...

Henrike wendet sich vom Fenster ab. Fast ruckartig. Ihr Gesicht hat plötzlich etwas maskenhaft Starres bekommen, einen Ausdruck entschlossener Härte. Sie reißt sich die Hausschürze herunter – und rasch, als fürchte sie, wieder schwach zu werden, verläßt sie den Raum und läuft hinauf in ihr Zimmer.

Im Wandschrank stehen die beiden schweren Koffer, die sie seit damals nie wieder angerührt hat. Sie zerrt sie heraus, wuchtet sie auf den Tisch, öffnet die massiven Messingschlösser – und auf einmal ist alle Unruhe verschwunden, sie spürt keine Beklemmung mehr, keine Angst, sie ist völlig ruhig und lächelt. Im ersten Koffer hängen säuberlich in ihren Rahmen alle ihre alten Freunde – die kleinen belgischen Revolver, die deutschen Luger-Pistolen, amerikanische Webleys, die schweren Colts, die automatischen Schnellfeuerwaffen. Und im zweiten Koffer liegen langgestreckt die Gewehre, die schweren Doppelbüchsen und die leichten, eleganten Flinten. Ein ganzes Waffenarsenal aller Kaliber liegt vor Henrike, und als sie ihre alte Winchesterflinte herausnimmt, ist nicht das geringste Zittern mehr in ihrer Hand. Jakobsen hat recht gehabt. Versuch's, Henrike, versuch's.

Und sie versucht es. Sie hat nur schnell noch den kleinen Tino versorgt, hat sich umgezogen, die beiden schweren Koffer in der Remise auf dem Hof geschleppt, und nun ist sie bei der Arbeit. In der enganliegenden Trainingshose, dem hochgeschlossenen schwarzen Pullover, das dunkle Haar straff unter einem Stirnband, ist sie eine völlig verwandelte Frau, die auch nichts mehr von der bürgerlichen Hausmütterlichkeit an sich hat.

Vor ihr auf dem Tisch liegen die Gewehre, daneben Putzwolle, Lappen und Waffenöl. Was doch die Zeit für Rost angesetzt hat. Mit sicheren, geübten Händen nimmt Henrike fachmännisch das Schloß einer schweren Magnumbüchse auseinander, reinigt den Schlagbolzen, setzt alles wieder zusammen. Schon greift sie zur nächsten – wickelt geölte Putzwolle um den Draht, zieht den Lauf durch, bis er spiegelblank ist. Weiter – die nächste.

Wie gut, daß die Wagen der Dorias alle unterwegs sind. Die leere Remise ist für Henrike wie geschaffen. Die gepolsterte Rückwand eines alten ausrangierten Transporters benutzt sie als Kugelfang. Davor hat sie an einem Draht kleine schwingende Metallplättchen aufgehängt. Auf einem Brett stehen Flaschen, Blechbüchsen, Tuben, was gerade zur Hand war. Und nun schießt sie. Zuerst mit der Winchester auf eine zentrierte Pappscheibe. Schon die ersten Einschüsse liegen ausgezeichnet. Dann wechselt sie das Gewehr, nimmt eine der leichten englischen ME-Flinten. Die Flaschen splittern, die Blechbüchsen fallen scheppernd herunter, die schwingenden Metallplättchen werden genau in der Mitte durchschossen. Eine harte Spannung liegt auf

Henrikes konzentriertem Gesicht, wenn sie die Ziele anvisiert und schießt.

Wieder ein anderes Gewehr. Eine FN-Automatic aus Belgien. Magazin einschieben, durchladen – Schuß. Immer kleinere, immer schwierigere Ziele sucht sich Henrike aus und setzt Treffer auf Treffer. Dabei verändert sie ständig ihre Position, schießt stehend, dann kniet sie, schießt aus der Drehung heraus, schießt im Laufen. Es ist, als schieße sich Henrike in einen beglückenden Rausch hinein. Sie ist wie trunken im stolzen Gefühl der Befriedigung. Auge und Hand sind noch sicher. Dann legt sie die Automatic weg, greift nach den Pistolen.

»Henrike!«

Erschrocken dreht Henrike sich um. Hinter ihr steht Mischa, Hut und Reisetasche in der Hand. Er kommt eben vom Bahnhof und starrt nun überrascht auf das seltsame Bild – auf den Tisch mit den vielen Gewehren und Pistolen, die zerschossenen Scheiben, auf die Frau, die er noch nie in diesem Aufzug sah, eine schwarzhaarige Amazone.

»Henrike! Was soll das?«

Henrike steht da wie ertappt und schweigt mit etwas finsterem Gesicht. Doch für Mischa, der nun Hut und Tasche in die Ecke wirft, ist das Geheimnis nicht mehr schwer zu erraten, und fast triumphierend sagt er in plötzlichem Erkennen: »Jetzt weiß ich es! Sie sind Artistin! Artistin wie ich, wie wir alle! Warum haben Sie nie darüber gesprochen, Henrike?«

»Ich heiße nicht Henrike.« Und als Mischa sie verblüfft ansieht, sagt sie: »Ich bin Brenda Lind.«

»Brenda Lind«, wiederholt Mischa, ohne zu begreifen. Doch dann scheint er sich zu erinnern, aber Henrike läßt ihm zum Nachdenken keine Zeit und sagt hart: »Ja, Brenda Lind, die Ole Larsen erschoß. Bevor ich hierherkam, habe ich in Kanada vier Jahre im Gefängnis gesessen. Jetzt werden Sie verstehen, daß ich darüber nicht gerne spreche.«

»Bitte, verzeihen Sie«, sagte Mischa leise, und es ist ihm unmöglich, noch eine einzige Frage zu stellen.

Doch wenig später, als sie zusammen in der Kaminecke des Wohnzimmers sitzen, erzählt Henrike, auch ohne gefragt zu werden, ihre Geschichte. Die Geschichte einer großen Liebe, die im abgrundtiefen Haß und schließlich im Blut endete. Brenda Lind! Mischa erinnert sich jetzt sogar ganz deutlich. Brenda Lind war noch vor fünf oder sechs Jahren als Kunstschützin ein großer Name. Sie trat mit dem Dänen Ole Larsen als Partner vor allem in den großen amerikanischen Varietés auf, hatte eine eigene Show in Las Vegas, und machte dann mit dem Zirkus eine Tournee durch die Staaten und Kanada, die dann in Montreal so tragisch endete.

»Es war ein Unglücksfall. Ole Larsen war wieder einmal betrunken und mir ins Schußfeld gelaufen. Aber die Geschworenen hatten mir nicht geglaubt. Sie konnten mir wohl auch nicht glauben. Alle wußten, daß ich Ole haßte, daß ich ihm den Tod hundertmal und mehr gewünscht hatte. Er hatte mich belogen, betrogen und erniedrigt. Der Staatsanwalt hatte Zeugen, daß ich einmal nach einer fürchterlichen Szene im Wohnwagen – daß ich Ole Larsen ins Gesicht geschrien hätte, ich – ich bring' dich um. Es stimmt. Ich habe es gesagt, ich habe es gewünscht. Aber ich habe es nicht getan. Ich hätte nie den Mut dazu gehabt.«

Mischa drückt seine Zigarette aus, und es kommt eine lange Pause, in der keiner von beiden ein Wort sagt, bis Mischa endlich die Frage stellt: »Kennt mein Vater Ihre Geschichte?«

»Ja«, sagt Henrike, »er und Jakobsen, sonst niemand

hier im Haus. Jakobsen war lange Jahre mein Agent, und als ich aus dem Gefängnis zurück nach Europa kam — ich war so menschenscheu geworden, ich fand mich nicht mehr zurecht — verstehen Sie, ich fühlte mich unschuldig schuldig. Da war Jakobsen wie ein Vater zu mir und brachte mich hierher.«

»Und jetzt? Wollen Sie wieder anfangen?« fragt Mischa vorsichtig.

»Ich weiß es nicht. Ich habe heute zum erstenmal wieder ein Gewehr in der Hand gehabt, und . . .«

Ein dünner, kläglicher Laut kommt von der Tür. Keiner von beiden hat bemerkt, daß der kleine Tino inzwischen hereingekommen ist.

»Tino! Was ist denn, mein Schätzchen?«

Mit wehleidig verkrampftem Gesicht steht der Junge in der Tür und klagt, sein Kopf täte ihm so weh. Henrike ist sofort bei ihm. Das Kind hat ganz heiße Hände. Jede Bewegung scheint ihn zu schmerzen. Auch Mischa ist nun bei ihm. Das Kind hat Fieber. Es hat sogar hohes Fieber.

»Verstehe ich nicht«, sagt Henrike, »er hat vorhin noch ganz vergnügt gespielt.«

»Sofort ins Bett mit ihm«, sagt Mischa. »Ich rufe Dr. Hügi an.«


Tiger-Lilly ist da. Kogler hat sie selber vom Flughafen abgeholt, und als er mit ihr durch das Zirkusportal fuhr, stand das ganze Orchester vor dem Chapiteau und spielte zur Begrüßung den Alexander-Marsch. Und dann kamen alle Kollegen herbeigeeilt, die Artisten, die Angestellten, die Zeltarbeiter. Lilly bekam Ovationen wie eine Königin.

Aber die größte Wiedersehensfreude zeigte wohl Aki, der riesige Bengal-Tiger. Schon als er Lillys Stimme hörte, warf er sich in seinem Käfigwagen auf den Rücken, ruderte mit den Pranken in der Luft und trommelte mit seinem Schweif den Boden. Dann, mit Lillys vertrautem Geruch wieder in der Nase, reckte er sich wollüstig, stieß tiefkehlige Grunzlaute aus, preßte seinen schönen Kopf an die Käfigstange, und als ihn Lillys Hand zärtlich kraulte, leckte er mit seiner rauhen Zunge ihre Handgelenke. Aber auch die anderen Tiger, Fakir und Tibet, Korsar, Bessi und alle anderen gingen freudig erregt an den Stangen hoch und stimmten ein heiseres Begrüßungsgebrüll an.

Für die erste Vorstellung reichte die Zeit nicht mehr ganz, aber schon in der Abendvorstellung will Lilly unbedingt wieder ihre Tigergruppe vorführen.

»Willst du ohne Probe arbeiten?« fragt Carlo etwas skeptisch, als er kurz vor der Vorstellung noch einen Besuch in ihrem blumengeschmückten Wagen macht.

»Ja, ohne Probe«, sagt Lilly, die gerade beim Umziehen ist. »Ich riskier's. Ich kann es gar nicht erwarten, wieder in der Manege zu stehen. Aber gut, daß du kommst, Carlo, hilf mir mal. Diese alberne Bandage rutscht immer. Ich muß sie noch eine Weile tragen, haben die Ärzte in Amsterdam gesagt.«

Carlo hält gehorsam den Verband fest, den Lilly noch über der Schulter trägt, und hilft ihr in die hochgeschlossene Lederjacke. Auf Lillys nacktem Rücken sieht er die zahlreichen Narben, die Spuren ihres Berufes.

»Das sind die Küsse meiner Liebhaber«, sagt Lilly lachend. »Der Riß am Rippenbogen, den hat mir Korsar versetzt. Vor'm Jahr in Brüssel. Und unter dem Schulterblatt, das war Sahib in München.«

»Und das war ich«, sagt Carlo. Er hat ihr gerade schmunzelnd einen Kuß auf den Nacken gedrückt, und überrascht dreht Lilly sich um. »Carlo! Du bist ja gefährlich wie meine Tiger.«

»Leider nicht mehr, mein schönes Kind.« Carlo winkt ab. »Als dreifacher Großvater bin ich aus der Konkurrenz.«

»Na, ich trau' dir nicht«, Lilly blitzt ihn an, »bei dir ist doch noch alles drin. Wie geht's denn den Enkelkindern?«
»Prächtiger Nachwuchs«, sagt Carlo lachend, »Biggi und Pedro haben mir neulich den schwarzen Ziegenbock in meinen Wohnwagen gesperrt. Ich mußte zwei Tage im Freien schlafen. Der Gestank war nicht auszuhalten.«

Durch das Portal der buntangestrahlten Zirkusfassade strömen noch immer Menschen zur Abendvorstellung. Im Chapiteau spielt das Orchester die Entréemusik. Peppi, der Clown, turnt schon zum Jubel der Kinder radschlagend um die Piste. Monsieur Degar, Magier und Illusionist, steht im Frack neben seinem Wohnwagen und raucht, an einen Tiefstrahlermast gelehnt, eine Zigarette. Maria sitzt noch am Schminktisch und stäubt weißen Puder über Arme und Dekolleté. In einer halben Stunde wird sie wieder mit Maurice im Scheinwerferlicht stehen und zu seiner Zauberei Kußhändchen ins Publikum werfen und mit ihrem entzückenden Po wackeln. Wie gewöhnlich wird Maurice dann irgendwann einen Patzer machen, und wie gewöhnlich wird er dann sagen, es wäre ihre Schuld gewesen.

Seit zwei Jahren zieht Maria nun schon mit Maurice durch Varietés, durch Tingeltangel und Zirkusse. In der ersten Zeit hatte sie noch geglaubt, hier vielleicht eine Heimat zu finden. Aber bei Maurice gibt es keine Heimat für sie. Er behandelt sie wie ein Stück Dreck, und die beiden täglichen Auftritte in der Manege sind für Maria immer eine Qual. Manchmal ist es ihr selber unbegreiflich, daß sie Maurice noch nicht davongelaufen ist. Aber wo soll sie hin? Sie hat Angst, dahin zurückzukehren, wo sie herkam. Die Striptease-Bar in der Pariser Vorstadt, aus der Maurice sie herausgefischt hat, war noch schlimmer. Außerdem war da eine Sache mit der Polizei. Nein, zurück kann sie nicht mehr.

Maria rückt näher an den Spiegel heran und legt noch etwas Lidschatten auf. Auf ihrem noch jungen Gesicht zeichnet sich von der Nase zum Mundwinkel schon ein harter Strich ab, in ihren Augen steht eine verzweifelte Hoffnungslosigkeit und auf ihrem Herzen liegt ein schmerzhafter Druck, wenn sie an Sascha denkt. Wo soll es hinführen? Zusammen mit ihm – ja, mit ihm würde sie fortgehen und noch einmal neu anfangen. Sofort, heute noch oder morgen, wann er wollte. Und sie weiß es genau, sie würde ihn dazu bringen können, daß er sagt: Komm, Maria, wir gehen. Aber ebenso genau weiß sie, daß sie das nicht darf. Sascha ist verheiratet, er hat zwei Kinder, und wenn er mit ihr fortgeht, dann bricht eine der größten Weltnummern im Zirkusgeschäft auseinander. Von bürgerlicher Moral ist Maria zwar weit entfernt, aber sie kennt das Artistengesetz, das den ächtet, der dem Kollegen den Partner stiehlt. Nein, es muß ein Ende haben, und wenn es Sascha nicht einsieht, dann muß sie stärker sein und klüger.

»Maria!« Von draußen kommt die scharfe Stimme von Maurice. »Allons!«

Vom Chapiteau kommt die Marschmusik für die einleitende Ponyparade. Die Vorstellung hat begonnen. Maria klappt die Puderschachtel zu und geht hinaus.

Es wird wieder ein großer Zirkusabend. Lilly, vom Publikum stürmisch begrüßt, muß ihre Dressurnummer sogar um zehn Minuten überziehen, weil ihre Tiger in ihrer Arbeitsfreude alles zeigen wollen, was sie können. Auch die Dorias sind wieder prächtig in Form. Rodolfo hat sich einen neuen komischen Trick an der Strickleiter einfallen lassen. Texas-Bill, die Geschwister Storck, die japanische Schrägseiltruppe – es war eine Superschau circensischer Kunst, und noch vor dem Finale hat Kogler seine Stars in den Direktionswagen zu einem Glas Champagner eingeladen. Vor allem wird Lillys Rückkehr in die Manege gefeiert. Alle sind sehr glücklich darüber, denn unter Otto Haffner, der die Tigergruppe vertretungsweise während des Londoner Gastspiels übernommen hatte, war die Nummer doch recht lahm geworden.

Aber Lilly wehrt bescheiden ab: »Seid nicht ungerecht gegen Otto Haffner. Er ist ein erstklassiger Mann. Aber er hat immer nur mit Löwen und Panthern gearbeitet. Da könnt ihr nicht verlangen, daß er in drei Wochen schon alles aus den Tieren herausholt.«

Auf dem Schreibtisch klingelt das Telefon. »Nehmen Sie mal ab, Helga«, ruft Kogler seiner Sekretärin zu.

Helga meldet sich – es ist ein Anruf aus der Schweiz für Carlo Doria. Mit schon beunruhigtem Gesicht geht Carlo an den Apparat. Bestimmt wieder ein verunglücktes Abenteuer von Mischa. Aber es ist nicht Mischa, es ist Henrike, die mit ihm spricht, und was sie mitteilt, macht Carlo noch betroffener. Tino ist plötzlich erkrankt. Dr. Hügi vermutet eine akute Poliomyelitis. Spinale Kinderlähmung. Das Kind liegt schon im Krankenhaus auf der Isolierstation.

». . . Um Gottes willen, Henrike! Der Junge hat doch erst vor'm Jahr die Schluckimpfung bekommen! Das kann doch nicht sein . . . Ja, ich hole gleich Francis. – Viggo, lauf' doch mal . . .«

Viggo ist schon aus dem Wagen heraus, um Francis und Rodolfo zu verständigen, die das Finale im Sattelgang erwarten. In der eben noch so fröhlichen Champagnerrunde ist es bei der Unglücksnachricht ganz still geworden. Alle sehen betroffen auf Carlo, der noch mit Henrike spricht.

»Wo hat er das nur erwischt? Wie hoch war das Fieber . . . Vierzig vier? Mein Gott! . . . Moment, jetzt ist Francis da.«

Aufgeregt, nur mit einem leichten Mantel über dem Flitterkostüm, kommt Francis in den Wagen geflattert und nimmt schon den Hörer. Hinter ihr drängt Rodolfo herein. »Che cosa? Che cosa?« Er hat nur begriffen. daß mit Tino etwas Schreckliches passiert sein muß. Che cosa – was ist los? Francis versucht ihn, zwischen den abgerissenen Sätzen, die sie mit Henrike wechselt, bruchstückweise zu informieren. Da reißt das Gespräch plötzlich ab. Die Vermittlung in Marseille schaltet sich ein: »Sprechen Sie noch?« Draußen vor dem Direktionswagen erscheint Horn und ruft zum Finale: »Los, Herrschaften, beeilt euch!«

»Hallo – hallo! Bitte, nicht trennen! Ja parle encore! Hallo!« Verzweifelt hält Francis noch den Hörer in der Hand.

Carlo legt den Arm um sie. »Komm, Francis, wir versuchen es später noch einmal. Mischa ist ja auch zu Hause.«

»Los, Kinder, das Finale! Macht, daß ihr rauskommt«, kommt Horn draußen.

Völlig verstört und mit den Tränen in den Augen gehen Francis uns Rodolfo als letzte aus dem Wagen, laufen über den Platz zum Chapiteau und reihen sich ein in den Reigen der Schlußparade aller Artisten, um dem jubelndem Publikum noch einmal mit dem Kompliment für den Besuch und für den Applaus zu danken. Etwa eine halbe Stunde später hat Helga eine neue Verbindung mit Solothurn hergestellt. Jetzt ist Mischa am Telefon, und Francis erfährt nun weitere Einzelheiten. Am Vormittag sei Henrike noch mit Tino im Schwimmbad gewesen. Auch bei Jakobsens Besuch hätte das Kind noch ganz vergnügt gespielt. Dann seien plötzlich die Schmerzen im Nacken aufgetreten, das Fieber sei rapide gestiegen, und an Armen und

Beinen hätten sich gewisse Lähmungserscheinungen gezeigt. Natürlich stünde eine Diagnose noch nicht fest. Es muß ja auch nicht gleich die schreckliche Krankheit der Kinderlähmung sein. Aber Dr. Hügi wäre eben schon beim leisesten Verdacht vorsichtig und gewissenhaft.

Nun, sehr tröstlich klingt das auch nicht, und Francis ist fest entschlossen, sofort zu ihrem Kind zu fahren. Auch Rodolfo und Carlo sind dafür. Helga sucht schon aus den Flugplänen die schnellste Verbindung heraus. Die erste Maschine von Marseille direkt nach Zürich geht morgen früh kurz vor neun. Etwas früher liegt noch ein Flug nach Genf.

»Aber Zürich ist besser, Liebling«, drängt Rodolfo, »du bist schneller da.«

Auch Carlo ist dafür. »Und nimm bitte in Zürich ein Taxi, hörst du. Ich will nicht, daß du selber fährst.«

Als sie den Wagen verlassen, nimmt Kogler Carlo beiseite. »Tut mir schrecklich leid, Carlo. Eine böse Nachricht für euch. Aber wie stellt ihr euch das vor? Francis kann doch nicht so einfach von der Fahne gehen.«

»Es handelt sich vielleicht um drei oder vier Tage, Herr Kogler.«

»Aber die sind entscheidend für das ganze Geschäft, mein Lieber. Francis' Todessprung aus der Zirkuskuppel ist überall in der ganzen Presse, in den Anzeigen, auf den Plakaten groß annonciert. Ich habe eine Sensation angekündigt, auf die mein Publikum wartet.«

»Herr Kogler, wir bringen die doppelten Passagen. Rodolfo wird ab morgen wieder mitfliegen. Wir haben Viggos dreifachen Salto Mortale.«

»Ja! Aber wir haben nicht den Todessprung!« Kogler wird fast heftig. »Carlo, Sie sind doch ein Artist alter Schule. Wir beide wissen, daß unser Beruf ein hartes Brot ist. Als meine Mutter im Sterben lag – ich war nur achtzig Kilometer von ihr entfernt in Ingolstadt, aber wir hatten einen Riß im Chapiteau durch den Sturm, und das Zelt vom Pferdestall war uns fortgeflogen – ich konnte auch nicht zu meiner Mutter.«

Carlo ist sehr nachdenklich geworden. Kogler hat recht. Solange ein Artist noch seinen Kopf zwischen den Schultern trägt, verläßt er seine Truppe nicht. Und Kogler hat auch recht, wenn er an das Geschäft denkt. Aber die Sache hat auch eine andere Seite.

»Ich verstehe Ihren Standpunkt, Herr Kogler. Aber nehmen wir an, Francis bleibt hier. Wer kann verantworten, daß sie morgen in dieser Verfassung – unter dieser nervlichen Belastung den Todessprung macht? Ich habe von meinen Kindern immer den härtesten Einsatz verlangt. Aber ob ich Francis morgen in die Zirkuskuppel steigen lasse, das weiß ich nicht.«

»Ja, ich weiß auch nicht, was wir da machen«, sagt Kogler und wendet sich achselzuckend ab. »Ich muß mir das mal überlegen.«

Francis ist beim Plätten ihres Reisekostüms. Es ist seit London nicht mehr aus dem Koffer gekommen. Rodolfo packt ihre große Ledertasche. Um beide herum sitzen stumm Lona, Viggo und Nina. Alle sind verstört und geschockt. Tino, der kleine, süße Tino, der Jüngste der Dorias und Kinderlähmung? Das darf einfach nicht sein.

Jetzt erscheint Carlo in der Wagentür. Sein Blick geht über die versammelte Familie zu Francis am Bügelbrett. Dann sagt er ernst: »Hör auf damit, Francis. Du kannst morgen nicht zu Tino fliegen.«

Überrascht sagt Francis für einen Moment gar nichts. Dann fragt sie in etwas aufsässigem Ton: »Hat Kogler das gesagt?«

»Ich sage es dir«, antwortet Carlo betont.

»Vater! Das kannst du nicht von mir verlangen. Ich muß jetzt zu meinem Kind«, sagt Francis erregt. Doch Carlo drückt sie sanft auf die schmale Sitzbank und versucht nun, ihr und den anderen den Grund seiner Meinungsänderung klarzumachen.

»Hör mir zu, Francis. Wir haben uns nun einmal für diese Tournee mit der ganzen Nummer verkauft, mit der ganzen. Also, auch mit dem Todessprung. Ich habe eben mit Kogler gesprochen. Er ist ein Geschäftsmann, aber sogar einer mit Herz, was ja selten ist. Und ich muß ihm rechtgeben. Wir betrügen ihn und unser Publikum, wenn wir nicht halten, was wir versprochen haben, und wofür wir unser Geld bekommen. Vergiß das nicht. Das ist einfach ein Ehrenstandpunkt.«

»Ehre hin, Ehre her«, regt sich Francis auf. »Glaubst du, ich hätte hier auch nur eine einzige ruhige Minute? Wenn ich mir heute abend beim Abgang ins Netz einen Wirbel angeknackst hätte, läge ich morgen in Gips. Was wäre dann mit dem Todessprung?«

»Stimmt, Francis«, erwidert Carlo, »aber du liegst nicht in Gips, du bist Gott sei Dank gesund, und du kannst arbeiten. Ich zittere doch auch um unseren Tino. Mein Herz ist doch auch schwer. Aber wenn du jetzt nach Hause fährst, helfen kannst du doch dem Kind gar nicht. Wahrscheinlich bekommst du ihn nicht einmal zu sehen. Isolierstation! Vielleicht hinter Glas. Was meinst du dazu, Rodolfo?«

»Bitte, frag' mich nicht«, sagt Rodolfo mit verzweifeltem Gesicht, »ich bin Vater, ist auch mein Kind.«

»Und ihr?« Carlo wendet sich nun an die anderen.

Viggo zuckt nur unentschlossen mit den Schultern und äußert sich nicht. Nina schweigt auch. Aber da kommt plötzlich von Lona eine sehr klare Entscheidung.

»Francis soll fahren. Ich werde morgen für sie Todessprung machen.«

Die erste Reaktion ist bei allen fast ein Lächeln. Doch Lona wiederholt in aller Eindringlichkeit:

»Ich meine es ernst. Ich werde springen.«

Francis schüttelt den Kopf: »Du bist rührend, Lona, aber bei aller Liebe, das kannst du nicht.«

Auch Carlo hat nur ein nachsichtiges Lächeln für seine Schwiegertochter. »Kind, an diesem Sprung haben Francis und Sascha ein halbes Jahr hindurch täglich trainiert, bis er einmal geglückt ist.«

Aber für Lona gilt dieser Einwand nicht. Sie habe die Passage auch mit nur einer Probe übernommen, und sie sei geglückt. Nein, Francis soll zu Tino fahren. Sie wird springen.

»Und wirst dir den Hals dabei brechen«, sagt Viggo unwillig.

»Sehe ich aus wie ein Selbstmörderin?« fragt Lona mit einem leichten Lächeln.

Tatsächlich, es ist ihr ernst. Lona ist nicht mehr davon abzubringen. Nur Sascha, der als Fänger beim Todessprung die entscheidende Funktion hat, könnte sich noch weigern, ein solches Wagnis mitzumachen.

»Wo ist denn Sascha überhaupt?« fragt Carlo. »Ohne Sascha ist doch überhaupt nicht darüber zu reden. Aber der Herr ist natürlich mal wieder nicht da.«

Sascha kommt erst spät in die Wagenburg der Dorias zurück. Er war gleich nach dem Finale verschwunden und hatte die Nachricht von Tinos Erkrankung wohl gar nicht richtig aufgenommen. In einem Bistro auf der Canebière hat er dann auf Maria gewartet. Sie haben zusammen gegessen, aber es war kein fröhliches Mahl junger Verliebter gewesen. Das Gespräch kreiste und quälte sich, wie schon seit Wochen, immer um den gleichen Punkt, um die Hoffnungslosigkeit ihrer Liebe. Wir müssen uns trennen, hatte Maria gesagt, so geht es nicht weiter. Wir machen uns kaputt, wir machen alles kaputt. Aber wie immer wollte Sascha davon nichts hören. Es geht immer etwas kaputt, wenn man etwas Neues anfängt. Laß mir noch etwas Zeit, Maria, nur eine kurze Zeit noch, dann werde ich eine Entscheidung herbeiführen.

Ein müdes, nachsichtiges Lächeln war Marias Antwort. Sie wußte, wie Saschas Entscheidung ausfallen würde. Sascha würde zu Lona und zu den Kindern zurückfinden, und nach dem Gastspiel in Marseille würde sie mit Maurice irgendwohin weiterziehen. Wozu also die Qual dieser letzten Tage?

Als Sascha leise die Tür des Wohnwagens öffnet, brennt noch die kleine Lampe auf dem Wandbrett. Er wirft einen scheuen Blick zur Bettkoje. Lona liegt, die Arme unter dem Kopf verschränkt, und rührt sich nicht. Schläft sie? Sascha setzt sich auf die Bank und beginnt sich auszuziehen – die Schuhe, Pullover, das Hemd. Plötzlich kommt Lonas Stimme vom Bett: »Sascha, bitte, komm einmal her.«

Dann sitzt er Lona ggenüber. Sie hat sich im Bett zu ihm herumgedreht und sagt ganz ruhig, beinahe sachlich wie einen Bericht: »Francis fliegt morgen früh nach Hause. Tino ist sehr krank. Sie fürchten, es ist Kinderlähmung.«

»Was?« Jetzt ist Sascha doch sehr erschrocken, aber Lona spricht schon weiter: »Carlo und Kogler wollten, daß sie hierbleibt, damit Todessprung nicht ausfällt. Da hab' ich gesagt, sie soll doch fahren. Ich werde springen.«

»Du? Das ist Wahnsinn, Lona. Das kommt gar nicht in Frage.«

»Und warum nicht?« fragt Lona.

»Weil – weil es nicht geht. Du hast das noch nie gemacht.

Du kennst nicht die Tempoeinteilung. Die geringste Abweichung in der Fluglinie – eine falsche Armhaltung – Lona. Dieser Sprung ist von Francis und mir genau berechnet. Du weißt selbst, wie lange wir dafür trainiert haben.«

»Wir haben morgen den ganzen Vormittag Zeit zu Probe.«

»Nein«, sagt Sascha entschieden, »das mache ich nicht. Nicht einmal zur Probe. Lona, du bist meine Frau.«

»Und Francis ist deine Schwester. Wo ist Unterschied?«

»Da ist ein Unterschied, Lona«, sagt Sascha, »außerdem sind wir – ich glaube, wir sind jetzt beide nicht in der nervlichen Verfassung, daß wir ein solches Risiko auf uns nehmen sollten.«

»Kein Risiko für mich«, erwidert Lona. Sie sieht ihren Mann an, und ihr Blick hält ihn lange und mit einem hintergründigen Lächeln fest. »Ich bin ganz sicher. Sascha Doria – einer der besten Fänger der Welt, sollte seine Frau nicht fangen? Ich würde springen, sogar ohne Netz. Ich kann mir nicht vorstellen, daß du deine Frau fallen läßt.«

Sascha senkt den Kopf. Es dauert lange, bis er eine Antwort findet. Dann sagt er: »Gut, wir versuchen es.«


Francis ist fort. Rodolfo und Carlo hatten sie zum Flugplatz gebracht. Mit Tränen in den Augen hatte Rodolfo sie umarmt und sie noch einmal beschworen, sofort nach ihrem Besuch bei Tino anzurufen. Dann war die Maschine pünktlich, kurz vor neun, nach Zürich abgeflogen.

Als Carlo und Rodolfo zurückkommen, hängt über der Manege schon das Schutznetz, und am Pistenrand sitzen Lona und Sascha im Trainingsdreß.

»Zieh dich gleich um, Rodolfo. Wir brauchen dich«, ruft Sascha seinem Schwager zu.

Für drei Stunden steht das Chapiteau nun allein den Dorias zur Verfügung. Kein anderer Artist darf es betreten. Sascha und Lona wollen bei ihrer Probe keine Zuschauer. Carlo ist gleich dageblieben, Viggo setzt sich zu ihm, dann kommt Rodolfo. Nach Anweisung von Sascha hängt er sich in den Fangstuhl und schwingt sich ein, bis die erforderliche Tempozahl erreicht ist.

»Danke, genügt«, ruft Sascha hinauf und erklärt nun Lona das Timing. »Siehst du, das ist genau mein Tempo. Wenn ich vom Stirnnetz zurückschwinge, beginnst du oben auf dem Podest mit dem Zählen. Eins – zwei – drei – vier – fünf. Bei fünf nimmst du das schwarze Tuch, und während du es über die Augen bindest, zählst du weiter bis zwölf.«

»Bitte, Sascha, laß mich ohne Augenbinde springen.«

»Nein«, sagt Sascha bestimmt, »sei nicht eigensinnig. Die verbundenen Augen sind nur für das Publikum eine Sensation. Für dich aber bedeuten sie Sicherheit. Wenn du mich nicht siehst, ist dein Flug ruhiger. Du ruderst nicht mit den Armen, und du wirst nicht geblendet, wenn du durch den Lichtkegel des Spots fällst. Das Wichtigste ist: drück' dich nicht ab, wenn du springst, sondern laß dich nur in gestreckter Haltung fallen. So, und nun geh rauf.«

Jetzt, so kurz vor dem ersten Probesprung, ist Lona doch etwas beklommen zumute. Das Zugseil hievt sie hinauf bis zum obersten Podest unter der Zirkuskuppel, während Sascha nun an Rodolfos Stelle die Position im Fangstuhl einnimmt.

Durch den leeren Zuschauerraum wirkt die Tiefe der Fallinie, in die Lonas Blick nun vom Absprungpodest taucht, noch ungeheurer, und zum erstenmal wird ihr bewußt, was Francis täglich in den beiden Vorstellungen mit ihrem Todessprung riskiert. Nein, nicht an das Risiko denken. Es gibt ja kein Risiko.

Jetzt schwingt Sascha, läßt sich in den Kniehang fallen.

Lonas Blick peilt einen festen Punkt an der Zeltleinwand des Chapiteaus an.

»Allez«, kommt da Saschas Ruf aus der Tiefe, und Lona beginnt mit dem Zählen: uno – dos – tres – quatro – cinco ... Sie nimmt die schwarze Binde aus der Schulterschlaufe, legt sie über die Augen, zählt weiter bis zwölf.

»Hepp«, schreit Sascha.

Und Lona springt — springt mit hochgerissenen Armen hinunter in die Dunkelheit. Für den Bruchteil einer Sekunde spürt sie die streifende Berührung von Saschas Händen. Aber er kann sie nicht halten, und dann kommt der harte Aufprall im Netz. Mißglückt.


Jakobsen kann es nicht glauben. Er hat den kleinen Tino doch erst vor etwa vierundzwanzig Stunden gesund und fröhlich angetroffen. Verdacht auf Kinderlähmung. Wie kommt der unheimliche Virus dieser tückischen Krankheit nur in die ländliche Abgeschiedenheit des Plattenhofs?

Jakobsen ist eben mit den beiden Estrellos, einer erstklassigen Jongleurnummer, im Zirkus angekommen und sitzt noch bei Helga im Direktionswagen. Er ist so betroffen von der Nachricht aus Solothurn, daß er den Aperitif über Helgas ausgeschriebene Futterlisten verschüttet. Francis ist also heute früh nach Zürich geflogen. Und wo ist Carlo?

»Drüben im Chapiteau. Sascha probiert mit Lona den Todessprung.«

»Mit Lona?« Jakobsen sieht Helga entsetzt an. »Sind die denn verrückt? Hat Kogler das verlangt?«

»Ja, aber das war gestern«, sagt Helga achselzuckend, »heute ist er schon bereit, darauf zu verzichten. Aber nun ist es Lona, die darauf besteht.«

»Sagen Sie mal, Helga«, fragt Jakobsen jetzt vorsichtig, »zwischen Lona und Sascha — ist das wieder in Ordnung?«

»Im Gegenteil, schlechter als vorher. Keiner spricht darüber, aber alle wissen es.«

»Dann ist das doch ein Grund mehr, Lona nicht in diesen Sprung zu hetzen«, sagt Jakobsen erregt.

»Sicher, Herr Jakobsen. Aber vielleicht sagt sich Lona, jetzt will ich Sascha beweisen, daß wir zusammen gehören. Kennen Sie die Frauen?«

Sie sind beim fünften Versuch. Noch ist kein Sprung gelungen. Lonas nackte Schultern sind schon feuerrot vom Aufprallen ins Netz. Beim letztenmal hatte sie so viel Effet gehabt, daß sie fast ins hintere Stirnnetz geflogen wäre. Jetzt hat sie die Bandagen gewechselt, hat ihre Handgelenke etwas breiter umwickelt, um Saschas Händen einen besseren Halt zu bieten.

Und wieder läßt sie sich zum Absprungpodest hinaufziehen, visiert einen hellen Fleck auf der Leinwand an, um sich zu konzentrieren.

»Daß du das zuläßt. Ich verstehe dich nicht«, sagt Jakobsen leise zu Carlo. Er ist vor ein paar Minuten ins Chapiteau gekommen und hat sich zu den Dorias an den Manegerand gesetzt.

»Ich gebe ihnen noch drei Versuche, dann breche ich ab«, sagt Carlo, ohne den Blick von Lona zu lassen. »Francis ist nach Solothurn geflogen. Tino ist sehr krank.«

»Weiß ich«, knurrt Jakobsen, »aber muß sich Lona deswegen den Hals brechen?«

Carlo antwortet nicht. Kleine Schweißperlen stehen auf seiner Stirn, und die Knöchel seiner Hände sind weiß, so fest umfassen sie die Kante der Piste.

Oben unter der Zirkuskuppel zählt Lona – ocho – nueve – diez – onze.

»Hepp«, schreit Sascha, streckt die Hände dem fallenden

Körper entgegen und wieder verfehlt er Lona, die im federnden Netz aufschlägt.

»Ich war zu kurz! Muß noch eine Sekunde zugeben«, ruft sie hinauf, nachdem sie sich hochgerappelt hat. »Wir machen noch einmal. Una vez mas!«

Unten auf der Piste steht Jakobsen auf und sagt verärgert: »Dann macht mal alleine weiter, Herrschaften. Mir langt's. Meine Nerven brauche ich jetzt für Kogler. Ich muß ihm die Estrellos verkaufen.«

Kogler liegt auf einem Longchaire unter dem Sonnensegel vor Gloria Storcks Wagen. Vor ihm steht ein eisgekühlter Drink, und Gloria, voller Rücksicht und Verständnis für den vielbeschäftigten Chef, hat sich ganz still auf die andere Seite des kleinen Tisches in einen Stuhl gelegt. Kogler genießt die Ruhe. Es tut gut, sich einmal zu entspannen, einmal nicht immer an das Zirkusgeschäft zu denken. Gewiß, er hat den verläßlichen Horn, er hat Helga und einen großen eingearbeiteten Stab von vielen Mitarbeitern, doch die Verantwortung und das Risiko einer so ausgedehnten Gastspielreise trägt er allein. Kaum irgendwo angekommen und die Premiere geschafft, dann wird schon für den nächsten Platz disponiert. Hier von Marseille aus geht es in drei Wochen nach Barcelona. Dann kommt Sevilla. Von Genf liegt noch keine Bestätigung vor. Auch die Italiener haben noch nicht geantwortet. Helga muß sofort – aber er will ja einmal nicht an den Zirkus denken.

Wenn ihn die Arbeit im Direktionswagen zu erdrücken drohte, hat Kogler in letzter Zeit immer öfter einmal unter Glorias Sonnensegel Zuflucht gesucht. Gloria Storck ist seit fünf Jahren fest beim Zirkus Krone. Aber Kogler kennt sie schon viel länger, und er nennt sie oft die »Grande Dame« seines Unternehmens. Er schätzt sie sehr. Sie versteht viel von Pferden und wohl auch von Menschen. Man kann wunderbar mit ihr schweigen.

Kogler denkt an Olly, an seine geschiedene Frau. Eine der wenigen Fehlplanungen, die ihm in einem Leben unterlaufen sind. Heute ist er längst darüber hinweg. Olly war schön, war jung und elegant, aber sie gehörte nicht in den Zirkus. Wenn ein Pferd in ihrer Nähe wieherte, bekam sie eine Gänsehaut. Wenn Kogler aus dem Elefantenstall zu ihr kam, mußte er die Wäsche wechseln. Und in einem Wohnwagen zu schlafen, hatte sie als Zumutung betrachtet. Nein, es war gut, daß man sich rechtzeitig getrennt hatte. Vor zwei Jahren hat Olly wieder geheiratet und lebt jetzt da, wo sie hingehört, in einer Traumvilla in Ascona. Ihr Mann ist führend in der Chromstahlbranche.

»Hallo, Herr Kogler! Verdammt noch mal, Zirkusdirektor müßte man sein!«

Es ist Jakobsen, der plötzlich unter dem Sonnensegel steht und mit seinem Erscheinen Kogler wieder ins Zirkusgeschäft zurückreißt. Doch erfreut springt er auf und begrüßt herzlich seinen Agenten. »Fein, daß Sie da sind. Wie war der Flug?«

Auch Gloria ist aufgestanden. Sie will für Jakobsen einen Drink holen, doch er winkt gleich ab. »Bei Helga warten die Estrellos und wollen ihren neuen Chef begrüßen.«

»Noch bin ich's nicht«, sagt Kogler, »erst will ich sie arbeiten sehen. Aber kommen Sie, die Manege wird gleich frei. Die Dorias sind noch drin.«

»Ich weiß. Ich war eben drüben«, erwidert Jakobsen und fragt mit ernstem Gesicht: »Sagen Sie mal, muß das sein – Lona und der Todessprung?«

»Laß sie doch trainieren«, sagt Kogler und ist nun wieder ganz Geschäftsmann. »Dafür sind sie Artisten. Wir werden sehen, was dabei herauskommt. Absetzen kann ich den Sprung dann immer noch.«

Die beiden Estrellos sind ein junges dänisches Ehepaar. Als Jongleure sind sie Extraklasse und haben in der letzten Saison mit großem Erfolg bei Knie, im Schweizer Nationalzirkus, gearbeitet.

Als Kogler mit ihnen und Jakobsen zum Chapiteau hinübergeht, haben die Dorias gerade die Trainingsarbeit abgebrochen und kommen aus dem Sattelgang heraus. Sie machen nicht gerade einen sehr glücklichen Eindruck.

»Na Carlo, wie lief's?« fragt Kogler.

»Schlecht«, sagt Carlo, »acht zu zwei.«

»Was heißt das?«

»Achtmal ins Netz geschmiert, zweimal gelungen.«

»Aber ich schaffe es«, sagt Lona zuversichtlich, »heute abend Sie werden Programm haben mit Todessprung. Ganz bestimmt.«

Sascha sagt gar nichts dazu. Er wechselt nur einen stummen, skeptischen Blick mit Carlo und geht gleich weiter, während Rodolfo sich noch an Kogler hängt. »Prego, direttore – noch kein Anruf von Francis? Niente?«

Kogler schüttelt den Kopf. Nein, noch nichts. Es ist wohl auch noch zu früh. Francis ruft sicher erst an, wenn sie im Krankenhaus war.

Doch kaum eine Viertelstunde später, Lona und Sascha sitzen müde und angeschlagen mit Carlo in ihrem Wagen, da kommt Rodolfo mit glückstrahlendem Gesicht hereingestürzt. Er war gerade bei Helga im Direktionswagen, als das Telefon klingelte. Gute Nachricht von Tino. Das Fieber ist herunter. Er kann den Kopf wieder bewegen. Es müsse eine Virusgrippe sein, die ihn erwischt hat, aber Poliomyelitis, die schreckliche Kinderlähmung, sei es bestimmt nicht.

»Madonna! Madonna, ich bin froh«, sagt Rodolfo erleichtert und schwirrt mit Carlo gleich wieder ab, um seine Freude auch mit Viggo und Nina zu teilen.

»Siehst du, jetzt wird sich noch herausstellen, daß Francis völlig unnötig hingeflogen ist«, sagt Sascha, als er mit Lona wieder allein ist. »Ich bin noch immer dafür, das Ganze abzublasen. Was will denn Kogler machen, wenn wir den Todessprung einfach auslassen?«

»Ich frage nicht, was Kogler machen wird«, ist Lonas Antwort, »ich frage, was wird Publikum sagen?«

Damit steht sie auf, geht zum Eisschrank und zum Herd, um das Essen vorzubereiten. Sascha bleibt noch einen Moment stumm sitzen. Dann drückt er seine Zigarette aus und fängt an sich umzuziehen. Als er an den Klappschrank geht, um sich ein frisches Hemd herauszunehmen, sieht Lona ihn mit fragendem Blick an.

»Die Kinder werden gleich aus Schule kommen. Willst du nicht mit uns essen?«

»Nein«, sagt Sascha, ohne Lona anzusehen.

»Du gehst fort?«

»Ja.«

Durch Tommy, den kleinen, krummbeinigen Stalljungen, hatte Maria schon vor dem Training Sascha sagen lassen, daß sie ihn gegen Mittag am alten Hafen beim »Père Boubou« erwarte. Als Sascha hinunterkommt, sitzt sie schon mit einem strahlenden Lächeln an einem der kleinen Tische unter den breitästigen Platanen und sieht in ihrem offenen blonden Haar bezaubernd aus.

»Wollen wir etwas essen?« fragt Sascha.

Maria schüttelt den Kopf. Sie habe keinen Hunger. Sie möchte lieber mit Sascha auf das Meer hinausfahren. Zur Isle d'If vielleicht. Zu der kleinen Insel, wo der legendäre Graf von Monte Christo in finsterem Verlies gefangen saß. Sascha ist einverstanden. Sie gehen zu den bunten Booten hinunter, die den Fährdienst zum Chateau d'If unterhalten. Als sich Maria bei ihm einhängt, schaut Sascha sie verwundert an.

»Du bist heute so ganz anders, Maria. Du strahlst ja.«

»Ich bin sehr glücklich«, sagt Maria und lächelt.

Mit tuckerndem Motor fährt das Boot zur Insel hinüber. Dort laufen sie über die Zinnen des alten Forts und stehen dann, vom Wind zerzaust, auf der Terrasse. Weit geht von hier aus der Blick über die Stadt zu den Bergen des l'Etoile.

Sascha spürt die Wärme von Marias Körper an seiner Schulter, er zieht sie an sich. Maria nimmt seinen Kopf in beide Hände und küßt ihn – küßt ihn lange auf den Mund und sagt dann mit ihrer kleinen, festen Stimme: »Ich danke dir, Sascha – ich danke dir für alles, und das war der letzte Kuß, den wir uns gegeben haben.«

Sascha starrt sie an und begreift es nicht. »Was heißt das?«

»Heute nacht habe ich mich mit Maurice versöhnt. Wenn das Gastspiel in Marseille vorbei ist, werden wir in Paris heiraten.«

»Nein!« Sascha schreit auf wie unter einem Peitschenhieb. »Das ist nicht wahr, Maria. Sieh mich an und sag es noch einmal!«

Maria sieht ihn fest an, und ihre Augen lügen wie ihre Worte. »Doch, Sascha, es ist wahr. Und nun laß uns gehen.«

Als das Boot von der Insel zum Stadthafen zurückfährt, steht Sascha ganz vorn am Bug und starrt in die Wellen. Allein und verloren sitzt Maria irgendwo hinten zwischen den Touristen. Sie fühlt sich sehr elend, aber das wird vergehen. Sie weiß, daß sie durchhalten muß. Heute abend nach der Vorstellung wird Maurice sie wieder anbrüllen und beschimpfen, sie sei eine Dilettantin in der Manege. Wahrscheinlich hat er recht. Wie gut sie Komödie spielen kann, geht ihn nichts an. Adieu, Sascha.

Kurz vor der Abendvorstellung kommt noch einmal ein Anruf von Francis aus Solothurn. Nur ein kurzer Gruß an Lona. Ich werde an dich denken, Lona, Ich halte dir die Daumen. Ich danke dir, daß du mir geholfen hast. Ich bin glücklich, daß es tino bessergeht. Grüße an alle. Macht es gut.
Vor dem angestrahlten Chapiteau und den aufzuckenden Lichtgirlanden an der Fassade stauen sich die Menschen und die Autoschlangen. Die Entréemusik schmettert. Vom Stallzelt führt Pohl schon den Zwölferzug der Tigerschecken zum Sattelgang. Jetzt kommt der Eröffnungsmarsch, die Vorstellung hat begonnen.
Bei den Dorias herrscht eine nervöse Spannung. Um sich abzulenken, kümmert sich Carlo heute besonders lange um den Zustand der Geräte und der Ankerverspannung für das Schutznetz im Chapiteau. Viggo, schon im Kostüm, hockt allein und still in einer Ecke seines Wagens und versucht sich zu sammeln. Noch erregt von dem Telefongespräch mit Francis kommt Rodolfo zu ihm herein.
»Viggo, was glaubst du — Francis hat nicht gesagt, wann — aber wenn Tino nun nicht mehr in Krankenhaus sein muß, meinst du, sie wird zurückkommen? Und vielleicht Tino mitbringen, unsere süße, kleine Bambino, oder?«
»Lieber, guter Rodolfo, bitte mach mich jetzt nicht verrückt mit deine kleine, süße Bambino. Ich muß mich konzentrieren, sonst fall' ich beim Dreifachen auf den Pinsel. Mir ist schon mies genug, wenn ich an Lona denke.«
»Scusi, Viggo, si, si, verstehe, ich geh' schon.«
Drüben im Wagen bei Sascha und Lona spricht keiner ein Wort. Beide sehen aneinander vorbei. Sascha zündet sich,

wie immer, die letzte Zigarette vor dem Auftritt an, Lona steckt sich vor dem Spiegel das Diadem ins Haar. Dann steht sie auf und nimmt ihr großes blauseidenes Auftrittscape.

»Bist du soweit?« fragt Sascha.

»Ja.« Lona streckt ihm ihre Hände entgegen. »Die Bandagen – breit genug?«

Sascha nickt. Sekundenlang stehen sich beide stumm gegenüber und sehen sich in die Augen – ernst und ohne ein Lächeln. Dann greift Lona nach Saschas Zigarette, macht selber einen tiefen Zug, ohne seinen Blick freizugeben, und gibt die Zigarette zurück. »Danke.«

»Dann komm«, sagt Sascha.

Aber Lona rührt sich nicht. Auch Sascha ist unfähig, einen Schritt zur Tür zu machen. Plötzlich reißt er sie an sich, und sie halten sich noch fest in den Armen, bis draußen vor dem Wagen Carlos Stimme tönt: »He, Lona – Sascha! Es ist Zeit!«

Nur wenigen Zuschauern fällt es auf, daß in dieser Vorstellung anstatt der angekündigten »Fünf Dorias« nur vier Artisten am Trapez arbeiten, so gebannt sind sie von den Höchstleistungen in dieser Luftnummer. Rodolfo ist für Francis die Passage mitgeflogen und gab ihr mit seinem Tricks noch etwas mehr Glanz als sonst. Eben ist der Applaus für Viggos dreifachen Salto Mortale verrauscht – und jetzt kommt die Ansage für den Todessprung.

Am Manegenrand stehen neben Kogler und Jakobsen auch Horn und Helga. Dicht am Netz bedient heute Carlo selber die Winde des Zugseils. Hinter der Barriere vor dem Sattelgang drängen sich Artisten und das Zirkuspersonal. Es hat sich längst herumgesprochen, wie schlecht die Vormittagsproben waren, und alle wissen, wie es um Lona und

Sascha steht. Werden beider Nerven dieser Belastung standhalten?

Langsam, fast im Zeitlupentempo, zieht das Seil nun Lona, in ihrem silbernen Pailettenkostüm, unter die Zirkuskuppel. Dann steht sie auf dem Podest. Tief unter ihr beginnt Sascha im Fangstuhl zu schwingen. Lona beginnt mit dem Zählen. Uno – dos – tres – quatro – cinco ... Wie grüßend hebt Sascha die Hand und geht in den Kniehang. Lona grüßt zurück, legt die Binde vor die Augen. Jetzt setzt die Musik aus, der Trommelwirbel beginnt – ocho – nueve – diez – onez ... Hepp!

Lona läßt sich fallen – fliegt – und landet im festen, sicheren Griff von Saschas Händen. Geglückt! Noch mit einer halben Schwingung lassen sich beide auspendeln, dann geht Lona unter dem aufbrausenden Beifall der fünftausend Zuschauer mit einer eleganten Pirouette ins Netz ab.

Aufatmend sehen sich Carlo und Jakobsen an. Kogler drückt beiden stumm die Hand. Und als die Dorias nach dem Kompliment in den Sattelgang zurücklaufen, wird Lona von allen Kollegen ein begeistertes Bravo entgegengerufen. Aber sie hört es kaum. Sie fühlt nur Saschas Arm auf ihrer Schulter und keiner von beiden sieht Maria, die ihnen, in der Zeltnische stehend, nachblickt. Ihr junges Gesicht scheint plötzlich uralt und verfallen.

V.

Sie kamen von Barcelona und stehen nun schon über zwölf Tage in Sevilla. Eine unbarmherzige Sonne brennt über der andalusischen Ebene, und auch in den Nächten kühlt es sich kaum ab. Kogler hat die Stallzelte und die Käfigwagen schon mit dicken Strohmatten abdecken lassen, die täglich mehrmals mit Wasser besprengt werden, um die

Tiere etwas vor der Glut zu schützen. Merkwürdigerweise leiden die Tiger am meisten unter der Hitze, denn sie sind ja von ihrer Natur her Dschungeltiere, die sich in ihrer Heimat tagsüber im dichten schattenreichen Urwald aufhalten und erst bei Nacht auf Beute ausgehen.

Auch die Artisten stöhnen. Wenn die »Dorias« hoch oben auf der Trapezbrücke stehen, sind sie in Schweiß gebadet, noch bevor sie anfangen zu arbeiten. Dicht unter der Kuppel des Chapiteaus herrscht eine Hitze von fast fünfzig Grad.

Aber diese tropischen Temperaturen hindern die Spanier nicht, täglich als begeistertes Zirkuspublikum das Chapiteau bis zum letzten Platz zu füllen. Pferde und Clowns sind für den Spanier die Könige der Manege, und so wird Ninas komischer Musicalakt hier stets mit stürmischen Olé-Rufen bejubelt.

Einen glühenden Verehrer hat auch Teresa Storck, die junge Schulreiterin, gefunden. Es ist Ramon Perojo, der berühmte Torero, der Stolz Andalusiens. Er hat noch keine Vorstellung ausgelassen. Abend für Abend sitzt er allein in einer Loge und wartet darauf, daß Teresa auf ihrem Lipizzanerhengst Favory-Astor in die Manege einreitet. Mit brennenden Augen schaut er auf das Mädchen und auf das Pferd, und wenn beide nach den schwierigen Gangarten der Hohen Schule ihre Demonstration edler Reitkunst beendet haben, dann wirft er einen Rosenstrauß und seinen Hut als Huldigung in den Sand der Manege.

Auch heute ist Perojo in der Abendvorstellung. Francis, die sich mit den anderen Dorias hinter der Gardine für den Auftritt bereitmacht, hat ihn schon entdeckt.

»Du kannst auch heute wieder mit einem Hut rechnen«, ruft sie Teresa zu, die mit Gloria und dem Pferden im Sattelgang erscheint.

»Das wäre dann der neunte«, sagt Teresa. »Er scheint eine Hutfabrik zu haben.«

»Du solltest sehr stolz darauf sein«, mischt sein Lona ein, »Ramon Perojo ist der Abgott Andalusiens. Sie nennen ihn ›El Espada‹, den Degen. Weißt du auch, daß er ein Millionär ist?«

»Millionär?« fragt Viggo, der zugehört hat.

»Mehrfacher sogar«, bestätigt Lona, »drei Cadillacs, ein Sportflugzeug, Olivenwälder, eine Orangenfarm, eigene Kampfstierzucht – und kann nicht einmal seinen Namen schreiben – ein Zigeuner.«

»Na, Teresa, dann olé! Den Mann solltest du festhalten«, sagt Viggo.

Aber Teresa wehrt lächelnd ab. Millionen sind für sie kein Grund, sich an einen Mann zu hängen. Schon gar nicht an einen Stierkämpfer. Sie haßt diese abscheuliche Tierschlächterei. Dennoch kann auch sie sich nicht ganz der Faszination entziehen, die Ramon Perojo ausstrahlt. Das scharfgeschnittene kühne Gesicht, zigeunerhaft dunkel und von einer männlichen Schwermut überschattet.

Teresa hat richtig vermutet. Sie bekommt heute den neunten Hut, und wiederum einen riesigen Rosenstrauß in die Manege geworfen. Sie bedankt sich mit einem anmutigen Lächeln, zwingt ihr Pferd vor Perojos Loge in den Kniesitz, nimmt Hut und Blumen aus dem Manegesand auf, hebt ihre Reitgerte zum Kompliment. Umjubelt vom Beifall reitet sie aus der Manege.

Im Sattelgang wird sie von Gloria mit einer weiteren Überraschung erwartet. »Er hat uns eingeladen.«

»Wer?«

»Perojo, natürlich. Er will uns Sevilla zeigen.«

»Jetzt in der Nacht?« Auf Teresas Stirn zeigt sich eine kleine Unmutsfalte. Sie ist eigentlich müde.

»Wir können nicht ablehnen, Teresa. Das wäre für ihn die größte Beleidigung. Wenn es dir lieber ist, nehmen wir Carlo mit.«

Don Ramon Perojo wartet nach der Vorstellung in seinem Luxuscabriolet, einem wahren Wunder an Eleganz und Rasse, auf die beiden Schulreiterinnen. Er scheint fast erfreut, daß sie Carlo Doria mitnehmen.

»Mucho gusto en cono cerle, Senior Carlo. Habla espagnol?«

»Un poco, no mucho«, bedauert Carlo.

»Nun, macht nichts, ich sprechen ein wenig deutsch. Wird gehen«, sagt Ramon liebenswürdig und öffnet die Tür seines Wagens.

»Y qué haremos ahore? Wo wollen wir hin? Was wollen Sie sehen?« fragt Ramon und wendet sich zu den Damen um. »Sevilla por la noche?«

»Ja, Sevilla bei Nacht«, ruft Teresa spontan. »Und Flamenco, bitte.«

»Flamenco?« Ramon am Steuer macht ein etwas skeptisches Gesicht. »Ich weiß nicht, ob es heute abend gibt – und wo.«

»Was? In Sevilla keinen Flamenco?« fragt Gloria verwundert. »Die ganze Stadt tanzt Flamenco. Überall in den Zelten, auf den Straßen.«

Aber Ramon Perojo schüttelt lächelnd den Kopf. »Das ist kein Flamenco, Senora. Das ist Tanz nur für die Fremden – für Torismo. Nicht echt. Echte Flamenco man kann nicht bestellen. Man muß ihn suchen. Wollen wir suchen?«

»Ja, bitte«, sagt Teresa. Auch Carlo ist einverstanden. Ramon startet den Wagen, und mit leise singendem Motor fahren sie los in die nächtliche von einer Lichtglocke überstrahlte Stadt. Auf einer der großen Ramblas, erfüllt vom Lärm der großen Drehorgeln, von Gitarrenmusik und Kastagnettengeklapper aus den Zeltgassen, in denen herber Jerez und süßer Manzanilla ausgeschenkt werden, stoppt Ramon einmal den Wagen und steigt aus. Er wirft einen Blick in eine der Zeltbuden, sieht dort einen bunten Wirbel spanischer Tänzer vor einer Menge staunend gaffender Touristen, und kehrt rasch wieder zurück.

»No«, sagt er kopfschüttelnd, »das ist Sevilla für Reisebüro. Nicht was wir suchen. Wir werden nach Tirana fahren, wo die Armen wohnen. Vielleicht dort – wenn wir Glück haben.«

In Tirana, einer Vorstadt von Sevilla, ist es um diese Stunde schon dunkel. Nur hier und da fällt ein spärliches Licht aus den engstehenden Häusern, und die Gassen sind hier so eng, daß Ramons großer Wagen nur knapp eine Durchfahrt findet. Zwei Weinschenken, an denen Ramon klopfte, hatten schon geschlossen. Aber dicht hinter dem Tor zur Heiligen Dreifaltigkeit dringt noch Licht aus einer Bodega.

»Hier?« fragt Gloria etwas befremdet.

»Ja, hier«, sagt Ramon, »vielleicht – man weiß es nie.«

Auch Teresa ist enttäuscht, als sie durch einen löchrigen Vorhang aus verschmutzten Perlschnüren den Schankraum betreten. Unter einer gewölbeartigen Decke kahle, weißgetünchte Wände, an denen sich einfach Holzbänke entlangziehen. Davor ein paar wackelige Tische auf holprigem Steinfußboden. Etwa zehn oder zwölf Männer sitzen hier herum, einfache Leute, Handwerker oder Arbeiter. Einer hält eine Gitarre auf den Knien. Etwas abseits von ihnen sitzt auf einer Bank eine Frau allein, dunkel gekleidet, und den Kopf an die Wand gelehnt. Sie scheint zu schlafen.

Als Perojo mit seinen Begleitern eintritt, wenden sich ihm alle Köpfe zu. Die Gespräche verstummen und ein ehrfürchtiges Tuscheln beginnt. Man hat Perojo erkannt, und der Wirt empfängt seinen berühmten Gast wie einen König. Das bedeutet, er wischt eigenhändig den Tisch ab, was sonst kaum einmal in der Woche geschieht. Dann bringt er einen Krug Wein und dazu einen großen Teller mit Oliven, Muscheln und Anchovis.

Ramon Perojo bestellt auch für die Männer auf der anderen Seite des Raumes etwas zu trinken. »Es sind arme Leute«, erklärt er Carlo und den beiden Frauen. »Sie sind so arm, wie ich einmal war. Ich bin Zigeuner«, fährt er dann fort, »draußen in Chiclana bei den Blechhütten bin ich geboren, und als kleiner Junge, zerlumpt und hungrig, habe ich oft hier in dieser Bodega um Brot gebettelt. Heute bin ich ein reicher Mann. Ich habe zwei Sekretäre, einen Buchhalter, eigenen Friseur und Schneider, Flugzeug mit Pilot und große Hazienda in Mexiko. Aber Heimat ist immer nur hier. Dinero es bien – Geld ist schön, wie man sagt – aber es ist nicht das ganze Glück.«

Sein bedeutungsvoller Blick trifft dabei Teresa. Doch sie weicht ihm aus, und Ramon Perojo erzählt dann von seinen Stieren. »Es sind die schönsten und stärksten Toros von ganz Andalusien. Sie sollten mal meine Zuchtfarm besuchen. Ja, kommen Sie. Ich werde machen eine ›placia campera‹ für Sie. Das ist eine Zuchtprüfung der Jungtiere. Bitte, kommen Sie.«

Wieder sucht sein Blick Teresa. Doch bevor sich diese zu einer Antwort entschließen kann, zerreißt ein klirrender Gitarrenakkord die dumpfe Stille des Raumes.

Alle sehen nun auf den Gitarrenspieler. Zuerst sind es nur ein paar präludierende Läufe, die er, ganz in sich versunken, seinem Instrument entlockt. Dann steigert sich sein

Spiel aus der etwas getragenen Melodie in einen fordernden Rhythmus, und Perojos Blick zu den beiden Frauen und Carlo ist wie eine Ankündigung. Der Augenblick des Flamencos scheint gekommen.

Auch die einfache Frau auf der Wandbank erwacht aus ihrer schläfrigen Haltung und wendet ihr hageres Gesicht dem Spieler zu. Und jetzt bricht das erste rauhe »Ayyy« wie ein tiefer Klagelaut aus dem Munde des Gitarristen. Er beginnt zu singen mit tiefen, kehlig-gequetschten Tönen. Urlaute aus maurischem, afrikanischem Dunkel. Und mehr und mehr geht der Gesang nun in einen packenden Rhythmus über, die Melodie wird akzentuierter. Schon beginnen derbe Männerfüße an den Tischen zu stapfen. Erst ist es einer allein, der den Wechseltakt mitklatscht. Dann folgen ihm andere. Sie beginnen auch mit den anfeuernden Zwischenrufen: »Olé – Olé«, bis der Spieler unvermittelt seinen Gesang abbricht und nur mit der Gitarre allein in das härtere Thema einer »Farucca« übergeht.

Jetzt hat auch der Zauber die Frau auf der Wandbank befallen. Man spürt, man sieht förmlich, wie die Musik von ihrem Körper Besitz ergreift, wie sich ihr Gesicht verändert, wie sie unter Spannung steht. Ganz langsam erhebt sie sich jetzt, geht ein paar kurze, knappe Schritte in den Raum.

»Olé, Antonia! Olé!« Man ruft es ihr von den Tischen aus zu. Und nun beginnt die Frau zu tanzen.

Zuerst ist es nur ein leichtes Erzittern der Hüften, ein Biegen des Körpers, dann hebt sie die Arme – ein schleifendes Drehen und dann entzündet sich in ihr, wie eine leidenschaftliche Flamme, der Flamenco. Antonia tanzt mit äußerster Konzentration und wirkt wie verwandelt.

Carlo Doria sieht voller Staunen auf die Frau. Er ist ein Mann vom Zirkus. Er kennt den Zauber der Manege, die knisternde Spannung der Stille, wenn Artisten zum Höhepunkt ihrer Leistung kommen, er kennt das unbeschreibbare Gefühl, wenn sich die Erregung des Publikums im spontanen Beifall löst, aber dieses Erlebnis hier ist neu und einmalig für ihn. Denn Antonias Tanz ist keine Show. Er ist ein Elementarereignis. Tanz, geboren aus einer inneren Notwendigkeit und sich steigernd wie in einen Rausch. Gloria und Teresa scheinen es genauso zu fühlen wie er.

Jetzt tanzt die Frau ganz nahe am Tisch bei Ramon Perojo. Er sitzt leicht vorgebeugt und starrt sie an. Man spürt seine Erregtheit. Jetzt ist Antonia ganz dicht vor ihm. Ihr in den Nacken geworfener Kopf ist wie eine Lockung. Ihr Stampfschritt ist eine Herausforderung. Und Ramon nimmt sie an! Wie eine Feder springt er plötzlich auf – umkreist sie mit dem Stakkato seiner Füße – und tanzt, die Hände auf dem Rücken verschränkt, ohne Antonia zu berühren – tanzt knapp, hart, männlich.

Ein ungleiches Paar – die einfache, ärmlich gekleidete Frau und der junge, elegante, fast dandyhaft gekleidete Mann. Und doch das gleiche Blut, die gleiche Flamme. Werbung, Abwehr und wieder Lockung. Der Urtanz der Geschlechter.

Fasziniert und betroffen zugleich sehen Carlo, Gloria und Teresa auf das ungewöhnliche Schauspiel, und als der Tanz von Ramon und Antonia dann jäh und unvermittelt in einer gleichsam erstarrten Haltung der beiden endet, haben sie alle drei zum ersten Mal den Zauber des echten, des wahren Flamenco erlebt.

Auch am nächsten Morgen, als sich Carlo unter dem Sonnensegel zum Familienfrühstück einfindet, erzählt er noch begeistert von dem Erlebnis der Nacht in Tirana. Aber er stößt nur auf wenig Interesse. Viggo findet die neueste Ausgabe der Artistenzeitung viel wichtiger, Francis und Rodolfo streiten sich um eine Variante beim Übergang zur doppelten Passage, und Sascha ruft abwechselnd mit Lona nach den Kindern. Biggi und Pedro treiben sich noch irgendwo auf dem Gelände herum.

Nicht nur Biggi und Pedro, es ist eine ganze Schar von Zirkuskindern, die schon am frühen Morgen hinter den Käfigwagen der Tiger und Bären ein herrliches Spiel treiben. Hier stehen mehrere der großen Zugmaschinen, und mit viel Geschrei klettern die Kinder auf den Traktoren herum und spielen Tansport.

»Ab nach Napoli«, ruft Biff, der kleine, kecke Araberjunge, den anderen zu. »Wir fahren los! Zirkuswagen ankoppeln. Tut! Tut! Es geht los!«

Gar nichts geht los. Aber in der kindlichen Phantasie geht die Zirkusreise nicht nur nach Napoli, sie geht bis nach Afrika und rund um die Welt.

»Halt! Stopp!« ruft plötzlich Biff, der ganz vorn am Steuer der ersten Zugmaschine sitzt. »Ich hab was gefunden!«

Biff hat tatsächlich etwas gefunden und hält es triumphierend hoch. Es ist der Zündschlüssel für das Fahrzeug, den wohl der Fahrer in einer Ablageschale am Bordbrett versteckt hat. Der Zündschlüssel! Jetzt kann die Reise wirklich losgehen.

»Tu's nicht«, warnt Biggi noch, »das ist verboten.« Aber wenn Biff sich etwas in den Kopf gesetzt hat, kann ihn niemand zurückhalten. Schon steckt der Schlüssel im Schloß. Zugleich mit Biggi springen auch ein paar andere ängstlich vom Fahrzeug herunter. Gerade noch zur rechten Zeit. Denn schon springt der Motor an, fängt knatternd an zu fauchen, und ruckartig setzt sich der Traktor in Bewegung. Unvermuteterweise aber rollt er rückwärts – Biff hat den eingelegten Gang übersehen – und steuert jetzt genau auf die Hinterfront der Käfigwagen zu. Biff sieht das Unglück kommen, aber seine Beine sind viel zu kurz, um Bremse oder Kupplung zu erreichen. Vor lauter Schreck kommt er auch nicht auf die Idee, den Schlüssel wieder herauszuziehen. Rasch springt er ab; vor den entsetzten Augen der Kinder nähert sich die schwere führerlose Zugmaschine nun bedrohlich dem nächsten Raubtierkäfig. Noch zwei Meter – noch einen Meter. Dann kracht es fürchterlich, und in den Aufschrei der Kinder mischt sich das Brüllen der erschreckten Tiger. Der Traktor hat sich genau in die Flanke des Tigerwagens gebohrt, hat den schweren Wagen dabei zwar nicht umgestoßen, aber die hölzerne Rückwand ist eingedrückt und an der Vorderseite sind die Eisengitter aus der Halterung gefallen.

Bruhns, der Raubtierkutscher, hat als erster den Krach und das Geschrei der Kinder gehört. Er rennt zum Käfigwagen, sieht die Katastrophe, sieht, wie Aki und Mayo, die beiden großen Bengaltiger, gerade in diesem Augenblick wie zwei gelbe Blitze aus dem nun offenen Käfig springen.

»Die Tiger sind los!«

Bruhns brüllt, daß man es bis zu den Wohnwagen der Dorias hört. Carlo, seine Söhne und die Frauen springen vom Frühstückstisch auf. Die Kinder! Wo sind die Kinder?

Die Tiger sind los. Der Schreckensschrei ist bereits auf dem ganzen Zirkusgelände in Windeseile von Wagen zu Wagen weitergegeben worden. Lilly Swoboda, die Dompteuse, war gerade beim Haarwaschen. Nun rennt sie, mit der kurzen Raubtierpeitsche in der Hand und klatschnassen Haaren so schnell sie kann zum Käfigplatz. Auch Direktor Kogler hat den Schrei in seinem Bürowagen gehört. Er läßt sofort die Alarmglocke schlagen, greift sich seinen Revolver aus dem Schreibtisch und läuft ebenfalls los.

Die Kinder? Sind die Kinder in Sicherheit?

Gottlob, sie sind es. Gerade noch rechtzeitig sind sie alle in einen offenstehenden Gerätewagen geflüchtet, haben die Tür hinter sich zugeschlagen und sehen nun angstzitternd durch ein kleines Gitterfenster, wie der Tiger Aki draußen herumstreicht, vorsichtig schnuppert, und mit der plötzlichen Freiheit noch gar nichts anzufangen weiß.

Und da kommen sie auch schon von allen Seiten. Voran Lilly und Bruhns, denen Kogler mit Arbeitern und Artisten sowie Carlo und seine Söhne folgen. Alle sind mit irgendwelchen Werkzeugen, Gabeln oder Knüppeln bewaffnet. Aber Lilly hält ihre Helfer vorläufig noch auf Distanz. Sie versucht, es allein zu schaffen. Soeben taucht Mayo dicht vor ihr auf.

»Platz, Mayo! Sit down!« ruft sie das fauchende Tier an. Die vertraute Stimme von Lilly hörend, gehorcht das Tier tatsächlich für einen Augenblick, springt aber im nächsten wieder auf und umkreist in geduckter Haltung die Dompteuse.

Bruhns versucht indessen mit größeren Fleischbrocken den Rückweg zum Käfigwagen auszulegen, während Kogler und andere zunächst die Stallzelte gegen Aki, den zweiten Ausreißer, absichern. Schon einmal war dieser dort in bedrohlicher Nähe aufgetaucht, und die Tiere sind jetzt unruhig geworden. Sie wittern Gefahr. Einzelne Elefanten fangen an zu trompeten, die Pferde stampfen und zerren an ihren Stallhalftern.

Kogler weiß, wenn ein Tiger erst einmal ein Tier reißt, wenn es den frischen Blutgeruch in der Nase hat, ist alles aus. Mein Gott, kostet das Nerven.

Lilly, furchtlos und konzentriert, hält immer noch Tuchfühlung mit Mayo, redet mit ruhiger Stimme auf ihn ein, als wäre sie im gesicherten Zentralkäfig, und drückt ihn dabei Schritt für Schritt auf die Fleischspur, die das Tier auch überraschend aufnimmt.

Seitlich steht Bruhns und schirmt die Stallgasse ab. »Go

on, Mayo, geh' zurück!« Meter um Meter nähert sich der Tiger nun wieder seinem vertrauten Käfig, wittert auch dort das abgelegte Fleisch und ist plötzlich mit einem Riesensatz wieder in seinem alten demolierten Wagen, an dem Bruhns sofort das Eisengitter wieder in die Halteklammern drückt.

Lilly atmet auf. Der erste Ausreißer wäre wieder hinter Gittern. Jetzt muß Aki noch eingefangen werden. Aber wo ist er? Dicht am Chapiteau bei den dort abgestellten Requisiten haben Carlo und Viggo eben noch Aki gesehen.

»Laßt ihn in Ruhe!« ruft Lilly ihnen zu. »Macht ihn nicht nervös. Wir versuchen, ihn einzubauen. Nehmt den Probekäfig auseinander. Zehn oder zwölf Leute sollen mit den einzelnen Gitterstäben konzentriert von allen Seiten langsam gegen ihn vorgehen.«

Und so geschieht es. Die Dorias, Kogler, Artisten und Arbeiter reißen in aller Eile die Teile des Vorkäfigs auseinander und formieren sich dann, die Gitter wie Schutzschilder vor sich hertragend, zu einer kreisförmigen Absperrung um Aki.

Zuerst kommt dem Tiger die Sache wohl etwas unheimlich vor. Er springt bald in die eine, dann wieder in die andere Richtung, er sieht, wie der Kreis um ihn immer enger, immer kleiner wird. Nervös und verängstigt sucht das Tier Schutz zwischen den Requisiten. Jetzt hat Aki eines der Postamente entdeckt, auf dem er allabendlich in der Manege zu sitzen hat. Kurzentschlossen springt er darauf, fühlt sich hier sicher und wartet zunächst ab.

»Ja, Aki, brav! Sehr brav, Aki!« Ganz ruhig, wie bei der Dressur in der Zirkusvorstellung, tritt Lilly jetzt dicht vor ihr Lieblingstier. Spielerisch schlägt der Tiger mit seiner Pranke nach der gewohnten Peitsche, und während er sich noch die aufgespießten Fleischhappen von der Stange nimmt, haben hinter ihm Kogler und die Zirkusleute die letzte Lücke mit einem Gitterteil geschlossen. Aki ist eingebaut. Das aufregende Abenteuer ist zu Ende. Kogler atmet erleichtert auf, Lilly wischt sich erlöst die Schweißtropfen von der Stirn.

»Siehst du, mein Alter«, redet sie dann mit dem großen Bengalen, der noch mehr Appetit auf Fleisch zu haben scheint. »Nun bist du selber froh, daß du deinen Ausflug hinter dir hast. Aber tröste dich, mit der Freiheit ist das so eine Sache. Oft wissen auch die Menschen damit nichts anzufangen.«

Zwei Stunden später sind Aki und Mayo bereits auf dem Weg über einen Laufgang in einen neuen Käfigwagen umquartiert. Die alte demolierte Behausung muß völlig repariert werden. Es gibt wieder Arbeit für die Tischler und Wagenbauer. Aber am Abend denkt kaum noch einer an den aufregenden Zwischenfall zurück — bis auf Biff, den kleinen Araberjungen. Sehr nachhaltig bewahrt seine Kehrseite noch eine schmerzhafte Erinnerung an eine tüchtige Tracht Prügel.

An einem der nächsten Vormittage fahren sie raus in die weite andalusische Ebene bei Utrera. Teresa sitzt neben Ramon Perojo, der den schweren Wagen steuert. Sie ist diesmal allein mit ihm gefahren. Sie wollte nicht wieder ausweichen. Sie wollte sich dem Konflikt ihres Herzens stellen. Nach der Nacht des Flamenco in Tirana hatte sie sich eingestehen müssen, daß Ramons männlicher Charme und seine Faszination sie doch tief beeindruckt hatten. Nein, nichts von einer Verliebtheit. Nur der Wunsch, mehr von diesem Mann wissen zu wollen, um gerecht gegen ihn zu sein. Was ist das für ein Mensch, dieser große Torero? Ist er nur ein primitiver Geselle, der Stiere wie ein Schlächter tötet? Ist die dunkle Melancholie, mit der er sich umgibt, vielleicht der Ausdruck einer Todessehnsucht? Teresa möchte es gern ergründen.

Viele Kilometer lang waren sie durch Orangenpflanzungen gefahren, und Ramon hatte ihr erklärt, daß die ganzen Plantagen ihm gehören. Jetzt sind sie auf seiner Stierfarm. Feste, palisadenartige Zäune umgeben das riesige Terrain, auf dem Ramon für Teresa eine »placida campera« arrangiert hat.

Es sind Jungtiere, wilde, schwarzzottige Kerle, die hier durch ein Gatter unter gewaltigem Geschrei von Treibern mit langen Piken an einem Patron vorbeidirigiert werden. Der Mann mustert die Tiere genau und macht dann seine Eintragungen in ein Zuchtbuch. Dann öffnet er das Tor des Rodeo, und der junge Stier jagt hindurch auf die freie Weide. Sofort wird er aber hier von zwei Picaderos in die Mitte genommen, und unter wilden Anfeuerungsrufen in rasendem Galopp gehetzt.

Auf die Umzäunung gelehnt, betrachten Perojo und Teresa das Schauspiel.

»Ein Novillo – zweijährig«, erklärt Ramon, »man will sehen, ob er angriffslustig ist. Sie reizen ihn. Passen Sie auf, gleich wird er stürzen, da!«

Ja, der Jungstier stürzt, überkugelt sich, kommt wieder auf die Beine und wird von neuem in die Zange genommen. Ist die Hetzjagd zu Ende, bekommt er seine Note in das Herdenbuch, und das nächste Tier ist an der Reihe.

Gewiß, bei diesen jungen Stieren hat man noch den Eindruck, alles ist mehr ein unblutiges Spiel, sie empfinden Freude an der Bewegung, und es macht ihnen Spaß, ihre Kraft und ihren Mut zu zeigen. Noch ahnen sie nicht ihr trauriges Ende in der Arena.

Teresa hört hinter sich Hufklappern und dreht sich um.

Ein Pferdeknecht kommt mit zwei schönen gesattelten Reitpferden und übergibt sie Perojo.

»Muy bien, Gomez, gracias«, sagt dieser und fordert dann Teresa auf: »Kommen Sie. Wir reiten jetzt hinüber zu den Kampftieren, die ich für meine Corrida am Sonntag ausgesucht habe.«

Teresa bewundert die beiden Pferde. Sie sind aus edler Zucht. »Ja«, sagt Ramon, »wir Spanier sind sehr stolz auf unsere Caballos. Man sagt, das spanische Pferd ist die beste Mischung aus drei großen Blutströmen. Aus englischem Stamm ist es so schnell. Vom spanischen Blut hat es die Härte, und aus arabischem Erbe die Schönheit. Ich liebe Pferde. Ich liebe die Tiere.«

»Und trotzdem töten Sie sie«, sagt Teresa mit betontem Vorwurf. »Sie sind ein merkwürdiger Mensch, Ramon. Man könnte denken, Sie hassen die Stiere.«

Für Ramon Perojo ist es schwer, die Wand zu durchbrechen, die Teresa zwischen ihnen aufgerichtet hat. Und noch schwerer, ihr Verständnis zu finden. »Glauben Sie mir, Teresa«, sagt er mit lächelndem Ernst, »los toros – die Stiere und ich – wir sind nicht Feinde. Wir sind im tiefsten miteinander befreundet.«

»Eine seltsame Freundschaft, die dann so blutig endet«, erwidert Teresa sarkastisch.

»Ist das Schlachtmesser vom Metzger vielleicht weniger blutig?« fragt Ramon fast ein wenig ungeduldig zurück. »Sind Sie einmal auf den Schlachthöfen der großen Städte gewesen? Maldito fea!« Ramon spuckt vor Abscheu aus und überreicht dann Teresa die Zügel ihres Pferdes. Gleich darauf sitzen sie auf und reiten ein Stück über die staubige Landstraße.

Etwas abseits vom großen Camp führt der Torero dann Teresa zu einem Gehege, in dem nur ein einzelner Stier steht. Es ist ein gewaltiges Tier, ein Urbild an Kraft und Schönheit.

»Das ist César«, sagt Ramon stolz, »ist das nicht ein herrlicher Bursche? Fünfjährig. Aus der Zucht von Estremadura. Das sind die gefährlichsten. Sie sind linksstößig. César werde ich mir bei der Corrida am Sonntag für den Schluß aufheben.«

»Und dann wird dieser herrliche Bursche da tot sein, nur noch ein blutiger Kadaver, den ein paar Klepper aus der Arena schleifen. Was für ein wunderbares Ende für Ihren – Freund!«

Teresas bittere Ironie ist auch für Ramon Perojo nicht zu überhören und wieder versucht er mit Geduld und Nachsicht zu erklären: »Das Ende – el arrastre – ist nie schön, Teresa. Aber der Stier fühlt es nicht mehr. Stärker als alles ist für ihn die Lust am Kampf. Wir beide ganz allein im Kampf. Der Stier und ich – dafür sind wir geboren. Bitte, glauben Sie mir, es gibt nichts Erbärmlicheres als einen alt gewordenen Stier.« Als Teresa schweigt, verbessert er sich und fügt mit einem melancholischen Lächeln hinzu: »Doch, es gibt etwas, was noch erbärmlicher ist, noch lächerlicher, das ist ein alt gewordener Torero.«

César, der riesige, zottige Stier äugt mißtrauisch zu Ramon und Teresa hinüber. Das Wiehern der Pferde und die Nähe der beiden Menschen irritieren ihn. Er wird unruhig, wirft den Kopf in den Nacken, stampft den Boden und jagt plötzlich davon, um nach kurzem Bogen an die gleiche Stelle zurückzukehren.

»Wenn der Kampf wenigstens fair wäre«, nimmt Teresa das Gespräch wieder auf. »Aber hat der Stier denn jemals eine Chance?«

»Natürlich hat auch er seine Chance«, sagt Ramon. »Wie oft habe ich sie gespürt, wenn mich in der Arena die Dolchspitzen der Hörner streiften. Einmal hat mich ein Miuro-Toro an die Barera genagelt. Das war in Murcia. Zwei Monate lag ich im Hospital in Barcelona mit vier gebrochenen Rippen. In Madrid, vor zwei Jahren, hat man mich zusammennähen müssen wie einen alten Schuh. Doch, jeder Stier hat seine Chance, auch César.«

Und als Teresa ihn zweifelnd ansieht, fügt er mit plötzlichem Entschluß hinzu: »Bitte, ich werde sie ihm geben. Auch jetzt, wenn Sie wollen. Sehen Sie mich an, ich bin ohne Degen, ohne Waffe, er soll seine Chance haben.« Und ehe ihn Teresa daran hindern kann, schlüpft Ramon zwischen den Holzplanken hindurch in den Camp und geht dann aufrecht auf den Stier zu. » Ramon, Sie sind wahnsinnig! Kommen Sie zurück«, ruft Teresa ihm entsetzt nach. Aber der Torero hört nicht mehr auf sie. Ruhig, konzentriert und beherrscht geht er auf den drohenden Koloß zu. In den Augen einen kalten, strahlenden Glanz.

César, den mächtigen Kopf mit den scharfen Hornspitzen gesenkt, ist äußerst beunruhigt, fängt an auf der Stelle zu tänzeln und geht ein paar Schritte zurück. Ramon steht starr wie eine Statue vor ihm. Jetzt reißt er sich seinen großen, breitrandigen Hut vom Kopf und macht mit ihm, wie mit einer Capa, eine herausfordernde Bewegung. Noch reagiert der Stier nicht. Noch einmal schwenkt Ramon den Hut — und da greift César an, stößt zu, doch mit einer eleganten Körperdrehung, nur aus der Hüfte heraus, läßt Ramon ihn leerlaufen.

Atemlos und voller Angst sieht Teresa von der Barriere aus dem erregenden Schauspiel zu — wie Ramon den Stier immer wieder lockt, ihn reizt und umtanzt, wie er ihn anrennen und zustoßen läßt. Es ist ein so höchstgefährliches Spiel, geradezu ein tödliches Ballett, bei dem Ramon Perojo nun wie in der Arena alle klassischen Attitüden vorführt

– den »Par alto« – das »Rodendo« und die »Naturale«. Jeden Angriff des Tieres pariert der Torero mit einem eleganten Ausweichen – manövriert den Stier bis nahe an die Umzäunung bei Teresa, daß diese fast den heißen Atem des Tieres zu spüren bekommt. Und als der Stier seinen letzten Angriff wieder verfehlt, bringt sich Ramon lächelnd und mit einem leichten Sprung über die Holzplanken aus der Gefahrenzone.

»Muchas gracias, César«, ruft er noch mit einer ritterlichen Geste dem Stier zu und wendet sich wieder an Teresa. »Nun, bitte, Sie haben gesehen, daß er bekommen hat seine Chance. Am Sonntag bei der Corrida werde ich die meine suchen.«

Teresa sieht Ramon kaum an. Sie wirkt beinahe verstört, kann noch kein anerkennendes oder bewunderndes Wort finden. Sie sagt nur einsilbig: »Bitte, Don Ramon, es ist spät geworden, ich muß zurück.«

Am Sonntagnachmittag sind die Straßen von Sevilla wie leergefegt. Leer ist auch der Platz vor dem Zirkus. Schon der Vorverkauf war schlecht, und die paar Leute an den beiden Kassen waren leicht zu zählen. Kein Wunder, halb Sevilla ist heute in der Placa de toros, in der großen Stierkampfarena versammelt, um gegen Ende der Corrida noch den berühmten Torero Ramon Perojo kämpfen zu sehen.

Eigentlich hatte Kogler vorgehabt, die ganze erste Zirkusvorstellung ausfallen zu lassen. Aber dann klapperte es doch noch an den Kassen. Vor allem kamen viele Kinder, und da hatte er nicht mehr das Herz gehabt, die freudige Erwartung zu enttäuschen. Also, die Pferde heraus, die Elefanten ins Chapiteau, Nina mit ihrer Clownnummer, und dann die Ponyparade.

Nur wenige Kilometer entfernt jubeln inzwischen Zehntausende von Sevillanern den Stierkämpfern in der Arena zu. Es ist ein großer Tag. Es gab schon hervorragende Toros und die jungen Matadore, die im ersten Teil der Veranstaltung kämpften, hatten eine ausgezeichnete Show geboten. Ramon Perojos Auftreten aber wird, entsprechend seinem Starruhm, erst nach der Pause erwartet, die jetzt eine große Banda der Guardia Civile mit schmetternder Blechmusik ausfüllt.

Nur einzelne Fetzen der Musik dringen von draußen in den kleinen weißgekalkten Raum, der im Untergeschoß der Arena den großen Gasttoreros als Garderobe dient. Er enthält auch kaum Mobiliar. Zwei Sessel, ein schmales Ruhebett, in der Ecke eine primitive Statue der Mutter Gottes, das ist alles. Doch, einen Spiegel gibt es noch. Einen großen Spiegel in altem Barockrahmen, vor dem nun Ramon Perojo steht und die Zeremonie des Ankleidens über sich ergehen läßt. Er trägt schon das prächtige goldgestickte Galakostüm der Matadore mit den seidenen Eskapins, und um ihn herum sind mehrere Gehilfen bemüht, Schnallen zu schließen, Bänder zu schlingen, die Schärpe zu legen. Alle sprechen nur im Flüsterton, denn Ramon Perojo ist nervös wie ein Tenor vor dem Auftritt.

Nun stampft er wütend auf, weil er eine Falte in der Schärpe entdeckt hat. »Qué pasa? Maldito!«

Erschrocken und unterwürfig beeilt sich der Gehilfe, den kleinen Fehler zu korrigieren. Auch der Friseur, der ihm die Coleta, den kleinen Zopf, ansteckt, geht äußerst behutsam mit Ramon um. Nur keine Ungeschicklichkeit, nur kein falsches Wort.

Ramon knipst mit den Fingern, und schon legt ihm der dritte Gehilfe die scharlachrote Moleta über den ausgestreckten Arm. Nun noch ein Blick in den Spiegel.

Ramon sieht ein starres, unbewegtes Gesicht von einer

auffallenden Blässe. Er kennt dieses Spiegelbild von sich aus hundert Kämpfen und mehr. Eine Visage, die er anspucken möchte, die er haßt. Aber er weiß auch genau, wenn er draußen in der Arena steht, wird sein Blut wieder schneller kreisen, und dann werden auch seine Augen wieder den kalten, stählernen Glanz haben.

»El espada! Den Degen! Und dann hinaus mit euch«, herrscht Ramon seine Helfer an.

Stumm und ehrfürchtig wird ihm die Waffe überreicht, und als Perojo endlich allein ist, wendet er sich vom Spiegel ab und geht, den blitzenden Degen auf seinen beiden Händen vor sich hertragend, auf das Marienbild in der Ecke zu. Wie vor jedem Kampf beugt er dort die Knie, präsentiert den Degen der Mutter Gottes, und seine Lippen sprechen ein inbrünstiges Gebet.

Ramon empfiehlt sich dem Schutze Marias, und er bittet sie, seinen Degen zu segnen.

Auch im Zirkus ist Pause. Im Restaurationszelt drängen sich die Kinder an den Ständen für Limonade, Eis und Bonbons. Auch die Tierschau ist gut besucht. Es hat sich also doch noch gelohnt, die Nachmittagsvorstellung nicht abzusagen. Als die Zirkusmusik im Chapiteau das Ende der Pause ankündigt, ist der Innenraum fast bis zur Hälfte gefüllt.

Über der Manege ist schon das Schutznetz gespannt, und als die Scheinwerfer aufflammen, beginnen die Dorias mit ihrer großen Trapeznummer. Sie arbeiten präzise und mit gleichem Einsatz wie am Abend vor ausverkauftem Haus. Keine ihrer riskanten Flugfiguren wird ausgelassen, und Carlo, unten am Netz stehend, beobachtet wie immer die Arbeit seiner Kinder.

Jetzt kommt die doppelte Passage, bei der sich die drei Artisten übereinanderfliegend begegnen. Großer Beifall rauscht auf. Rodolfo zeigt umjubelt seine komischen Einlagen. Trommelwirbel beim Todessprung von Francis, die wieder sicher in Saschas Händen landet, und dann kommt der Höhepunkt. Viggo Dorias dreifacher Salto Mortale wird angesagt.

Die Musik setzt aus – Viggo konzentriert sich auf der Brücke, reibt sich noch einmal die Hände trocken und gerade, als ihm Lona das Trapez zuschicken will, bricht unter ihnen im Zuschauerraum eine merkwürdige Unruhe aus. Man hört einzelne Aufschreie im Publikum und sieht, daß nahe am Ausgang ganze Zuschauerreihen aufgestanden sind.

»Was ist los?« fragt Viggo irritiert.

»Ich weiß es nicht«, antwortet Lona, »etwas ist passiert. Warte noch.«

Unten am Manegenrand kommt Kogler auf Carlo zu. »Was haben die Leute? Warum das Geschrei?« Auch Carlo hat keine Erklärung.

Aber da steht plötzlich ein Mann, ein alter Spanier, der eben neben dem Sattelgang in den Innenraum gekommen ist, und ruft wie eine Klage in das weite Chapiteau: »El Espada esté muerte! Ramon Perojo, esté muerte!«

Überall entsetzte, bestürzte Gesichter im Publikum, Frauen fangen an zu weinen. Man ruft die Schreckensnachricht über alle Sitzreihen hinweg weiter. Vergebens versucht das Orchester, die Unruhe zu überspielen. Es hilft nichts, die Dorias gehen ohne Viggos Dreifachen vom Netz ab, und unten erfährt jetzt die Spanierin Lona als erste die ganze Wahrheit. Ramon Perojo ist tot! In der Placa de toros hat ihn beim letzten Kampf der Stier zerfetzt. Im ersten Moment ist Kogler ratlos. Was soll er machen? Kann er sein Publikum noch halten?

Lona schüttelt den Kopf und beschwört ihn: »Sie müssen

die Vorstellung abbrechen, Sie sind in Spanien. Ramon Perojo war der Abgott Andalusiens. Kein Mensch bleibt jetzt mehr im Zirkus. Ganz Sevilla wird trauern.«

Auch Carlo ist tief bestürzt. Ramon Perojo – die Nacht in Tirana. Ob Teresa es schon weiß?

Da kommt sie gerade auf ihrem schneeweißen Lipizzanerhengst aus dem Sattelgang langsam in die Manege hinausgeritten. Der Ausdruck ihres Gesichtes ist steinern. Sie weiß alles. Vor der Loge, in der Ramon jeden Abend saß, ihr Blumen und Hüte zuwarf, hält sie ihr Pferd an. Sie hebt die Hand mit dem Peitschenknauf zum stummen Reitergruß und erweist ihrem toten Verehrer die letzte Reverenz.

Salut, Ramon Perojo.

VI.

Die Gastspielreise durch Spanien ist längst beendet. Inzwischen war man in Genf und Lausanne, und nun sitzt der Circus Krone mit seinen drei Sonderzügen schon seit zwei Tagen in Brieg im Schweizer Wallis fest. Eisenbahnerstreik in Italien.

Für jeden Reisenden ist es ein Problem, wenn Pläne und Termine durch einen plötzlichen Streik über den Haufen geworfen werden. Aber wenn ein so großes Zirkusunternehmen mit fast zweihundert Leuten und über dreihundert Tieren plötzlich tagelang auf einer kleinen Grenzstation blockiert ist, dann kann das katastrophale Auswirkungen haben. Man wollte nach Italien. In Neapel ist der Platz bereits fest gebucht. Es ist eine verteufelte Situation.

»Streik? Was heißt hier Streik? Da muß eben eine Ausnahme gemacht werden. Man muß mit den Gewerkschaften sprechen, mit den Berhörden, den Ministerien, mit der Regierung.« Das ist die Meinung der meisten Zirkusleute. Ja, wenn das so leicht wäre.

Kogler ist inzwischen nach Rom geflogen und versucht, dort beim deutschen Botschafter eine Sondergenehmigung zu erlangen. Betriebsinspektor Horn, auf dem jetzt in Brieg die ganze Verantwortung für das Unternehmen liegt, bittet bei den Schweizer Behörden um Hilfeleistung bei der Futterbeschaffung für die Tiere in den Waggons. Er braucht täglich 30 Zentner Hafer, 300 Zentner Heu und Stroh, und mindestens 250 Kilo Fleisch für die Raubtiere. Gewiß, die Schweizer helfen so gut sie können, aber es reicht einfach nicht. Die Tiere können auch nicht tagelang nur in den Waggons stehen. Ein Bahnhofsplatz ist ja kaum ein geeigneter Auslauf für Elefanten, Kamele und Pferde.

In Rom hat es Direktor Kogler wenigstens fertiggebracht, ohne nennenswerte Wartezeit in der deutschen Botschaft empfangen zu werden. Aber helfen – helfen kann man ihm dort auch nicht.

»Sie müssen verstehen, Herr Kogler, Ihren Interessen stehen die Lohnforderungen von hunderttausend italienischen Eisenbahnern gegenüber. Wir beklagen diesen Notstand auch sehr. Aber in ganz Italien gibt es im Augenblick praktisch keine Eisenbahn. Glauben Sie, daß man wegen Ihrer drei Sonderzüge den Betrieb zwischen der Schweiz und Italien wieder aufnimmt? Allen guten Willen vorausgesetzt, aber rein organisatorisch wäre das gar nicht möglich. Können Sie denn nicht auf die Straße ausweichen?«

»Meine Herren, wir stehen vor dem Simplon-Paß. Mein ganzes Unternehmen ist auf den drei Zügen verladen. Wie soll ich jetzt in so kurzer Zeit genügend Tieflader und Zugmaschinen heranschaffen? Ich muß ja nach Neapel!«

Ja, dann bleibt nur die Hoffnung auf eine möglichst schnelle Beilegung des Streiks. Aber das kann noch Tage dauern. Kogler hat sich bereits die Verluste ausgerechnet. Die schon entstandenen und die potentiellen Mehrkosten. Wenn die Versicherungen nicht einspringen, kann ihn der Streik ein Vermögen kosten.

Henrike trainiert. Sie hat sich in der alten Remise auf dem Plattenhof in Solothurn einen regelrechten Schießstand mit vielen beweglichen Zielen aufgebaut, hat Munition eingekauft und ist mit ihren Ergebnissen schon recht zufrieden.

Sie hat jetzt auch keine Scheu mehr vor Mischa, der vorübergehend im Rapperswiler Tierpark arbeitet und meist zum Wochenende nach Hause kommt. Im Gegenteil. Sie freut sich auf seinen Besuch. Das Versteckspiel vor ihm hat aufgehört, und die gemeinsame Zirkusvergangenheit hat eine Brücke geschlagen.

Mischa bringt ihr auch die erste Nachricht vom Ende des Eisenbahnerstreiks in Italien. Vier Tage hat der Zirkustransport vor dem Simplon festgesessen. Nun rollen die Achsen wieder.

»Das wird Carlo eine Stange Geld eingebracht haben«, sagt Mischa.

»Wieso?« fragt Henrike.

»Nun, vier Tage und vier Nächte herumliegen und warten? Was wird Carlo getan haben? Bestimmt nur Poker gespielt. Und da er ein gerissener Pokerfuchs ist, kann ich mir vorstellen, er hat in der Zeit vielen Leuten viel Geld abgeknöpft. Aber nun lassen Sie mich mal sehen, was Ihre Schießkunst macht.«

Henrike nimmt eine der großen belgischen Pistolen, schießt erst auf die Scheibe, wechselt blitzschnell das Magazin und durchlöchert dann nach einer Körperdrehung in rasanter Schußfolge winzig kleine Blechplättchen, die an einer Schnur hängen. Jeder Schuß sitzt genau im Zentrum.

»Sehr gut«, sagt Mischa, »haben Sie schon mit Jakobsen telefoniert? Will er kommen?«

»Ja«, antwortet Henrike. »Anfang nächster Woche. Ich bin gespannt, was er sagen wird.«

»Das kommt darauf an, ob er Ihnen nur Ihr Selbstvertrauen zurückgeben wollte oder ob er Sie wieder ins Zirkusgeschäft bringen will. Würden Sie denn wieder in die Manege zurückkehren?«

»Ob ich das schon wieder kann?« fragt Henrike zweifelnd.

»Probieren wir's doch«, sagt Mischa, nimmt ein Fünf-Frankenstück aus der Tasche und hält es hoch. »Schießen Sie mir das Ding mal aus den Fingern.«

Henrike wird sofort wieder ernst. Sie legt die Pistole weg und sagt entschieden: »Nein, das tue ich nicht.«

»Hemmungen?« Mischa lacht und steckt sich die Münze nun in die Lederprothese der linken Hand. »Aber jetzt vielleicht? Da ist es nicht so schlimm, wenn Sie danebenschießen.«

»Lassen Sie Ihren Zynismus, Mischa«, sagt Henrike. »Ich habe mir geschworen, nie wieder auf einen Menschen zu schießen.«

»Ja, mein Kind, dann braucht Jakobsen eigentlich gar nicht herzukommen. Wenn Sie hauptberuflich nur noch auf Tontauben schießen wollen, daran wird er als Zirkusagent kaum großes Interesse haben.«

Auf Henrikes Gesicht tritt wieder ein gequälter Ausdruck. »Mischa, ich habe einen Menschen erschossen, ich werde das nie vergessen können.«

»Kein Mensch verlangt das von Ihnen«, sagt Mischa hart.

»Aber dann geben Sie bitte jeden Gedanken auf, wieder als Kunstschützin aufzutreten. Nur auf Luftballons oder Scheiben zu schießen, damit können Sie im Showgeschäft nicht mehr landen. Im Zirkus wollen die Leute Spannung, Nervenkitzel, Sensationen. Das wissen Sie doch selber. Und ohne Partner sind Sie eine ganz dumme, völlig überflüssige Nummer.«

Henrike hat sich abgewendet und schweigt. Doch Mischa nimmt sie bei den Schultern, dreht sie wieder zu sich herum und redet weiter eindringlich auf sie ein: »Hören Sie mir mal zu, Henrike, vor vielen Jahren waren Sie Brenda Lind und eine internationale Attraktion. Dann haben Sie Ihren Partner Ole Larsen erschossen. Das war ein Unglücksfall. Larsen war betrunken. Aber die Gerichte hatten damals ein pflaumenweiches Urteil gefällt und Sie trotzdem jahrelang eingesperrt. Ich weiß nicht, waren Sie damals zu feige oder zu erschöpft, eine Berufung einzulegen, vielleicht war auch Ihr Anwalt zu feige, egal. Aber heute sind Sie wieder ein vollwertiger Mensch. Einmal muß man doch mit gewissen Dingen fertig werden! Ich will Ihnen doch nur helfen. Und jetzt – sehen Sie mal hier . . .«

Mischa ist mit ein paar raschen Schritten an der gemauerten Remisenwand und kratzt mit einem Nagel die ungefähren Umrisse eines Menschen in den Kalk.

»Zeichnen ist nicht meine starke Seite, aber das hier soll ein Mensch sein. Und nun schießen Sie auf diesen Menschen. Schießen Sie so knapp wie möglich daneben.«

Henrike rührt sich nicht.

»Sie sollen schießen!« Mischas Stimme klingt wie ein Befehl, als Henrike immer noch zögert, geht er ungeduldig auf sie zu, drückt ihr die Pistole in die Hand und hebt ihren Arm. »Los, schießen Sie!«

Da drückt Henrike endlich ab, schießt das Magazin leer,

und um die eingekratzten Konturen sitzen die Trefferspuren genau auf der Linie.

»Gut«, lobt Mischa, »und gleich noch einmal.«

Er gibt ihr ein Magazin zum Wechseln, doch bevor Henrike noch in Anschlag geht, läuft er rasch zur Wand und stellt sich selbst in den Umriß der gezeichneten Figur.

»So! Jetzt!«

»Nein!« schreit Henrike.

»Ich habe gesagt, Sie sollen schießen!« schreit er sie böse an.

Henrikes Gesicht ist eine starre Maske, aber jetzt schießt sie – und der Einschlag ist weit von Mischas Kopf entfernt.

»Schlecht«, schreit er, »beschissen schlecht. Noch einmal!«

Wieder kracht ein Schuß, und der Einschlag sitzt schon näher.

»Ja, das war besser. Und noch mal!«

Noch vier Schuß sind im Magazin – viermal drückt Henrike ab, und alle vier Treffer sitzen so nahe an Mischa, daß ihm der Kalk von der Wand ins Gesicht spritzt.

Aber nun ist er zufrieden und lächelt. »Ja, jetzt würde ich sagen, Jakobsen kann doch kommen.«

Am Abend sitzen sie zusammen auf der Terrasse. Über alles haben sie gesprochen, nur nicht mehr über das Schießen, über Gewehre, über Jakobsen, über den Zirkus. Das Thema scheint erledigt, und Mischa will auch nicht mehr daran rühren. Aber dann kommt doch die Frage, die entscheidende Frage, zu der sich Henrike endlich durchringt. Es fällt ihr sehr schwer, aber dann nimmt sie allen Mut zusammen.

»Was meinen Sie, Mischa, wenn Jakobsen mich wirklich wieder zum Zirkus zurückbringt, könnten Sie sich vorstellen, daß Sie dann mein Partner würden?«

Mischa drückt umständlich seine Zigarette aus, als brauche er Zeit zur Antwort. Und dann sagt er sehr klar: »Nein, Henrike, das kann ich mir nicht vorstellen.«

Um die Schroffheit seiner Absage zu mildern, versucht er ihr zu erklären: »Sehen Sie, Henrike, Zirkus hat mir einmal im Leben alles bedeutet, dann passierte die Sache mit meiner Hand. Es war aus. Aber ich habe es nicht wahrhaben wollen. Ich habe es immer wieder probiert, zurückzukommen, ich war Bärendompteur, wollte eine gemischte Gruppe aufbauen, prompt war die Seuche drin. Ich hatte mir einen verrückten Trick mit einer schwebenden Kugel ausgedacht, er ging in die Binsen. Meine Spinnerei mit der Todesspirale kennen Sie ja. Sie ist nicht darzustellen. Viel zu teuer. Ich war Tierinspektor in Frankreich und Raubtierfänger in Afrika. Ein Pleiteunternehmen nach dem anderen. Nur Clown war ich noch nicht. Aber dafür habe ich wohl zuviel Humor. Nein, Henrike, vom Zirkus habe ich endgültig die Nase voll. Und ich wünsche Ihnen auch keinen Partner wie mich. In einem Punkte habe ich nämlich die gleiche Schwäche wie Ihr alter Ole Larsen. Ich lasse mich von Zeit zu Zeit sehr gerne vollaufen.«

Henrike läßt sich ihre Enttäuschung nicht anmerken. Sie fragt nur behutsam: »Und das ließe sich nicht abstellen?«

»Nein«, sagt Mischa fast schroff. »Wenn ich mich nicht manchmal besaufen würde, hätte ich an diesem Leben überhaupt keinen Spaß mehr.«

Noch gibt es Henrike nicht auf. »Sie haben mir sehr geholfen, Mischa. Mehr als Sie ahnen. Ich wünschte, ich könnte auch Ihnen helfen.«

»Ach, du lieber Gott.« Mischa lacht auf. »Bleiben Sie mir bloß mit Ihren Samariterdiensten vom Leibe. Das kann ich schon gar nicht vertragen. Übrigens, ich habe vergessen, Ihnen etwas zu sagen: Ich habe für die nächsten Wochen einen neuen Job. Ich war nämlich auch einmal Wracktaucher. In der Ägäis drehen die Amerikaner einen Film mit vielen Unterwasseraufnahmen. Ich habe einen Vertrag als Double für den Hauptdarsteller. Noch acht Tage, dann sind Sie mich hier los.«

»Schade«, sagt Henrike und zwingt sich zu einem Lächeln. »Ich hatte mich schon so an Ihren bissigen Ton gewöhnt. Ich werde ihn sehr vermissen.«

Circus Krone ist in Neapel. Hin und wieder gibt es auch in der Zirkuswelt noch Wunder. Der Premierentermin konnte trotz des Eisenbahnerstreiks noch gehalten werden, Kogler hat kein Vermögen verloren, und die Vorstellungen sind Abend für Abend brechend voll. Man sieht nur zufriedene Gesichter.

Für Rodolfo gab es in der Stadt am Vesuv vor allem das Wiedersehen mit seinen Eltern, die in Francis nun auch zum erstenmal ihre Schwiegertochter kennenlernen. Mama mia! War das ein Auflauf im Hause Sella! Die ganze Verwandtschaft war zur Begrüßung gekommen, ganze Straßenzüge von Bekannten und alten Frenden. Sogar Rodolfos alte Fußballmannschaft hatte sich eingefunden.

Francis mußte lächeln. Wie recht doch Rodolfo bei der Beschreibung seiner Eltern gehabt hatte. Seine Mutter war eine rührende Frau, die jedoch stets in Tränen ausbrach, wenn sie von einem Gefühl übermannt wurde. Sei es Freude über ein kleines Geschenk oder über den Gruß des Herrn Pfarrers, sei es Kummer über eine versalzene Suppe oder das Mitleid mit dem armen König Umberto, der mit seinen Millionen so traurig im Exil leben muß. Aber am heftigsten weinte sie, als ihr Francis Geschichten ihres Enkelkindes Tino erzählte. Und ein erneuter Tränenstrom ergoß sich, als sie dann alte Kinderbilder von Rodolfo herauskramte.

Ihr Rodolfo. Was war er doch für ein hübsches Kind.

Francis fand die Bilder abscheulich. Rodolfo als Sechsjähriger mit Stoppelhaar, einer riesigen Zahnlücke und in einem ungeheuer häßlichen Trikothemd. Rodolfo bei der Kommunion, mit heruntergerutschten Strümpfen und einem unsäglich dummen Grinsen. Rodolfo im Fußballtor.

Francis lächelt mit der weinenden Mutter und war auch der Meinung, Rodolfo sei ein wunderschönes Kind gewesen.

Auch die Beschreibung des Vaters stimmte genau. Signore Sella war ein sehr würdiger Mann, und jeder Zoll ein christsozialer Beamter, der es noch immer nicht ganz verwunden hatte, daß sein Sohn Rodolfo Artist geworden war. Natürlich hatte er ihn beim Wiedersehen in die Arme geschlossen, aber wenn das Wort Zirkus fiel, dann begann er immer nervös seine Unterlippe anzuknabbern, lenkte das Gespräch gleich auf ein anderes Thema und fing an, auf die Roten in der Regierung zu schimpfen, die an allem Unheil schuld wären.

Immerhin – und das war erstaunlich – hatte er zugesagt, demnächst einmal eine Zirkusvorstellung zu besuchen, um sich anzusehen, was sein Sohn da auf dem Trapez eigentlich treibe. Und sofort hatte die Mama bei dieser Ankündigung wieder tränennasse Augen bekommen. Seit ihrer Kinderzeit war sie nicht mehr in einem Zirkus gewesen.

Leider erwischen sie jedoch einen rabenschwarzen Tag. Schon in der Nachmittagsvorstellung hatte einer der Voltigereiter einen bösen Sturz getan, sich beim Aufprall auf der Piste die Schulter gebrochen, und in der Elefantengruppe hatte die zwölfjährige Suleika einen Rappel bekommen und die ganze Herde verrückt gemacht.

»Ich weiß nicht, was sie hat«, sagt Willi Schulz, der alte Elefantenkutscher zu Kogler. »Ich würde sie mal ein paar Tage im Stall lassen.«

Kogler ist anderer Meinung. Man sollte ein Tier nicht aus dem gewohnten Arbeitsrhythmus herausnehmen, dann fühlt es sich zurückgesetzt und dreht erst recht durch. Er will es am Abend mit Suleika noch einmal probieren.

In der Abendvorstellung geht auch bis zur Pause alles gut. Im großen Gemischten Tableau benimmt sich Suleika wieder ganz gesittet, und Kogler hat keine Schwierigkeiten mit ihr. Die Vorstellung läuft Nummer für Nummer zügig ab, und ganz vorne in einer der ersten Logen sitzen Mama und Papa Sella als Ehrengäste.

»Bei Ninas Clownsnummer hat Papa sogar zweimal richtig gelacht«, sagt Rodolfo zu Francis nach einem Blick durch die Gardine.

Ja, Signore Sella, der lange Zeit etwas steif auf seinem Logenstuhl gesessen hatte, war bei Ninas Späßen richtig munter geworden, und als sie von der Leiter in die große Pauke fiel, hatte er sich vor Freude auf die Schenkel geschlagen.

Nach der Pause kommt dann der große Auftritt der »Dorias«. Mit Herzklopfen sieht Mama Sella zum erstenmal ihren Sohn in glitzerndem Trikot auf der schwindelnden Höhe der Trapezbrücke und hält sich krampfhaft am Arm ihres Mannes fest.

Auch Rodolfo ist etwas nervös bei der Tatsache, daß er sich als Artist zum erstenmal vor seinen Eltern produziert. Aber schon nach dem ersten Applaus hat er seine Unbefangenheit wiedererlangt. Auch die anderen Dorias sind in glänzender Form. Viggo fliegt seinen dreifachen Salto Mortale wie im Bilderbuch, und als die Truppe zum Schluß ihrer Darbietung beifallumrauscht ins Netz abgeht, läßt Mama Sella erlöst den Arm ihres Mannes wieder los und nickt ihm mit tränennassen Augen, aber sehr stolz und glücklich, zu. Ihr Rodolfo.

Nach den »Dorias« zeigen die »Estrellos«, ein Jongleurpaar, ihre Kunst in der Manege, und dann sieht das Programm den Auftritt der japanischen Sumi-Truppe mit ihrer waghalsigen Schrägseil-Attraktion vor, der wiederum noch eine Elefantennummer mit der »Afrikanischen Pyramide« folgen soll.

Tanako Sumi arbeitet mit seiner Frau und seinen beiden Töchtern, der fünfzehnjährigen Shinta und der zwölfjährigen Nanami. Es sind zwei zierliche kleine Mädchen, die in ihren gestickten Geishakostümen wie zwei zauberhafte Lackpuppen aussehen. Dabei erfordert ihre Arbeit eine enorme Kraft und Körperbeherrschung. Mit kleinen Papierschirmen in den Händen laufen sie, sich nur mit den Zehen haltend, ein gespanntes Schrägseil fast bis zur Zirkuskuppel hinauf und hinunter. Es gibt kein Netz, keine Schutzvorrichtung. Der kleinste Fehltritt, das geringste Versagen, muß zum Sturz in die Tiefe führen.

Gebannt verfolgt das Publikum die Leistung der Truppe. Tanako Sumi und seine Frau sind auch Meister in einer selten gezeigten asiatischen Bodenakrobatik, aber das Entzücken aller sind die beiden kleinen Mädchen, von denen die ältere, verfolgt vom Lichtkegel zweier Scheinwerfer, ihren Balancelauf auf dem Seil beendet. Großer Beifall belohnt sie. Jetzt macht sich die zwölfjährige Nanami fertig und nimmt ihre Papierschirme auf.

Draußen vor dem Chapiteau in der Nähe des Eingangs zum Sattelgang wartet Willi Schulz indessen schon mit den acht Elefanten auf den nächsten Auftritt. Zur Sicherheit führt er Suleika selbst und hat die anderen Tiere Männern vom Stallpersonal überlassen. Kogler ist bereits im Chapiteau.

Ob es nun ein Anfall von Eifersucht oder Rivalität unter den Tieren ist, ob sich Suleika trotz aller beruhigenden Worte von Willi Schulz über etwas erschreckt hat – plötzlich und ganz unerwartet dreht sich das riesige Tier jäh um, stößt den hinter ihr stehenden Elefanten in die Seite – die ganze Herde fängt an wie wild zu trompeten, Sittah, die Leitkuh, bricht als erste aus der Reihe aus, die Tiere sind von den Männern nicht mehr zu halten.

In der Manege hat die kleine Nanami gerade etwa die Mitte des Schrägseils erreicht. Voller Spannung verfolgen die Zuschauer ihre nächsten Schritte. Unter ihr steht ihr Vater Tanako, schaut hinauf auf seine tapfere Tochter. Jetzt hört er über die Musik hinweg die tumultartige Unruhe draußen vor dem Sattelgang, das Trompeten der Elefanten – und schon im nächsten Augenblick geht unter einem Aufschrei im Publikum im ganzen Zirkus das Licht aus. Es ist stockfinster.

Die auseinanderbrechende Elefantengruppe hat auf dem engen Raum vor dem Sattelplatz das dort aufgestellte Aggregat umgestoßen. Das Hauptkabel zum Chapiteau ist gerissen. Kogler, Willi Schulz und viele andere versuchen die Panik der Elefanten mit beschwörenden Rufen einzudämmen.

Die kleine Nanami steht hoch oben auf dem schwankenden Schrägseil in der Finsternis. Sekunden werden zur Ewigkeit. Wie lange kann sie sich noch halten? Sie muß ja fallen.

Mit ausgebreiteten Armen steht ihr Vater unter ihr, um sie notfalls aufzufangen. Auch für das Publikum ist die Zeit bis zur Umschaltung auf das Notlicht kaum noch erträglich.

Hysterische Schreie nach Licht werden hörbar. Panik droht auch bei vielen der Zuschauer auszubrechen. Da endlich glimmt das schwache Notlicht auf. Und genau in diesem Augenblick stürzt das Mädchen, greift noch im Fallen mit der einen Hand nach dem Seil, schleudert durch den Schwung zur Seite und rutscht dann, sich nur an den Händen haltend, in rasender Fahrt nach unten.

Kurz vor dem Aufschlag fängt Tanako sie auf. Er sieht in dem kleinen Puppengesicht ein verstörtes Lächeln – und sieht dann die Handflächen des Kindes. Sie sind durch das dünne Stahlseil bis zu den Knochen aufgeschnitten und durch die Reibungshitze verbrannt. Erst als man das Mädchen in den Sattelgang trägt, deckt dann eine sanfte Ohnmacht den Schmerz des Kindes zu. Nun flammen auch wieder die Scheinwerfer und alle Lampen auf. Die Elektriker haben fieberhaft gearbeitet, und das Ersatzaggregat wurde eingeschaltet. Während es vor dem Chapiteau gelingt, die Elefanten endlich zu bruhigen und wieder zu einer Gruppe zu formieren, laufen schon Texas-Bill und Jenny pistolenknallend und mit Indianergeheul zu ihrer Cowboynummer in die Manege. Die Musik setzt wieder ein, der Ausfall ist rasch überbrückt, und die Show geht weiter.

Es kommt aber bis zur Schlußparade keine rechte Stimmung mehr auf. Der Zirkus hat heute wirklich einen schwarzen Tag, und als sich Rodolfos Eltern später auf den Heimweg machen, meint Papa Sella, daß sein Sohn auf einem Beamtensessel in Neapel sicher ein ruhigeres und weniger gefährliches Leben hätte haben können.

Als Jakobsen bei Henrike auf dem Plattenhof in Solothurn eintrifft, ist Mischa schon mit dem amerikanischen Filmteam unterwegs. »Unterwasserarbeit? Auch wieder so eine Schnapsidee, die ihn nicht weiterbringt«, seufzt Jakobsen, »hoffentlich verdient der Junge wenigstens was dabei und hat sich nicht wieder an eine Pleitefirma gehängt. Aber nun erzähl' mal, Mädchen, was macht dein Training? Du siehst großartig aus.«

Und Henrike erzählt, sie schwatzen eine Stunde lang beim Kaffee, und dann gehen sie zusammen in die Remise an den Schießstand. Was Henrike ihrem alten Agenten hier vorführt, übertrifft nun dessen kühnste Hoffnungen. Er hatte nie gedacht, daß sie schon soweit sein konnte. »Ich sehe schon, du hat nichts verlernt«, sagt er schmunzelnd und nimmt sie in den Arm. »Jetzt bist du wieder die alte Brenda Lind.«

»Nein«, sagt Henrike entschieden, »die möchte ich nie wieder sein.«

»Ja, willst du denn nicht zum Zirkus zurück?«

»Wenn es zu machen ist, gern. Aber dann unter einem anderen Namen. An der Brenda Lind klebt zu viel Unglück.«

»Nun«, sagt Jakobsen, »ein neuer Name kann gefunden werden. Aber was viel wichtiger ist – Leistung allein genügt nicht. Leistung will auch verkauft werden. Man muß dir nun erst mit viel Phantasie eine große Nummer aufbauen. Vor allem brauchst du einen Partner. Ohne Partner ist die beste Arbeit effektloser Schnickschnack.«

»Ich weiß, das hat mir Mischa auch schon gesagt. Ich habe ihn sogar gefragt, ob er nicht mit mir arbeiten will.«

»Um Gottes willen! Hände weg von Mischa«, sagt Jakobsen etwas entsetzt, »das wäre Gift für dich. Du weißt, wie gerne ich etwas für ihn tun möchte, aber bei seiner Sprunghaftigkeit, er ist doch so labil und so negativ in seiner Wirkung – nein, mein Kind, da wird sich der alte Jakobsen etwas anderes für dich einfallen lassen. Vor allem wollen wir von der ganzen Geschichte noch keinen Wind machen.

Wenn das Ei gelegt ist, werde ich schon rechtzeitig anfangen zu gackern. Der einzige, mit dem ich vielleicht darüber reden könnte, wäre Kogler.«
»Sehen Sie ihn denn in nächster Zeit?«
»Wenn er in Athen ist, muß ich rüberfliegen. Ich will ihm die ›Estrellos‹ entreißen, die brauche ich für den Zirkus Scott in Skandinavien.«

Der vorsichtige und gewitzte Geschäftsmann Kogler hat sich übers Ohr hauen lassen. Man hat ihn hereingelegt und ihn bei der Platzbuchung für Athen nicht informiert, daß genau vier Wochen vor ihm schon der rumänische Staatszirkus in der Stadt war. Jetzt sieht es so aus, als müsse er den ganzen Verdienst aus Italien wieder in Griechenland zubuttern. Die Vorstellungen sind miserabel besucht, die Athener sind zirkusmüde. Dazu lastet die Sonnenglut auf der Stadt und macht auch Artisten und Tiere müde, lustlos und verdrossen.

Carlo Doria versucht, wenigstens bei seiner Truppe immer wieder die Stimmung anzuheizen und auf Arbeitsdisziplin zu achten. Aber oft ist er es auch leid, immer den Boß zu spielen und seine Familie an die Kandare zu nehmen.

Ein paar Tage gibt es etwas Auftrieb, als Jakobsen kommt. Da wird wenigstens wieder mal gelacht. Aber Jakobsen sitzt viel allein mit Kogler zusammen, es heißt, sie machen Pläne für das Winterprogramm. Carlo fühlt sich eigentlich etwas vernachlässigt.

Einmal erscheint auch Mischa überraschend für einen halben Tag. Carlo und die Dorias wußten nicht mal etwas von seinem Filmabenteuer in der Ägäis. Mischa hat in Piräus, wo das Taucherschiff des Filmteams liegt, die Plakate vom Circus Krone gesehen und daraufhin einen Tag zu einem Blitzbesuch bei der Familie ausgenutzt.

»Nun bist du also beim Kintopp«, sagt Viggo etwas ironisch zu ihm. »Dann wirst du ja wohl bald den Ben Hur spielen oder Old Shatterhand mit der Lederfaust.«

»Ich mach' alles, was Geld bringt, mein Junge«, kontert Mischa, »und ich bin verdammt froh über diesen Job. Die Amerikaner wollen daraus eine Serie für das Fernsehen machen. Wenn ich Glück habe, bin ich ein halbes Jahr dabei.«

»Kannst du denn diese Taucherkisten mit deiner Hand überhaupt machen«, will Francis wissen.

»Kleine Fische für mich«, sagt Mischa. »Was diese Filmfritzen von mir haben wollen, schaffe ich immer noch. Ich habe vor zwei Jahren bei Toulon so viele Unterwasserjagden gemacht, davon könnten drei ganze Sensationsfilme leben. Macht euch keine Sorgen um mich. Seht lieber zu, daß ihr hier möglichst bald weiterzieht, sonst verhungert ihr noch. Ist eure Tournee denn nicht bald zu Ende?«

»Kogler hat noch Saloniki und Istanbul abgeschlossen. Dann soll es wieder nach Hause gehen.«

Mit einem Gastspiel auf der Münchner Theresienwiese wird die Spielzeit dann beendet sein. Es wird auch hohe Zeit. Bei einigen Artistengruppen ist schon der Tourneekoller ausgebrochen. Es kriselt überall. Man ist einfach zu lange zusammen. Man kennt sich bereits zu genau. Immer die gleichen Gesichter, die gleichen Gespräche. Man ist gereizt, es gibt Krach, es gibt Stunk. Bei der tunesischen Springergruppe war kürzlich sogar eine handfeste Schlägerei ausgebrochen.

Auch bei den »Dorias« macht die Krise nicht halt. Die beiden Frauen, Lona und Francis, kriegen sich wegen jeder Kleinigkeit in die Haare und giften sich an. Wenn dann Sascha und Rodolfo Partei ergreifen, ist erst recht der Teufel los. Auch Viggos Verhältnis zu Nina ist etwas getrübt. Von

Heiraten ist nicht mehr die Rede. Jedenfalls nicht mehr während dieser Tournee. In Neapel hatten sie eigentlich schon aufs Standesamt gehen wollen und eine große Artistenhochzeit im Chapiteau geplant. Aber damals hatte Nina ihre Papiere noch nicht alle beisammen. Durch ihre russische Herkunft gab es Schwierigkeiten bei den Italienern, und als die Dokumente endlich ankamen, ging man schon wieder auf Reisen. Leider besteht jetzt sogar eine ganz häßliche Spannung zwischen beiden. Viggo beschäftigt sich nämlich sehr gerne auch mit anderen hübschen Mädchen. Erst kürzlich war da eine Geschichte mit Corinne, der Tochter eines französischen Handelsattachées. Eine ganz heiße Sache. Corinne hatte Viggo in der Vorstellung gesehen, und sich Hals über Kopf in den gutaussehenden Burschen verliebt. Schon am nächsten Tag hatte sie ihn zu einem Stadtbummel gekapert, ihn anschließend zu einer nächtlichen Party mitgeschleppt, und war dann am Morgen mit ihm zum Schwimmen gefahren. Viggo kam erst kurz vor der ersten Vorstellung in den Zirkus zurück. Kurz danach mußte Nina feststellen, daß ihr Viggo aber auch noch mit Sinaida, der hübschen Verkäuferin im Lederwarengeschäft an der Theodorikirche, einen sehr heftigen Flirt unterhält.

Mit ihrem Herzenskummer sitzt sie nun bei Helga, die als Sekretärin in Koglers Bürowagen schon für manchen Artisten Müllschlucker, Beichtvater und Rettungsstation war.

»Viggo betrügt mich«, sagt Nina, und ihre sonst so lustigen Schlitzaugen sind voller Tränen. »Was soll ich tun?«

»Dann kleb' ihm eine«, sagt Helga trocken und resolut. »Glaube mir, nichts bringt einen Mann rascher wieder zur Vernunft. Vor allem hör' auf zu heulen.«

»Ich kann Viggo doch nicht eine schmieren in sein Gesicht«, schnuffelt Nina. »Dann ist alles aus.«

»Es gibt noch ein anderes Mittel. Betrüg ihn auch.«

»Ach, Helga, bittschön, aber mit wem? Mit Kapellmeister, wo mich immer kneift in' Po, ist nicht genug scheen. Mit Texas-Bill riecht mich so sehr nach Knobel. Und mit hibsche Herr Estrello, wo mir gemacht hätte Spaß, ist mit Jakobsen fort nach Skandinavien. Vielleicht du hast recht, werde ich Viggo doch eine kleben.«

Das alles klingt viel lustiger, als der armen Ninotschka zumute ist. Dabei denkt sie nicht im Traum daran, sich für Viggos Seitensprünge revanchieren zu wollen. Und sie wird ihm auch nicht eine kleben. Sie hofft nur, daß Viggo bald zu ihr zurückfindet, und sie sehnt das Ende des Athener Gastspiels herbei.

Natürlich wirken sich alle diese Spannungen, die Kräche und die Mißstimmung auch auf die Zusammenarbeit am Trapez aus. Schon Mischa hat nach der einen Vorstellung, die er sah, bemerkt, daß die ganze Nummer an Glanz verloren hat.

»Was ist los mit euch«, hatte er Sascha gefragt. »Ihr seid unpräzise und lahmärschig geworden. Ihr habt kein Tempo mehr drauf und keine Pfeffer mit drin.«

Sascha hatte es auf die Hitze und den schlechten Besuch geschoben. Aber jetzt hat die Hitze nachgelassen, die Zuschauerzahlen sind nach einer verstärkten Reklame wieder besser geworden, doch die Trapeznummer der »Dorias« hat noch immer nicht die alte Brillanz. Oft genug kommt es vor, daß Viggo statt des dreifachen Salto Mortale nur einen geschummelten zweifachen serviert. Gewiß, das sehen nur Fachleute. Aber Carlo entgeht nichts, er bemerkt jedes falsche Timing bei der Arbeit, und er sieht jeden verwackelten und unsauberen Flug. Eines Abends platzt ihm der Kragen, und er knöpft sich Viggo nach der Schlußparade vor.

»Ich habe genug von der Schlamperei, mein Lieber. Die Passage war heute wieder so lausig, daß ich Angst hatte, ihr schlaft mittendrin ein. Wenn euch die Arbeit keinen Spaß mehr macht, dann sagt es. Ich werde mit Kogler reden, daß er uns aus dem Vertrag läßt und wir hören auf.«

»Die Passage geht mich nichts an«, sagt Viggo achselzukkend und mürrisch. »Da mußt du dich an Lona und Rodolfo wenden.«

»Aber deine Sache ist der Dreifache. Und den hab' ich in der ganzen letzten Woche nur zweimal gesehen.«

»Stimmt«, sagt Viggo kaltschnäuzig, »weil ich keine Lust hatte, mir wegen der paar Ziegenhirten da auf den Bänken den Hals zu brechen.«

»Hör mal zu, mein Junge«, Carlo wird jetzt sehr ernst, »mit dieser Einstellung hast du in unserem Beruf nichts zu suchen. Ob die Königin von England im Parkett sitzt oder ein paar Ziegenhirten, wie du meinst, die Leute haben an der Kasse ihr ehrliches Geld bezahlt, und können dafür auch eine ehrliche Leistung verlangen.«

»Der zweifache Salto ist eine ehrliche Leistung«, knurrt Viggo verärgert über die Zurechtweisung.

»Gebe ich zu. Aber den zeigt jeder Flieger in einer Provinztruppe. Und dafür wirst du zu hoch bezahlt, mein Lieber.«

»Willst du mir die Gage kürzen?« fragt Viggo aufsässig.

»Nein, ich will deinen Dreifachen sehen, ehe uns Kogler die Gage kürzt«, ist Carlos Antwort.

»Dann will ich dir sagen, warum ich ihn nicht mehr springe, weil ich Angst habe.« Auf Viggos Gesicht ist nun eine ehrliche Verzweiflung zu sehen. »Ich bin jetzt im Training so oft auf die Schnauze gefallen, daß ich ganz unsicher geworden bin. Wenn ich da oben stehe, habe ich eben richtig Angst.«

Carlo setzt sich auf das Klappbrett, sieht seinen Sohn zwar etwas versöhnter an, aber sein Ton ist noch hart. »Mit der Angst müssen wir alle leben, Viggo. Das ist nicht anders in unserem Beruf. Als ich noch am Trapez arbeitete, hab' ich auch jeden Abend Angst gehabt. Zwanzig Jahre lang. Oft hab' ich gekotzt vor Angst, bevor ich auf die Brücke ging. Und jetzt — wenn ich euch fünf da oben sehe, Abend für Abend — da hab' ich auch wieder Angst. Um euch! Aber ein Artist, der keine Angst hat, imponiert mir überhaupt nicht. Für mich zählt nur, wie er damit fertig wird. Und wenn er es nicht schafft, dann soll er lieber abgehen und Apfelsinen verkaufen.«

Damit steht er auf, klopft Viggo auf die Schulter und sagt: »So, und nun zieh' dich um. Morgen seh' ich mir das Training an, und dann wollen wir mal sehen, wo der Wurm sitzt.«

»Ist gut«, sagt Viggo und nickt seinem Vater lächelnd zu. »Und danke für die Prügel.«

Es passierte am zwölften Tag. Das Boot des Filmteams ankerte vor der Küste, dicht an der Stelle, wo das Wrack des gesunkenen Schiffes liegt. In dem kristallklaren Wasser ist es durch Schwärme buntfarbiger Fische viele Meter unter der Oberfläche deutlich zu sehen.

Mr. Greller, der Regisseur, erklärt Mischa, der schon seine Taucherkombination trägt, noch einmal die im Drehbuch vorgesehene Aktion.

»Well, Sie werden auf Tiefe gehen, etwa auf acht Meter, weil wir dort haben beste Lichteinfall. Dann zu Wrack heranschwimmen von Steuerbord. Wenn Sie haben Wrack erreicht, öffnen Sie Luke zum Innenraum. Geht sie auf leicht, markieren Sie, geht verdammt schwer. Dann schwimmen durch offene Luke in Bauch von altem Schiff. Verstanden. Okay?«

Mischa nickt. Immer der gleiche Käse, denkt er. Geheimnisvolle Wracks mit versunkenen Schätzen auf dem Meeresgrund, denen irgendein Held oder Filmschurke auf der Spur ist. Und das Ganze in Technicolor. Nun, ihm soll es recht sein. Der Job wird gut bezahlt. Und für Geld macht er alles.

Hinter ihm prüfen der Kameramann und sein Assistent noch den Lauf der beiden Kameras und die Verschraubung der wasserdichten Schutzhülle. Der Beleuchter kabelt die Unterwasserscheinwerfer, und Mr. Greller kontrolliert noch einmal das Hydrophon, ein Spezialgerät für den Sprechverkehr unter Wasser. Dann ist es soweit. Alle schnallen ihre Sauerstofftornister auf den Rücken.

»Machen wir erst 'ne Probe?« fragt Mischa den Regisseur.

»No, gleich Aufnahme. Wir drehen«, sagt Greller. »Ready now?«

»Okay, Chief.«

Mischa und mit ihm das ganze Kamerateam tauchen in die blaugrüne Tiefe. Sie bekommen ihre Regieanweisungen über das Hydrophon, die Kamera läuft.

Mischa hat jetzt das Wrack erreicht, und er findet auch leicht die Luke zum Innenraum. Sie ist dick überkrustet von Rost, Muscheln und Schwämmen, aber sie läßt sich verhältnismäßig einfach öffnen.

»Geh mit der Kamera näher heran! Es sieht phantastisch aus«, ruft Greller begeistert über die Sprechanlage nach unten. Dann ruft er Mischa: »And now go in, Mischa. Jetzt hast du zweite Kamera von vorn.«

Mischa zwängt sich durch die offene Luke, schwimmt in den Kegel des Scheinwerfers, da bricht über ihm ein Teil des verwrackten Schiffsdecks zusammen. Mischa sieht nur noch einen Wirbel von Holz und Eisenteilen und Dreck, hört die verzerrte Stimme von Greller etwas brüllen, was er nicht versteht, dann ist nur noch ein ungeheures Rauschen in seinem Kopf, und alles um ihn herum wird dunkel.

Sie haben ihn aus dem Wrack herausgeholt. Es mußte wegen des Druckausgleichs sehr langsam, sehr vorsichtig geschehen. Aber sie haben ihn an Bord geholt und er lebt. Sein Atemschlauch war abgerissen. Noch ist Mischa ohne Besinnung, und es wird sehr lange dauern, bis der Stickstoff aus seinen Blutgefäßen herausgeschwemmt ist. In rasanter Fahrt jagt das Filmboot zur Küste zurück. Greller flucht. Er hat kostbare Drehzeit verloren. Und er braucht einen neuen Wracktaucher als Double.

Kurz vor der ersten Vorstellung bekommt Carlo die Nachricht, daß Mischa im Marinehospital von Piräus unter dem Sauerstoffzelt liegt. Lebensgefahr besteht nicht mehr, aber er sei sehr schwach. Carlo nimmt sich eine Taxe zum Hafen. Die Geschwister, erschreckt und verstört, können nicht mitfahren. Sie müssen auf das Trapez.

Vier Stunden lang sitzt Carlo im Krankenzimmer am Bett seines ältesten Sohnes und kann ihn durch das Plastikfenster des Bettzeltes nur sehen. Wie ein Blasebalg hebt sich Mischas Brustkorb bei den künstlich forcierten Atemstößen, und sein sonnenverbranntes Gesicht sieht ganz fahl und verfallen aus. Mein Gott, hat es den Jungen zusammengehauen.

Am Abend wird Mischa umgebettet und in ein anderes Zimmer gefahren. Erst jetzt bemerkt er, daß Carlo bei ihm ist.

»Was sagst du, es hat mich wieder mal erwischt«, sagt er leise und unter Anstrengung.

»Halt die Klappe, und schlaf'.«

»Was macht die Truppe?«

»Wenn sie nicht gerade am Trapez hängt, hält sie dir die Daumen. Aber schlaf' jetzt!«

»Fliegt Viggo wieder den Dreifachen?«

»Ja, alles wieder in Ordnung.«

»Dann ist's gut.«

»Aber nun sei still, Mischa, und schlaf' dich gesund. Ich bleib' über Nacht hier.«

Mischa nickt und schließt die Augen. Nur einmal öffnet er noch den Mund und sagt: »Wenn ich hier aus dem Affenstall rauskomme, fahre ich zurück nach Solothurn. Du kannst mal Henrike anrufen. Sag ihr – sag' ihr, ich sei ein Rindvieh gewesen. Sag ihr, ich würde mich auf sie freuen.«

VII.

Es ist eine merkwürdige Sache mit dem Zirkusgeschäft. Man lernt darin nie aus. Erfolg oder Mißerfolg lassen sich einfach nicht im voraus berechnen. Man erlebt immer Überraschungen.

Das Gastspiel in Athen, das so schwer anlief, war gegen Schluß noch ein richtiger Kassenfüller geworden. Kogler konnte es sogar um eine volle Woche prolongieren. Auch in Larissa und in Saloniki hatte man sich länger als vorgesehen aufgehalten. Und jetzt hat Circus Krone nun den östlichsten Punkt seiner großen Europatournee erreicht. Das blaue Chapiteau steht in Istanbul am Bosporus auf dem großen Parkgelände von Beyoglu.

Es ist ein trainingsfreier Tag. Kogler hat die Manege am Vormittag für alle Artisten gesperrt, weil er mit einer neuen Pferdegruppe arbeiten muß. Und so benutzen Viggo Doria und Nina diese Gelegenheit zu einem Bummel durch die Stadt am Goldenen Horn. Sie sehen die moderne Großstadt mit den riesigen Hochbauten aus Beton und Glas und stehen dann staunend vor der orientalisch-märchenhaften Pracht der Altstadt mit der Vielzahl ihrer Moscheen, den Minaretts, dem Basar.

Zwischen Viggo und Nina ist alles wieder wie früher. Die Wolken an ihrem Himmel haben sich verzogen. Viggo hat zu Ninas Liebe und Zärtlichkeit zurückgefunden und allen Seitensprüngen abgeschworen. Wie lange er es durchhalten wird, weiß man bei ihm zwar nie. Aber schon in Saloniki haben sie sich wieder versöhnt, und nun laufen sie Hand in Hand wie zwei glückliche Kinder durch die engen Gassen der türkischen Altstadt mit den kleinen, geduckten Holzhäusern.

Viggo bleibt plötzlich stehen und sieht sich irritiert um. »Sag mal, Ninotschka, hier waren wir doch schon mal, oder?«

»Kommt mir auch so vor«, erwidert Nina, »vielleicht wir sind im Kreis gelaufen.«

»Warte mal«, überlegte Viggo, »wir kamen von der Sultan-Ahmed-Moschee. Die liegt dort. Dann müßte der Hafen in dieser Richtung sein.«

»Bitte, frag mich nicht, Liebling, ich habe keine Ahnung. Ich weiß nur, mir tun die Füße schon sehr schrecklich weh.«

Das alte türkische Viertel ist ein verwirrendes Labyrinth kleiner unübersichtlicher Gassen. Um diese Mittagsstunde ist leider auch kein Mensch zu sehen, den man fragen könnte.

Im Schatten einer Veranda sitzt auf einer Matte ein alter Mann mit weißem Bart. Er trägt noch muselmanische Tracht und einen roten Fez. Neben ihm steht eine Wasserpfeife. Der Alte scheint zu schlafen.

»Das ist bestimmt ein Zauberer. Wenn er aufwacht, er wird uns verwandeln in zwei Katzen«, sagt Nina leise.

»Aus mir kann nur ein Kater werden«, erwidert Viggo.

Auf Zehenspitzen versuchen beide nun ganz vorsichtig, an dem alten Türken vorbeizugehen. Doch da sehen sie, daß er seine Augen offenhält, er stößt einen krächzenden Laut aus und winkt die beiden Eindringlinge zu sich heran.

»Sorry, Sir, wir – wir haben uns verlaufen«, bemüht sich Viggo die Situation auf englisch zu erklären. »Wir sind fremd hier. Wir wollten zur City und zum Hafen. You speak english?«

Der Alte blinzelt und bleibt stumm.

»Er versteht nicht«, sagt Nina zu Viggo auf deutsch. »Vielleicht er hört auch schwer.«

Da geht über das verrunzelte Gesicht des alten Mannes ein Leuchten, und sein zahnloser Mund öffnet sich.

»Sie sprechen deutsch? Almancasi?«

»Ja, ich bin Schweizer – Isvicre«, sagt Viggo überrascht.

Da ist die Freude des Alten plötzlich ungeheuer. Etwas schwerfällig steht er auf und klatscht in die Hände. »Isvicre? Oh, ich kenne sehr gut Schweiz. Bern, Lausanne, Genf. Ich bin General Sahir – Jussuf Sahir. Noch im Jahre 1936 ich war in Schweiz mit Atatürk Kemal Pascha. Große Politik in Montreux bei Konferenz über Bosporus-Vertrag. – Falih – Falih!«

Er ruft einen Diener aus dem Haus, der die beiden Fremden überrascht anstarrt.

»Lütfen – beni saat, yapp sütlü kahve!« Schon hat der alte General seinen Diener beauftragt, einen Kaffee zu bereiten, und Viggo wird mit Nina in das Haus komplimentiert.

»Welches Glück für mich – dieser Zufall. Bitte, Sie sind meine Gäste.«

Nina wirft Viggo einen bedenklichen Blick zu und zeigt auf die Armbanduhr. Viggo versteht und versucht, noch abzuwehren: »Leider, Herr General, wir haben nicht so viel

Zeit. Wir müssen noch nach Galata. Wir sind Artisten und haben Nachmittagsvorstellung.«

Doch das läßt der alte Mann nicht gelten. »Bitte, nur auf ein paar Minuten. Nach Galata – oh, das geht sehr schnell mit Auto, ist ganz nahe.«

Nur auf ein paar Minuten, hat er gesagt. Doch dann, in dem kleinen, mit kostbaren Teppichen ausgehängten Raum, ganz im alten osmanischen Stil eingerichtet, vergeht die Zeit wie im Fluge. Auf Kissen und Polstern hocken die drei in einer Sitzecke. Vor ihnen, auf einem niedrigen runden Tisch, ist auf türkische Art Kaffee serviert, und General Jussuf Sahir kramt in alten Fotos und Erinnerungen.

Pausenlos erzählt der alte Herr von seinen Begegnungen mit Poincaré, dem damaligen Ministerpräsidenten von Frankreich, mit MacDonald, dem englischen Premier, und mit dem großen Kemal Atatürk.

Viggo und Nina, denen die Namen und die Erinnerungen des Generals kaum etwas bedeuten, murmeln nur hin und wieder respektvoll und höflich ein Aha. Interessant. Zwischendurch sieht Nina immer wieder mit einem verstohlenen Blick auf die Uhr. Die Zeit drängt, aber der alte Sahir hört nicht auf zu erzählen und sich zu erinnern. Er zeigt alle Orden und Ehrenzeichen, die man ihm in seinem Leben verliehen hat, vom Verdienstkreuz der türkischen Armee bis zum Pour le mérite des deutschen Kaisers. Er will auch noch den Ehrensäbel des Sultans Muhammed von der Wand holen, der ihm nach der Schlacht von Gallipoli geschenkt wurde, aber da trinkt Viggo entschlossen den Rest seines Kaffees aus und steht auf.

»Verehrter Herr General, es war uns eine Ehre, Sie kennenzulernen, aber bitte, verzeihen Sie, wir müssen jetzt leider aufbrechen.«

»Ich verstehe«, sagt der alte Mann mit Bedauern, »aber

Sie müssen bald wiederkommen. Ich bin ein alter Mann, und ich sehe nicht mehr viele Freunde. Sie entschuldigen, wenn ich nicht aufstehe, es fällt mir schon schwer.«

Dann ruft er mit einem Händeklatschen seinen Diener herbei und sagt: »Falih wird Sie zum Tor führen. Auf der Straße, fast vor meinem Haus, finden Sie immer ein Taxi. Leben Sie wohl.«

Falih bringt Viggo und Nina durch den Garten zu einer kleinen, kaum sichtbaren Tür in einer hohen Mauer – und überrascht stehen beide auf einer großen verkehrsreichen Straße. Und tatsächlich ist ganz nahe ein Taxistand mit mehreren wartenden Wagen.

»Ich glaube, unser General ist doch ein großer Zauberer«, sagt Nina.

So schnell hat sich Nina noch nie ihre Clownsmaske geschminkt wie heute. Sie ist ja noch früher mit ihrem Auftritt an der Reihe als Viggo. Lona und Francis helfen ihr beim Anziehen der weiten Hose, der roten Ringelsocken, der riesigen Watschelschuhe und der strohgelben Perücke. Aus dem nahen Chapiteau hört man schon die Musik zur Exotenparade.

»Wo ist meine Nase«, ruft Nina jetzt aufgeregt. »Meine Blechnase?«

Ninas rote Clownsnase mit dem Gummiband ist nicht da; wie aufgescheuchte Hühner suchen die drei Frauen den ganzen Garderobenwagen ab. Dabei kippt eine Flasche mit flüssiger Schminke um und läuft aus. Puder stäubt hoch, und Lona tritt beinahe in die große Baßgeige.

»Wo ist meine Nase«, jammert Nina, »ohne Nase in Gesicht bin ich nicht Clown. Kann ich nicht auftreten.«

Endlich – im allerletzten Moment findet Francis die Nase. Im Schalltrichter der großen Trompete. Eine entsetzliche Schlamperei. Aber die Vorstellung ist gerettet.

Wenn Kalle Jakobsen, der alte Zirkusagent, einmal von einer Sache überzeugt ist, dann boxt er sie auch gegen alle Schwierigkeiten durch. Und Henrike hatte ihn bei seinem letzten Besuch in Solothurn restlos überzeugt.

Ich werde mir für dich etwas einfallen lassen, hatte er ihr versprochen. Und er hielt Wort. Aus Paris hatte er André Robin geholt, einen Meister in der Erfindung circensischer Tricks, war mit ihm nach Solothurn gefahren, und dort hatten sie dann zu dritt eine sehr originelle Zehnminutenshow komponiert, in deren Mittelpunkt Henrike ihr ganzes Können als Kunstschützin zeigen konnte. Als ihren Partner in dieser Nummer hatte man Tommy Collins vorgesehen, einen jungen Engländer, der in diesem Fach schon einmal bei Williams gearbeitet hat.

Dann passierte die Sache mit Mischa in der Ägäis. Gesundheitlich hatte er die Folgen seines Unfalls schnell überwunden. Aber er war doch moralisch ziemlich angeschlagen und enttäuscht von seinem Filmabenteuer nach Solothurn zurückgekehrt. Hier traf er gerade noch Jakobsen und Robin bei der Arbeit mit Henrike an.

Die Remise auf dem Plattenhof ist zur Probemanege geworden. Interessiert und kritisch sieht sich Mischa den Aufbau der geplanten Nummer an. Ja, das ist eine gute, sehr komprimierte Arbeit geworden, gespickt mit neuen und sehr attraktiven Einfällen. Leider fehlt ihr noch ein zündender Schlußeffekt. Aber das ist Robin und Jakobsen auch klar.

»Probiert doch mal folgendes«, sagt da Mischa, »die Idee, daß Henrike ihrem Partner beim Hinaufklettern auf das Podest die Leitersprossen wegschießt, ist gut. Aber im

Zirkus gibt es ja auch ein Trapez. Stellt den Mann auf die Brücke. Henriette schießt ihm das Trapez weg, der Mann schwingt ab, fliegt durch einen lodernden Feuerring in die Manege und landet drüben auf dem Podest. Neue Schußfolge auf die Leiter, die Leiter kippt, das Trapez schwingt zurück, und der Mann fliegt wieder zur Brücke. Schlußkompliment. Applaus. Aus! Da habt ihr Tempo, Spannung und einen tollen Effekt.«

Henrike ist sofort begeistert. Auch André Robin gibt zu, daß das ein glänzender Abschluß der Nummer wäre. Aber Jakobsen schüttelt den Kopf.

»Ist mit Tommy Collins leider nicht zu machen. Den kriegen wir nie auf eine Trapezbrücke, und er fliegt auch nicht durch ein Feuer.«

»Dann mach' ich es«, sagt Mischa.

Jakobsen und Robin sehen ihn verblüfft an.

Der Spätsommer hat der Türkei noch einmal eine Hitzewelle beschert. Eine drückende Schwüle lastet auf Istanbul. In den Wohnwagen der Artisten ist die Luft stickig, und selbst draußen unter dem Sonnensegel der Dorias ist es schon morgens bullig heiß. Viggo kommt mit der Post. Wieder ist keine Nachricht aus Solothurn dabei. »Ich verstehe das nicht«, sagt Francis beunruhigt. »Ich habe Henrike so gebeten, mir wenigstens zweimal in der Woche zu schreiben, wie es Tino geht. Jetzt habe ich schon seit acht Tagen keine Nachricht von dem Kind.«

»Auch von Mischa keine Zeile?« fragt Carlo.

Keine Zeile, kein Wort. Vielleicht bringt Jakobsen Post mit, wenn er kommt, meint Lona. Carlo ist überrascht. Wieso kommt Jakobsen?

»Im Bürowagen haben sie darüber gesprochen.«

»Du hast dich verhört, Lona. Was soll er denn hier? Wegen des Winterprogramms wird Jakobsen nicht von Frankfurt in die Türkei fliegen.«

»Ach, es ist schrecklich, wenn man so am Ende der Welt sitzt«, klagt Francis, »das Kind wächst heran, ich sehe es nicht, ich habe nichts von ihm. Aber wenn wir zum Saisonschluß in München gastieren, dann hol' ich mir den Jungen bestimmt aus Solothurn.«

Nicht nur die Dorias, auch viele andere Artisten zählen schon die Tage bis zur Heimkehr. Die meisten haben ja Frauen und Kinder zu Hause. Noch drei Wochen Arbeit in Istanbul, dann geht es zurück nach München. Die Saison war diesmal sehr lang, und man freut sich auf die verdienten Ferien.

Nicht ganz so beglückt über das Ende der Tournee ist Texas-Bill. Er sitzt mit Peppi, dem kleinen Reprisenclown, nach der Morgenarbeit im Chapiteau etwas trübsinnig auf einer Kiste.

»Von mir aus könnt' ick noch 'n janzes Jahr auf Achse sein. Ick habe nischt von meine Ferien. Wenn ick nach Hause komme, jeht die Arbeit erst richtig los.«

»Wieso?« fragt Peppi. »Machst du keine Pause? Du bist doch auch verheiratet.«

»Ach, Mensch«, sagt Texas-Bill, »ick hab' doch in Berlin-Neukölln 'ne kleene Kneipe. Det heißt, eigentlich gehört se meiner Ollen. Und wenn ich zurückkomme, dann fährt die in Urlaub nach Mallorca. Da muß ick also vier Wochen lang von morgens bis abends hinter der Theke stehen und akkern.«

»Ihr habt 'ne komische Einteilung«, wundert sich Peppi. »Wenn du nach acht Monaten nach Hause kommst, fährt deine Frau weg?«

»Jott sei Dank fährt sie weg«, sagt Texas-Bill, »wenn se

bleibt, iss et ja noch schlimma. Denn jibt et Mord und Totschlag bei uns. Ick kann det Aas nich leiden.«

Um die Mittagszeit erfährt der Betriebsinspektor Horn eine Überraschung. Vom Güterbahnhof Istanbul wird ein Transportwagen angerollt, der ihm überhaupt nicht avisiert ist. Zirkusrequisiten und Artistengepäck, große und schwere Kisten und Koffer.
»Woher kommt denn der Kram?« fragt er den Chef. »Kriegen wir 'ne neue Nummer?«
»Vielleicht«, sagt Kogler etwas geheimnisvoll, »stellen Sie den Wagen ein und kümmern Sie sich nicht darum.«
Kopfschüttelnd führt Horn den Auftrag aus. Der Alte hat 'nen Vogel, denkt er. Wer kauft denn zum Schluß noch 'ne neue Nummer ein? Nun, ihm soll's egal sein, er geht wieder an die Arbeit.
Bei den Stallzelten sind die Elefanten bei der Morgenwäsche und werden abgespritzt. Horn möchte sich am liebsten dazustellen. Diese Hitze. Kein Luftzug weht. Wenn es wenigstens mal regnen wollte. Wenn ein richtiges Gewitter käme.
Am Nachmittag gegen fünf Uhr landet eine Boeing 707 aus München in Yesilköy, auf Istanbuls modernem Flughafen. Die Maschine ist vollbesetzt, und es dauert lange, bis Jakobsen, in seinem alten Regenmantel und mit dem kleinen zerknautschten Hut auf dem Kopf, im Ausstieg erscheint. Vorsichtig späht er zur Ankunftsrampe hinüber und entdeckt zum Glück kein bekanntes Gesicht.
»Scheint niemand da zu sein. Ich glaube, Kogler hat dichtgehalten. Kommt!«
Erst jetzt wagen sich Henrike, die den kleinen Tino auf dem Arm trägt, und Mischa aus der Maschine. Rasch laufen dann alle zur Halle hinüber.

Ja, wenn man schon eine Überraschung plant, dann muß man das Spiel auch konsequent durchführen.

Sie wohnen in der Innenstadt im Hotel Marmara, dicht am Valens-Aquädukt. Jakobsen ist mit einem Taxi gleich nach Beyoglu zum Zirkus gefahren. Er will sich davon überzeugen, daß die Kostüme und vor allem die Waffen und Munitionskisten vollzählig angekommen sind.

Hoffentlich treffe ich nicht gleich einen der Dorias, denkt er, als er vor dem Zirkusgelände vorfährt, und prompt ist Carlo der erste, dem er am Portal in die Arme läuft.

»Hallo, Jakobsen! Ich hielt das heute morgen für'n Witz, als Lona sagte, du kommst. Hast du was aus Solothurn gehört? Bringst du Post mit?«

»Ich weiß von nichts«, lügt Jakobsen, »ich komme direkt aus Frankfurt. Ich hab' nur 'ne Kiste Ärger bei mir für Kogler. Er bekommt nämlich im Winter nicht die Eisbären von Bouglione, und Dickhut hat die schwarzen Panther nach Japan verkauft.«

Auch das ist geschwindelt. Aber Jakobsen braucht ja schließlich ein glaubwürdiges Motiv für sein Kommen. Erst als er wenig später mit Kogler allein im Bürowagen sitzt, kann er offen reden. Die Gewehrkisten, die Aufbauten und die Kostüme sind also da. Gut. Hier sind die Noten für die Musik. An welcher Stelle soll die neue Nummer nun ins Programm eingeschoben werden? Am besten doch wohl erst nach den Dorias. Ob man Horn oder Gordon, den Regisseur, noch doch lieber einweiht?

Es gibt noch so vieles zu besprechen, um die Nummer einmal für das Publikum effektvoll herauszustellen, und gleichzeitig die Überraschung für die Dorias zu halten.

»Und wenn es schiefgeht, Jakobsen? Sie wissen, ich habe noch nie eine Nummer ins Programm genommen, die ich nicht vorher gesehen habe. Diesmal verlasse ich mich da ganz auf Sie.«

»Da geht nichts schief, Herr Kogler«, versichert Jakobsen. »Ich habe die Generalprobe gesehen. Henrike ist ganz erste Klasse. Und Mischa – ich gebe zu, zuerst hatte ich Bedenken. Ich war gegen ihn und wollte Tommy Collins haben. Aber Mischa – er ist eben ein echter Doria. Was der mit seiner einen Hand macht, dafür brauchen andere drei. Es ist unwahrscheinlich. Und er hat eben gar keine Nerven.«

Diese Hitze. Auch gegen Abend kühlt es sich nicht ab. Hin und wieder kommt Wind auf, aber er erfrischt nicht. Es ist ein merkwürdig-trockener, heißer Wind. Tiger-Lilly macht sich für die Abendvorstellung fertig und zieht gerade ihren Lederdreß über die schweißnasse Haut, als Peppi zu ihr in den Wagen steigt. Er streckt ihr sein Ärmchen hin und sagt: »Fühl doch mal, Lilly, ob ich Fieber habe. Mir ist so komisch.«

Lilly fühlt Puls und Stirn und schüttelt den Kopf. »Nein, Peppi, du bist in Ordnung. Was ist los mit dir?«

»Ich weiß nicht«, sagt der kleine Mann, »ich hab' so Beklemmungen. Nicht richtig Angst, aber ich fühle was – als ob noch was passiert. Du weißt doch – ich spüre sowas immer vorher.«

»Es ist das Wetter, Peppi. Geht uns allen so. Ich kann auch nicht richtig atmen. Wie ich meine Tiger heute über die Vorstellung bringe, weiß ich nicht.«

Fast noch mehr als die Menschen leiden die Tiere unter der Hitze. In den engen Käfigen und Gehegen der Tierschau springen die Affen keckernd und mit ängstlich aufgerissenen Augen an den Gitterstäben hoch. Die Bergziegen stehen mit gesenkten Köpfen und zitternden Flanken da, als erwarten sie ein Unheil, und Wanda, die Nasenbärin, liegt apathisch in der Ecke und gibt verzweifelt klagende Grunztöne von sich.

Das Hotel Marmara ist kein Luxushotel mit großzügigen Appartements und Klimaanlage. Aber es ist ein solides, älteres Haus, dessen dicke Mauern die Hitze etwas abhalten, und in jedem Gastzimmer surren leise Ventilatoren. Henrike hat den kleinen Tino schon ins Bett gelegt, und übermüdet vom Flug und den Aufregungen der Reise ist das Kind sofort eingeschlafen, selig in dem Gedanken, daß es morgen abend seine geliebte Mami wiedersehen darf.

Henrike steht am Fenster und sieht hinunter auf das Gewimmel der Autos, der Lastkarren, der Eseltreiber. Der Lärm der Zeitungsverkäufer, der Schuhputzer und Wasserträger erfüllt die Straßen, auf denen die Luft wie Blei liegt. Henrike ist etwas beklommen zumute. Zu jäh war der Sprung vom stillen, ländlichen Solothurn in die hektisch-erregte Großstadt des Orients. Da klopft es an die Tür, und Mischa kommt herein.

»Verdammt laut, was. Wirst du hier schlafen können?«

»Ach, den Lärm höre ich gar nicht«, sagt Henrike. »Mein Herz schlägt viel lauter. Ich bin so aufgeregt.«

»Laß nur, morgen ist es vorbei. Dann haben wir's geschafft.«

»Bist du davon überzeugt?«

Mischa nickt zuversichtlich. Dann stehen sie am Bett des schlafenden Tino.

»Was Francis wohl sagt, wenn sie ihn morgen wieder in die Arme nimmt«, flüstert Henrike.

»Gibst du ihn gerne wieder her?« fragt Mischa und sieht sie forschend an.

»Wie meinst du das?«

»Nun, fast acht Monate lang hast du wie eine Mutter für ihn gesorgt.«

»Und er hat mir über manche böse Stunde hinweggeholfen. Nur weil eben ein kleiner Mensch da war, der mich brauchte.«

»Und dann kam ein großer Mensch, der dich brauchte«, sagt Mischa leise und legt seinen Arm um ihre Schulter. »Ich habe dir viel zu danken.«

»Wir haben uns gegenseitig geholfen, Mischa. Einer dem anderen. Ohne dich wäre ich jetzt nicht hier.«

Sie sehen sich an. Eigentlich möchten sich jetzt wohl beide in die Arme fallen, aber da gibt es noch Hemmungen, da sind noch Barrieren, und Mischa löst sich mit einem fast spröden Ton von ihr. »Ja, dann, ich werde mal nachsehen, ob Jakobsen schon zurück ist.«

Es ist lange nach Mitternacht. Der kleine Tino atmet ganz ruhig und schlummert tief. Aber für Henrike will der Schlaf nicht kommen. Nun liegt sie schon stundenlang wach im Bett und starrt zur Decke. Ist es das erregende Gefühl, in wenigen Stunden wieder in der Manege zu stehen, in eine Welt zurückkehren, die es für sie nie mehr geben sollte? Sind es die Gedanken an Mischa, ist es die Hitze, die Spannung?

Schließlich hält es Henrike nicht mehr aus. Sie wirft die Decke weg und faßt einen plötzlichen Entschluß. Ja, vielleicht bringt das etwas Ruhe in ihr Herz. Leise geht sie an den Schrank, zieht sich rasch an. Noch ein Blick auf das schlafende Kind – und sie verläßt ihr Zimmer.

Nicht weit vom Hotel ist ein Taxistand, an dem zu dieser Nachtzeit sogar noch ein Wagen hält. Henrike versucht, sich dem Fahrer verständlich zu machen.

»Bitte, nach Beyoglu, Circus Krone – der große, deutsche Zirkus! Verstehen Sie mich?«

Etwas Englisch, etwas Französisch, der Fahrer hat verstanden, öffnet die Tür. »Lütfen, Madame«, und fährt los. Henrike sieht kaum etwas von dem nächtlichen Istanbul. Die Straßen sind leer. Auf der langen Galata-Brücke, die Bosporus und Goldenes Horn trennt, ist ebenfalls wenig Verkehr. Henrike hört nicht die Dampfsirenen im Hafen, das Tuten der Schlepper und Fährboote auf dem Wasser. Sie hört nur das unruhige Pochen ihres Herzens. Noch wenige Minuten, dann hält das Taxi in Beyoglu vor dem Zirkus.

»Warten Sie hier, Sie fahren mich wieder zurück«, bedeutet Henrike dem Fahrer, und geht dann durch das Portal der Fassade über den nächtlich leeren Zirkusplatz.

Nun steht sie vor dem großen blauen Zelt. Sie drückt die schwere Leinwand am Eingang des Sattelgangs zur Seite und betritt das Chapiteau. Im fahlen Halbdunkel öffnet sich vor ihr der Riesenraum. Sie sieht die aufragenden Masten mit dem Trapezapparat, die leeren Zuschauerränge, das Musikpodium.

Henrike geht bis in den Innenraum und setzt sich dann auf die Piste. Ganz still sitzt sie da, fast andächtig. Sie atmet beglückt den vertrauten Geruch der Manege ein, hört entfernt von den Stallzelten ein Wiehern der Pferde, den Trompetenstoß eines Elefanten, irgendwo rasseln Ketten. Henrike blickt zur Zirkuskuppel hinauf – und auf einmal kehrt auch wieder Ruhe in ihr Herz ein. Jetzt weiß sie endgültig, daß nur hier ihre Welt ist, in die sie zurückkehren wird.

Wieder kommt ein Trompetenstoß aus dem Elefantenzelt. Aber diesmal ist es ein anderer Ton. Gellend, fast wie ein Warnruf! Henrike hört erschreckt ein unheimliches

Brausen in der Luft, und zugleich ein dumpfes, unterirdisches Grollen. Und auf einmal ist die Hölle um sie los. Mit Urgewalt bricht eine Sturmboe in das Chapiteau, daß die gespannte Leinwand wie mit einem Kanonenknall zerreißt. Die Masten erzittern und schwanken. Bebt die Erde?

Henrike springt auf, taumelt zum Sattelgang. Dicht neben ihr splittern Sturmstangen, werden Quaderpole aus der Verankerung gerissen. Henrike fällt über zerfetzte Seile, rafft sich wieder auf. Nun ist sie draußen, steht in völliger Finsternis.

Noch immer tobt der Sturm. Es ist eine Elementarkatastrophe. Krachend stürzt ein großer Lichtmast um. Hufgetrappel donnert hinter Henrike und schemenhaft tauchen in dem sandgepeitschten Dunkel weiße Pferdeleiber auf. In dem vom Sturm abgedeckten Pferdezelt haben sich die Lipizzaner losgerissen, sie galoppieren in ihrer Panik über den Platz. Henrike flüchtet, wirft sich gegen die Wand eines Wagens. Die Pferde jagen an ihr vorbei. Sekundenlang überlegt Henrike, soll sie hierbleiben? Soll sie versuchen zu helfen? Nein, das ist sinnlos. Ihr fehlt hier jede Orientierung. Noch ist sie hier fremd. Angstvoll denkt sie auch an das Kind, an Tino, den sie im Hotel allein zurückgelassen hat. Ob die Taxe wohl noch auf dem Vorplatz des Geländes wartet?

Die hohe Zirkusfassade ist seltsamerweise stehengeblieben. Und tatsächlich, in einer Staubwolke erkennt Henrike auch noch das wartende Auto. Als sie es erreicht, sitzt der Fahrer angstverzerrt und am ganzen Körper zitternd am Steuer. Er überschüttet Henrike mit aufgeregtem Wortschwall. Henrike versteht ihn nicht. Er soll nur fahren.

»Es ist aus. Wir können morgen nicht auftreten. Ein Sandsturm, das Chapiteau ist hin. Der ganze Zirkus ist

Kleinholz«, sagt Henrike und wirft sich erschöpft auf ihr Hotelbett.

Mischa und Jakobsen sind bei ihr und können die Schreckensnachricht gar nicht glauben. Natürlich ist man auch im Hotel Marmara wach geworden. Man hat das ferne Beben gespürt, und es hat auch ganz hübsch geweht. Ein paar scheiben sind zersplittert. Aber das war alles. Der kleine Tino hat dabei sogar fest durchgeschlafen.

»Macht euch keine Sorgen«, sagt Jakobsen beruhigend, »mit Sturm oder Wasser ist Kogler immer noch fertiggeworden. Der Zirkus spielt morgen abend. Und wenn Kogler kein Chapiteau mehr hat, dann gibt er seine Vorstellung unter freiem Himmel.«

Jakobsen behält recht. Als es gegen Morgen hell wird, und das Ausmaß der Zerstörung übersehbar ist, geht Kogler mit seiner ganzen Mannschaft sofort an die Aufräumungsarbeiten. Die beiden erfahrenen Zeltmeister flicken den Riß im Chapiteau. Quaderpole und Sturmstangen werden ersetzt, für die Masten werden neue Anker in die Erde geschlagen, das verschobene Gestühl wird gerichtet. Bei den Tieren ist gottlob kein Verlust entstanden. Die Pferde werden allerdings ein paar Tage ohne Zeltdach auskommen müssen.

»Wir haben Glück gehabt, Carlo. Wir sind noch mal davongekommen«, sagt Kogler zum alten Doria, der mit seinen Söhnen die Absegelungen des Trapezapparates neu verspannt.

»Ja«, sagt Carlo, »stellen Sie sich vor, so etwas passiert in der Abendvorstellung. Ein volles Haus, und meine Dorias arbeiten gerade am Trapez?«

»Das möchte ich mir lieber nicht vorstellen, Carlo. Mir hat die Nacht völlig genügt. Im Radio wurde übrigens vorhin durchgesagt – Erdbeben bei Eskisehir. Das sind zweihundert Kilometer von hier. Große Schäden. Tausend Obdachlose. Wir haben hier wohl gerade noch den letzten Wind abgekriegt.«

»Also, heute abend Vorstellung?«

»Das ist doch wohl klar, Carlo.«

Es ist nicht zu glauben. Kaum haben Erdbeben, Orkane oder Überschwemmungen ihren Schrecken verloren, wenn ein Zirkus ruft, wenn die Musik schmettert, kommen die Menschen in der Türkei herbeigeströmt und genießen in kindlicher, naiver Freude die Zauberwelt der Manege. Insallah! Gott schickt es! Gott will es so! In der Türkei findet man das beste, das dankbarste Publikum der Welt.

Und heute, nach der nächtlichen Katastrophe ist ein besonders beifallsfreudiges Publikum im Chapiteau. Die Dorias arbeiten am Trapez. Viggo trägt zwar ein kleines Pflaster auf der Stirn. Lona hat eine Bandage am Oberarm, die Spuren der Nacht. Aber sie fliegen mit kühnen, weitausladenden Schwüngen, machen Tempo und zeigen in ihrer Luftnummer alles, was sie können.

Der Wagen Nummer 17 steht etwas abseits von den anderen dicht am Gerätepark.

Rücken an Rücken sitzen Henrike und Mischa in dem engen Wagen auf einer Kiste und warten. Über ihnen hängt nur eine nackte Glühbirne. Sie rauchen die letzte Zigarette vor dem Auftritt zusammen. Mischa lauscht auf die Musik, die vom Chapiteau herüberschallt.

»Hörst du, Henrike«, sagt er leise, »das ist das Doria-Motiv. Jetzt fliegen sie die Passage. Vor sieben Jahren war ich noch dabei. Sie haben die Musik nie geändert. Und sieben Jahre lang habe ich von diesem Augenblick geträumt. Von diesen Minuten vor dem Auftritt. Nun ist es soweit.«

»Ja, Mischa, es ist soweit«, sagt Henrike und reicht ihm

die angerauchte Zigarette über die Schulter. »Auch ich habe lange Jahre von diesem Tag geträumt, aber bei mir war es oft ein böser, ein Alptraum. Ich habe ihn gefürchtet. Ich wollte ja nicht mehr, ich wollte nie mehr zum Zirkus zurück. Und jetzt . . .«

»Jetzt?«

»Nun bin ich glücklich.«

Mischa dreht ihr langsam seinen Kopf zu. Sie sehen sich an, dann küssen sie sich.

Es ist der erste Kuß zwischen beiden.

Die Trapeznummer der Dorias ist beendet, und während die japanische Sumi-Familie in die Manege läuft, geht Carlo mit seiner Truppe durch den Sattelgang ab. Alle fünf Dorias sind erschöpft, die Gesichter sind gezeichnet von der Anstrengung der Arbeit. Kurz vor den Wohnwagen läuft ihnen Jakobsen in den Weg.

»He, Francis«, ruft er, »in eurem Wagen sitzt ein kleiner Junge, der sieht aus wie der Tino.«

»Machen Sie keine Witze, Jakobsen«, sagt Francis und findet das gar nicht komisch. »Sie wissen genau, wie mir zumute ist.«

»Ja, weiß ich«, sagt Jakobsen, »doch der Witz ist nur der, der Junge heißt auch Tino.«

Jetzt stutzt Francis aber doch, sieht zum Wagen, sieht dort das Licht brennen. Da rennt sie los, Rodolfo hinter ihr her. Francis reißt die Wagentür auf, und ganz brav und etwas steif sitzt der kleine Tino auf der schmalen Sofabank, in der Hand einen Blumenstrauß, und sagt: »Guten Abend, Mami . . .«

Mit dem Urschrei einer glücklichen Mutter reißt Francis das Kind in ihre Arme. Die Tränen laufen ihr übers Gesicht. Tino! Mein Tino!

Rodolfo, der Papa, starrt nur, begreift es nicht. Keiner kann es fassen, Tino ist da. Woher? Wieso? Auch Carlo, Viggo und Lona sehen staunend das Wunder.

»Sie haben ihn mir mitgebracht, Jako. Das werde ich Ihnen nie vergessen«, sagt Francis und geht mit dem Kind im Arm auf Jakobsen zu.

»Aber nein, ich bin ganz unschuldig«, wehrt er lächelnd ab.

»Tante Henrike war's«, kräht Tino nun fröhlich dazwischen.

Und wieder Verblüffung! Henrike? Ist Henrike etwa auch da?

»Schon möglich«, sagt Jakobsen und genießt die Überrachung, »sie müßte jetzt gerade in der Manege sein. Wollt ihr sie nicht sehen?«

Es schießt, es knallt, es feuert – Pistolen wirbeln durch die Luft, und blitzschnell wechselt die dunkelhaarige Frau in der hautengen Corsage die Waffen. Greift vom Gewehr zum Karabiner, dann zur Flinte – Büchse, Stutzen. Ballons, in die Luft geworfene Spielkarten, brennende Kerzen werden zerschossen. Dem Mann im Western-Look und mit dem Lederstumpf anstelle der linken Hand, wird eine Zigarette im Mund zentimeterweise zerfetzt. Die Frau schießt ihm den Hut vom Kopf, der zweite Schuß trifft die Halftertasche, beim nächsten fällt die Lederweste, der vierte löst den Gürtelverschluß. Sie schießt dem Mann die Kleider vom Leibe, bis er im gleichen schwarz-weißen Kostüm im blendenden Scheinwerferlicht steht. Dann wird er, angeschnallt auf einer rotierenden großen Scheibe, von bunten, brennenden Pfeilen durchbohrt. – Nein! – Nicht ein einziger hat ihn getroffen.

Lächelnd und unversehrt löst er sich von der Scheibe,

klettert die Leiter hinauf auf das hohe Podest, verfolgt von einer Serie peitschender Schüsse, daß ihm die Sprossen unter den Füßen herausfliegen. Jetzt kommt der große Schlußtrick! Das Trapez wird abgeschossen, fliegt auf ihn zu, und – sich nur mit einer Hand haltend – schwingt der Mann durch die hochauflodernden Flammen im Manegebecken zur Brücke hinauf – und zurück. Eine hinreißende, eine grandiose Show, von atemberaubendem Tempo und Nervenkitzel. Eine Frau mit untrüglichem Auge, Meisterin in allen Waffen, und ein Mann, furchtlos und ohne Nerven . . . Henrike und Mischa!

Carlo und die Dorias glauben nicht, was sie sehen. Die Überraschung ist für sie so ungeheuerlich, daß zunächst keiner von ihnen ein Wort findet. Sie stehen wie gebannt vor der Gardine des Sattelgangs in einem großen Kreis von Artisten und Zirkusleuten, die alle die große Sensation sehen wollen.

Mit einem Applaussturm dankt das Publikum den beiden großartigen Artisten. Dreimal, viermal und mehr müssen Henrike und Mischa zum Kompliment in die Manege zurück. Dann laufen sie mit glückstrahlenden Gesichtern in die Arme der Dorias. Umarmungen, Küsse – auch Tränen – und hundert Fragen auf einmal, so daß Kogler alle von der Gardine zurückdrängen muß.

»Später, Kinder, später. Raus mit euch, Herrschaften. Keine Zeit für Familienfeiern. Macht Platz für meine Elefanten; die Vorstellung geht weiter.«

Und im Sattelgang erscheinen mit erhobenen Rüsseln die schabrackengeschmückten Urwaldriesen.

VIII.

Die Münchner freuen sich. Sie haben ihren Zirkus wieder. Nach der langen Europatournee ist Kogler mit dem blauen Chapiteau an die Isar heimgekehrt. Da er viel länger unterwegs war als vorgesehen, klappte es zum Schluß nicht ganz mit den Terminen. Der Festbau von Circus Krone an der Marsstraße war schon mit einem Catcher-Turnier belegt, und so hatte Kogler kurzentschlossen den Zirkus auf der Theresienwiese aufgebaut. Aber das Münchner Publikum ist ihm und dem Zirkus treu geblieben. Schon seit Wochen hat er Abend für Abend ein volles Haus.

Seit Istanbul ist die Doria-Familie nun noch größer geworden. Henrike und Mischa gehören jetzt dazu, und Carlo ist als alter Artistenvater sehr glücklich und stolz, wenn er im Kreise seiner Kinder und Enkel thront. Nur noch kurze Zeit der Arbeit, dann wird für alle im heimatlichen Solothurn ein großes Ferienparadies beginnen.

»Ich bin nicht ganz sicher, ob wir beide da mitspielen«, sagt Viggo lächelnd und legt seinen Arm um Nina.

»Was habt ihr vor?« fragt Carlo.

»Heiraten werden wir«, sagt Viggo, »am ersten freien Tag schleppe ich Ninotschka aufs Standesamt, und dann geht es auf Hochzeitsreise.«

»Nun, gereist seid ihr in letzter Zeit doch wohl genug«, ruft Sascha.

»Stimmt.« Viggo lacht. »Aber das wahre Glück beginnt erst, wenn ich mal eine Zeitlang eure Gesichter nicht mehr sehen muß.«

»Hast recht, mein Junge«, Carlo lacht ebenfalls, »so schön sind wir alle nicht. Aber die letzte Woche ertrage uns bitte noch.«

Sehr urlaubsreif ist vor allem Francis. Sie ist im hohen Maße nervös und gereizt und in gar keiner guten Verfassung. Rodolfo möchte sie gerne schonen, er versucht, ihr den Sprung aus der Zirkuskuppel auszureden. Das könnte ja auch Lona machen. Carlo schaltet sich ein. »Warum gehst du nicht einmal zum Arzt und läßt dich gründlich untersuchen? Du bist überanstrengt, Kind. Laß wenigstens die Passage aus.«

Nein, Francis ist eigensinnig und ehrgeizig. Manchmal wird sie sogar richtig giftig, wenn man sie auf ihren Zustand hin anspricht. Die paar Vorstellungen hält sie auch noch durch, sagt sie. Sie will sich nicht nachsagen lassen, sie sei zum Schluß ein Versager.

Von Ehrgeiz gepackt ist auch Mischa. Schon in Istanbul hat er nach der geglückten Rückkehr zum Zirkus seine alten Pläne wieder aufgenommen. Er will die Nummer mit Henrike noch weiter ausbauen. Da war doch die Sache mit der Todesspirale. Wie wäre es, wenn der Raketenschlitten durch einen Schuß von Henrike ausgelöst würde?

Die Idee läßt ihn nicht mehr los. Auf der Heimfahrt nach Deutschland arbeitete er schon ständig an Konstruktionsplänen und berechnete die technischen Daten. Jetzt in München ist nun in mühevoller Bastelei ein anschauliches Modell der geplanten circensischer Apparatur entstanden.

»Sieh dir das mal an«, sagt Mischa eines Abends zu Henrike, die eben aus ihrem Wagen herübergekommen ist, um ihn zum Auftritt abzuholen. Wieder sitzt er, schon im Kostüm, über dem Modell seiner Kurvenbahn und zeigt mit einem Schraubenzieher auf die Führungsleiste.

»Ich habe hier vier verschiedene Relais eingesetzt. Sie müssen später die Form von Fallgittern haben und markierte Auslösungen bekommen. Glaubst du, daß du von der Manegenmitte aus innerhalb von vier Sekunden alle Riegel der Auslösung abschießen kannst?«

»Mit der neuen belgischen Automatic vielleicht«, erwidert Henrike nach kurzem Nachdenken.

»Vielleicht, das ist zu wenig, mein Schatz. Hier gibt's kein Vielleicht. Wenn du danebenschießt, breche ich mir das Genick.«

»Dann laß es, Mischa. Ich bin auch nur ein Mensch. Ich möchte nicht noch einmal den Partner wechseln müssen.«

»Gut«, sagt Mischa, »dann werfe ich die Relais heraus und lasse mir was anderes einfallen.«

Er steht auf, greift nach seinem Westernhut, da klopft es, und im Türrahmen steht ein Mann mit sonnenverbranntem Gesicht und leicht gezwirbeltem Schnurrbart. Er breitet die Arme aus und ruft lachend: »Da, schau' her, der Mischa! Grüß dich, Freunderl. Kennst mi nimmer, was?«

Im ersten Moment hat ihn Mischa tatsächlich nicht erkannt, doch dann – ja, das ist doch der Toni! Toni Strassmann, mit dem er vor einem Jahr in Afrika war.

Mischa freut sich, umarmt den Toni und macht ihn mit Henrike bekannt.

»Wie geht's dir denn, alter Junge? Seit wann bist du hier? Und woher weißt du, daß ich wieder beim Zirkus bin?«

»Gekommen bin ich vor einer Woche aus Wien. Und lesen hab' ich schon immer können«, sagt der Toni. »Auf den Plakaten und in den Zeitungen steht doch dein Name ganz groß. Also, mich hat's fast vom Sattel gerissen. Der Mischa ist wieder beim Zirkus.«

Henrike will das Männergespräch nicht stören und verabschiedet sich. »Sie sind nicht bös, Herr Strassmann. Ich hab' mich gefreut.«

»Aber gehn's – ganz meinerseits. Und küß die Hand, gnä' Frau.«

»Wir haben nämlich bald Auftritt«, erklärt Mischa, »ich muß auch rüber zum Chapiteau. Du bist doch in der Vorstellung?«

»I hab' noch ka Kart'n net.«

»Brauchst du nicht, Toni«, sagt Mischa und nimmt ihn freundschaftlich bei der Schulter. »Ich bring' dich schon rein. Und nachher gehen wir irgendwohin – und dann mußt du erzählen.«

Die Maschine aus Rom landet in München mit Verspätung, und als Jakobsen auf der Theresienwiese eintrifft, geht die Vorstellung im Chapiteau schon ihrem Ende entgegen. Jakobsen sucht dringend Carlo. Aber er trifft nur Francis in ihrem Wagen an. Sie sitzt vor dem Spiegel und legt für die Schlußparade ein frisches Make-up auf. »Carlo wird in der Kantine sein«, sagt sie, »aber setzen Sie sich doch zu mir, Jako. Ich bin gleich fertig.«

Noch ein Lidstrich, etwas Puder, dann wendet sie ihr Gesicht dem alten väterlichen Freund zu und fragt: »Nun, wie sehe ich aus? Gefalle ich Ihnen?«

»Nee«, sagt Jakobsen unverblümt, »entschuldige, aber ich darf dir das ja wohl sagen. Du gefällst mir ganz und gar nicht.«

»Ich weiß«, seufzt Francis, »ich fühl' mich auch scheußlich. Ich bin eine müde, alte Frau. Ich will nach Hause. Bleiben Sie noch lange in München?«

»Morgen fliege ich nach Stockholm weiter. Aber ich muß noch ein paar Takte mit Carlo reden.«

Francis dreht sich langsam auf ihrem Stuhl herum. Sie hat plötzlich einen fürchterlichen Verdacht.

»Jakobsen! Sie haben doch nicht etwa wieder einen Vertrag in der Tasche?«

Jakobsen zögert mit der Antwort. Aber sein Blick verrät ihn. »Einen Vertrag noch nicht. Aber ich hätte da vielleicht ein Angebot, eine sehr schöne Sache.«

»Kommt überhaupt nicht in Frage!« Francis ist plötzlich ein hysterisches Nervenbündel. »Das mache ich nicht mit,

Jakobsen. Das stehe ich nicht mehr durch. Begreift denn das keiner von euch? Ich will endlich meine Ruhe haben.«

»Reg dich doch nicht auf, um Gottes willen«, Jakobsen ist richtig erschrocken über Francis' Ausbruch, und er nimmt die junge Frau in den Arm. »Ich sage, ich habe ein Angebot, mehr ist es nicht.«

»Ach, ich kenne Sie doch, Jakobsen, Sie haben Carlo bis jetzt noch jedesmal breitgeschlagen. Aber ich will nicht mehr. Rechnet nicht mit mir.«

Draußen auf dem Vorplatz hört man Rodolfos Stimme rufen: »Francis! Avanti! Die Schlußparade!«

»Ich muß rüber«, sagt Francis und nimmt ihr Cape auf. »Entschuldigen Sie, Jako, ich bin eine hysterische Zicke geworden. Es war nicht bös' gemeint. Aber manchmal drehe ich durch.« Damit läuft sie rasch aus dem Wagen zum Chapiteau hinüber, und mit einem besorgten Blick sieht ihr Jakobsen nach.

Sie sitzen beim Schwarzfischer, einem gemütlichen Bierlokal in Schwabing. Toni Strassmann hat sich ein Selchfleisch mit Knödl bestellt. Mischa ißt ein ungarisches Goulasch.

Sehr gut scheint's dem Toni nicht gerade zu gehen, das hat Mischa schon gemerkt. »Soso, lala«, meint er, »halt wie immer. Du weißt ja, große Pläne, nur momentan hab' i a bisserl Pech.«

Ach, Mischa kennt diese Situationen nur zu gut. Lange genug hat er sich auch mit dem »bisserl Pech« herumgeschlagen.

Nun sind sie beim Erzählen, denn nach dem afrikanischen Abenteuer haben sie nichts mehr voneinander gehört.

» . . . in Toulon haben sie mich dann eine Woche lang festgesetzt, bis die Kaution bezahlt war«, berichtet Mischa.

»Und die hast du Blödhammel g'zahlt«, will der Toni wissen.

»Was sollte ich machen? Aber nun laß – vorbei ist vorbei.«

»Ja, für dich ist's vorbei«, sagt Strassmann, und sein Ton hat plötzlich eine unangenehme Schärfe. »Du kannst dir's ja leisten. Verdienst wieder a Stange Geld und hast die großen Dorias hinter dir. Aber i? I hab' nix durch deine Schuld.«

Mischa sieht den alten Kameraden mit betroffenem Gesicht an. »Durch meine Schuld?«

»Jetzt mach' net so a blödes G'sicht. Hast du mich net reinlaviert in die Geschichte mit der gefälschten Lizenz?«

Mischa sitzt wie vom Donner gerührt. Worauf will denn der Toni hinaus?

»Erzähl keinen Unsinn. Wir waren damals in einer Zwangslage. Wir beide zu gleichen Teilen. Und du warst sehr glücklich, als ich mit der Lizenz ankam.«

»Mag sein«, gibt Strassmann mit einem hinterhältigen Grinsen zu. »Aber i hab' sie net gefälscht. Das warst du!«

Die dicke Kellnerin im Dirndl kommt mit dem Essen an den Tisch. »Bittschön, die Herren – ein ungarisch' Goulasch und einmal Selchfleisch mit Knödl. Wünsche wohl zu speisen.«


»Schade, daß du nicht in der Vorstellung warst«, sagt Carlo, holt eine Flasche Whisky aus dem Eisschrank und setzt sich zu Jakobsen an den Klapptisch. »Viggo hat einen neuen Abgang ins Netz probiert. Angewinkelten Hechtsprung rücklings. Hat mir sehr gefallen. – Soda?«

»Danke. Sag mal, was ist eigentlich mit Francis los? Ich mache mir Sorgen.«

»Ich mir auch, Jako. Aber solange wir hier noch bei Kogler sind, kriege ich sie nicht zum Arzt. Na, noch knappe zehn Tage, dann ist Schluß. Und was bringst du? Was gibt es Neues?«

Jakobsen trinkt erst einen Schluck, dann sagt er fast beiläufig: »Nicht viel, Carlo, die ›Troupe Lorette‹ hört auf.«

Carlo ist überrascht. Die »Troupe Lorette« war immer eine große Konkurrenz für die Dorias. Sie arbeitete mit sehr effektvollen Überkreuzfliegern und war in Amerika immer in ersten Engagements.

»Und warum hören sie auf?«

»Gaston hat sich in Acapulco ein Hotel gekauft. Danny ist als Flieger zu schwer geworden, und Irène laboriert noch an ihrer Wirbelverletzung. Sie wollen nicht mehr. Haben wohl auch genug verdient.«

»Schade«, sagt Carlo mit ehrlichem Bedauern, »war eine gute Truppe. Weltklasse. Ich habe sie in Las Vegas gesehen. Ja, und wer geht jetzt für sie zu Ringling?«

Jakobsen sagt nichts, sieht Carlo nur an – und fast erschrocken begreift der.

»Mach keinen Quatsch, Jako. Wir?«

Jakobsen nickt und klopft auf seine Tasche. »Ich habe Order von Brewster, mit euch Vorvertrag zu machen.«

»Ab wann?«

»Sofort. Sowie ihr hier fertig seid.«

Carlo holt tief Luft, steht auf, geht ein paar Schritte durch den Wagen, trinkt wieder einen Schluck, und setzt sich.

»Nein, Jako, daraus wird nichts. Wir brauchen eine Pause. Du siehst ja selbst, was mit Francis los ist. Und die anderen sind auch fertig. Was will denn Ringling zahlen?«

»Fünfhundert«, sagt Jakobsen.

»Das ist nicht gerade viel«, stellt Carlo fast erleichtert fest.

»Dollars, Mensch!«

Verdammt, das tut weh. Carlo schluckt ein paarmal. Fünfhundert Dollar am Tag, eine Menge Geld. Aber trotzdem, auch dann nicht.

»Jako, man muß auch einmal die Kraft haben, etwas abzulehnen. Wenn ich den Kindern jetzt sagen müßte, in vier Wochen fangen wir bei Ringling an, die schlagen mich tot.«

»Gut, Carlo, ich verstehe dich. Also, vergessen wir's ganz. Denn es könnte ja sein, daß deine Kinder erfahren, du hast ein Fünfhundert-Dollar-Angebot abgelehnt. Und dann schlagen sie dich auch tot.«

Am Tisch beim Schwarzfischer schiebt Mischa seinen noch halbvollen Teller beiseite und stellt mit eisigem Ton fest: »Du willst mich also erpressen?«

»Erpressen? Red' net so gechwoll'n«, sagt Strassmann, der mit gesundem Appetit weiterißt. »Wenn i dir sag', i brauch' zur Starthilfe so an die Zehntausend, dann werd' ich mit einem alten Kumpel darüber reden können. I will's ja net g'schenkt.«

»Zehntausend, Menschenskind, so viel Geld hab' ich überhaupt nicht.«

»Schad«, sagt Strassmann und legt den Kopf auf die Seite. »Aber es wird dir ja wohl net schwerfall'n, für mich a kleinen Kredit aufzunehmen. I nehm' an, die Dorias, die höchstbezahlte Trapeznummer der Welt, sie werden dir ja wohl was vorschießen können . . .«

»Laß meine Familie aus dem Spiel«, fällt Mischa ihm gleich hart ins Wort. »Der habe ich lange genug auf der Tasche gelegen. Ich möchte auch nicht, daß mein Vater etwas davon erfährt.«

»O je, der zartfühlende Sohn«, erwidert Strassmann ironisch und schiebt eine Gabel mit Kraut in den Mund. »Aber wann die Geschichte mit der Lizenz aufkommt, glaubst net, daß dich deine Leut' vermissen werden, wenn du für a Zeitlang ins Gefängnis wanderst?«

»Du bist an der Sache doch genauso beteiligt. Du fällst doch auch mit rein.«

Strassmann lacht triumphierend auf. »I net!« Er klopft auf seine Brusttasche. »Auf dem Papierl hier steht nix von mir. Da steht nur dein Name drauf. Und wenn i damit zum Gericht geh' – du, die san sehr komisch in solchene Sachen. Dann Servus mit dem Zirkus. Servus die Karriere und Servus die schöne Henrike.«

Mischa sieht Strassmann eisig an und sagt voller Abscheu: »Daß du ein solcher Saukerl geworden bist.«

»Besorg mir Zehntausend, und i bin dein bester Freund«, antwortet Strassmann leicht. »Dann kriegst das Papier zurück und bist mich los.«

Jetzt hat Mischa genug. Er möchte dem Kerl am liebsten die Faust ins Gesicht schlagen, aber er beherrscht sich. Angeekelt von dieser schleimigen Niedertracht des einstigen Kumpanen steht er auf und ruft die Kellnerin. »Bedienung! Bitte, zahlen!«

»Ja, zahlen, Mischa! Zur Kasse.« Strassmann grinst, ohne sich beim Essen stören zu lassen. »Und glaub' ja net, daß ich dich auslaß.«


Als Henrike am nächsten Morgen Mischa zum Frühstück ruft, bekommt sie keine Antwort. Sie geht in seinen Wagen und findet Mischa noch im Bett. Aber er schläft nicht. Er starrt zur Decke und wendet nicht einmal den Kopf.

Zuerst denkt Henrike, er hätte wieder getrunken und sei mit Strassmann versackt. In einer Wagenecke liegt die umgestürzte Platte mit dem Modell der Todesspirale. Einzelne Teile sind herausgebrochen. Als Henrike sie aufheben will, kommt Mischas Stimme vom Bett: »Laß den Dreck liegen. Ich brauch's nicht mehr.«

Bestürzt setzt sich Henrike an den Bettrand und fragt: »Was ist denn passiert, Mischa?«

»Ich brauche Geld«, in Mischas Blick liegt eine düstere Verzweiflung. »Ich brauche zehntausend Mark.«

Henrike starrt ihn an: »Zehntausend? Bist du wahnsinnig! Wofür? Etwa für Strassmann?«

Mischa nickt. »Er ist ein Lump. Er hat mich in der Hand.« Und dann berichtet er. »Du weißt ja, als ich vor'm Jahr in Afrika war und alles ging schief . . .«

Henrike nickt. Mischas Leben in den letzten Jahren hat keine Geheimnisse für sie. Seine Rückkehr aus Afrika hat sie auf dem Plattenhof miterlebt. Sie weiß auch, daß er im Kongo illegal gearbeitet hat.

» . . . natürlich habe ich dort mit Strassmann ein paar krumme Touren gemacht«, fährt er fort, »wir brauchten eine Lizenz, und ich hab' sie beschafft. Ich hab' sie gefälscht. Damit ist zwar niemand geschädigt worden, aber kriminell — natürlich ist so etwas kriminell. Und wenn mich der Strassmann jetzt anzeigt, bin ich geplatzt.«

Henrike ist bei dieser Beichte fast etwas erleichtert. Sie hat wohl Schlimmeres erwartet.

»Und glaubst du ernsthaft, danach kräht heute noch ein Hahn«, sagt sie, »die Lizenz einer französischen oder belgischen Behörde, wer interessiert sich noch dafür?«

»Nun, ganz so harmlos war die Sache nicht«, sagt Mischa, »immerhin ging es um eine Firmengründung mit bundesdeutschen Garantien. Also, nennen wir die Sache ruhig beim Namen. Urkundenfälschung und Betrug. Und Strassmann hat den Beweis gegen mich in der Tasche. Meinen Namen und meine Unterschrift auf der Lizenz.«

»Und dafür will er jetzt zehntausend Mark?«

Henrike muß beinahe lachen und sagt jetzt sehr bestimmt: »Nicht einen Pfennig gibst du ihm, Mischa. Höre auf mich und laß dich nicht verrückt machen. Gibst du dem Kerl nach, wird das eine Schraube ohne Ende. Du brauchst deine Nerven jetzt für die Arbeit in der Manege. Bist du denn sicher, daß er dich anzeigt?«

»Ich traue ihm jetzt alles zu. Er riskiert ja nichts. Ein Bankrotteur.«

»Wieviel Zeit hat er dir gegeben?«

Mischa zuckt mit den Achseln. »Der läßt nicht locker, der wird jetzt jeden Tag hier aufkreuzen. Aber ich muß – ich muß ihm die Lizenz wieder abjagen. Vorher habe ich keine Ruhe.«


Der Tag vergeht. Auch der nächste Tag geht zu Ende, und Toni Strassmann hat sich noch nicht wieder blicken lassen.

Die Pressemeldungen und die Plakatüberkleber, daß Circus Krone nur noch wenige Tage auf der Theresienwiese gastieren wird, bringen noch einmal ausverkaufte Vorstellungen. Alle Zirkusfreunde, die die große Trapeznummer der Dorias« nicht gesehen haben, bemühen sich noch um Karten. Einen dreifachen Salto Mortale, wie ihn Viggo zeigt, wird man in München lange nicht mehr sehen. Es gibt sogar viele, die zweimal, dreimal kommen, um den erregenden, den faszinierenden Augenblick zu erleben, wenn nach dem Tusch der Musik die Gardine aufgeht und die fünf »Dorias« im strahlenden Scheinwerferlicht stehen, wenn sie die blauseidenen Capes abwerfen, und dann in ihren silbern-schimmernden Trikots – die beiden Frauen mit blitzenden Diademen im Haar – hinauf in die Zirkuskuppel steigen. Leicht, elegant und schwerelos schwingen, gleiten, fliegen sie dann durch den Raum, silberne Fische im Lichtkegel der Spotlights.

Niemand unter den fünftausend Zuschauern im Chapiteau sieht den »Dorias« an, daß sie schon eine lange kraftzehrende Tournee durch viele Städte und Länder hinter sich haben. In München präsentieren sie sich noch einmal in ihrer ganzen Brillanz und sind der Höhepunkt der ganzen circensischer Schau.

Auch Francis reißt sich zusammen. Nach der doppelten Passage klopft sogar Viggo ihren Arm und flüsterte: »Sehr gut, meine Kleine. Du warst nie besser.«

Doch dann, kurz vor dem Todessprung, als sie in der Zirkuskuppel auf dem schmalen Absprungbrett steht – unter sich die ungeheure Tiefe des Raumes, in der Sascha im Fangstuhl pendelt und ihr das Zeichen gibt – ist das verdammte Gefühl der Unsicherheit wieder da. Es beginnt in den Knien wie eine leichte Lähmung. Unter ihr – der helle Kreis der Manege, die Masten, die Schweinwerfer – alles fängt an sich vor ihr zu drehen. Jetzt kommt der Trommelwirbel.

Francis fängt an zu zählen, legt sich die schwarze Binde über die Augen, bei neun springt sie ab, streckt die Arme aus – sie hört noch den Aufschrei im Publikum, als sie Saschas nach ihr greifenden Hände verfehlt – dann schlägt sie hart im Netz auf, und es wird dunkel um sie.

Als Francis wieder aufwacht, liegt sie nackt unter einer leichten Decke auf ihrem Bett. Sie sieht über sich das bebrillte Gesicht des Arztes mit umgehängtem Stethoskop. Hinter ihm erkennt sie Rodolfo – und sehr rasch kehrt nun auch ihre Erinnerung zurück. Aha, ich bin wohl ins Netz geschmiert. Dumme Geschichte. Immer dieser leichte Schwindel in letzter Zeit.

»Bewegen Sie noch einmal den Kopf«, hört sie jetzt die Stimme des Arztes, »ja, danke.«

Francis spürt die tastenden Griffe an ihren Nackenwirbeln, an den Schultergelenken. Keine Schmerzen.

»Bin ich in Ordnung, Doktor?«

»Sie haben Glück gehabt«, sagt der Arzt, »kein Bruch, keine Zerrung, etwas geprellt, eine leichte Ohnmacht.«

Er wendet sich an Rodolfo: »Sie sind der Ehemann, ja?«

Und als Rodolfo nickt, sagt er: »Dann lassen Sie mich trotzdem mal für'n Moment mit Ihrer Frau allein.«

Rodolfo ist draußen, der Arzt setzt sich zu Francis ans Bett und sieht sie forschend an. »Ja«, sagt er. »Sie sind in Ordnung. Aber könnte es nicht vielleicht sein, daß Sie ein Baby erwarten?«

Francis hält seinem Blick stand, dann lächelt sie und nickt.

»Und seit wann wissen Sie's?«

»Seit zwei Monaten«, sagt Francis.

»Ja, sind Sie denn verrückt? Da arbeiten Sie noch am Trapez«, sagt der Arzt fast entrüstet. »Weiß Ihr Mann davon?«

»Nein, keiner weiß etwas«, antwortet Francis. »Ich wollte noch durchhalten. Wenigstens noch die letzten Vorstellungen. Wenn ich Rodolfo oder meinem Vater etwas davon gesagt hätte, hätten sie mich doch nicht mehr arbeiten lassen. Unsere Nummer wär' geplatzt, und . . .«

»Na, wenn schon. Aber so gefährden Sie doch auch das Kind.«

»Ach, wissen Sie, Doktor«, sagt da Francis, »als mein erstes Kind kam — in einem Schneesturm bei Oslo, da habe ich auch gearbeitet. Ich bin trainiert. Wir Artisten sind nicht so zimperlich.«

»Mag sein«, sagt der Arzt abschließend, »aber jetzt ist Schluß, verstanden? Solange ich hier noch tätig bin, gibt's keinen Todessprung mehr, keine Passage, nichts. Versprechen sie mir das?«

»Ja«, sagt Francis, »ich verspreche es.«

Nach dem ersten Schreck kehrt bei den Dorias die große Freude ein. Rodolfo springt herum und umarmt alle in einem Glücksgefühl. Ein Bambino. Alles ist gut. Francis bekommt Bambino! Carlo strahlt: »Diese Banditen! Jetzt machen die mich zum vierfachen Großvater!«

Auch Kogler gratuliert und verspricht sogar ein Faß Bier auszugeben. »Den Todessprung bin ich damit zwar los. Aber Nachwuchs bei den Dorias, das muß gefeiert werden.«

Henrike und Mischa erfahren die gute Nachricht erst nach ihrem Auftritt.

»Aber jetzt werde ich wohl nicht mehr Kindermädchen bei Francis spielen können«, sagt Henrike.

»Nein«, sagt Mischa, »nun hast du ein großes Kind, auf das du aufpassen mußt.«

Gemeinsam gehen sie vom Chapiteau über den Platz zu ihrem Wagen zurück, da löst sich vor ihnen eine Gestalt aus dem Schatten und tritt in den Lichtschein des Tiefstrahlers.

»Servus, Mischa«, sagt Toni Strassmann. »Küß die Hand, gnä' Frau.«

Henrike ist vorangegangen. Die beiden Männer sind allein.

»Also, was ist, Freunderl? Hast was für mich?« fragt Strassmann.

»Ja«, sagt Mischa, »ich hab' was. Nicht alles, natürlich,

einen Teil. Aber du mußt bis zur Schlußparade warten. Ich muß noch zum Finale rüber. Kannst am Sattelgang auf mich warten.«

»Und du kommst bestimmt?«

»Wenn du die Lizenz in der Tasche hast . . .«

»Ja, was meinst denn. Wir sind doch ehrliche Geschäftsleute.«


Die Schlußparade ist vorbei. Die Finalmusik und der Applaus verklingen, und das Publikum strömt aus dem Chapiteau.

Am Sattelgang steht Strassmann, raucht nervös eine Zigarette und wartete. Mischa kommt als einer der letzten Artisten aus dem Zelt. »Komm, gehen wir«, sagt er kurz und zeigt in Richtung der Stallzelte.

»Wohin?« fragt Strassmann etwas unsicher.

»Zu meinem Wagen, da sind wir allein. Aber wir gehen hintenrum, ich möchte nicht, daß dich jemand sieht.«

Stumm und mit verschlossenem Gesicht geht Mischa mit Strassmann am Elefantenstall vorbei, dann am Pferdezelt. Nun sind sie bei den Käfigwagen der Raubtiere. Kein Mensch ist hier zu sehen. Lilly ist in ihrem Wagen, Bruhns stellt im Chapiteau den Laufgang zusammen. In dem großen Doppelkäfig streichen Aki und Mayo, die beiden Bengaltiger, unruhig am Gitter entlang und warten auf die Fütterung. Mischa bleibt stehen.

»Schau mal, Toni, zwei liebe Kätzchen.«

»Geh schon«, sagt Strassmann, »zweibeinige Katzerln san mir lieber.«

Und da schlägt Mischa zu. Er jagt dem Strassmann mit seiner gesunden Faust einen fürchterlichen Hieb in den Magen. Strassmann bricht stöhnend zusammen. Mischa reißt am leeren Teil des Gitterkäfigs die Tür auf, schlägt noch einmal zu, als Strassmann hochtaumelt. Dann packt er ihn, zerrt ihn hoch und schleift ihn zur offenen Käfigtür. Noch ein Stoß! Strassmann ist im Käfig, hinter ihm fällt der Riegel ins Schloß und neben ihm springen die beiden aufgeschreckten Tiger mit wildem Gebrüll an den Gitterstäben hoch.

»Bist du verrückt? Laß mich raus, du Hund«, schreit Strassmann, der sich nun wieder aufgerappelt hat. Er rüttelt an den Eisenstangen, wirft einen entsetzten Blick auf die Tiger, die nur durch eine Gitterwand von ihm getrennt sind, und fängt dann an zu brüllen? »Hilfe! Hilfe!«

»Schrei nicht so, Toni«, sagt Mischa, »du machst nur die Tiger wild. Es hört dich doch kein Mensch. Fütterung ist erst in einer halben Stunde.«

»Du Miststück! Laß mich raus«, schreit Strassmann voller Wut und Angst.

»Hör zu, Toni«, sagt Mischa ganz ruhig, »du kommst raus, wenn ich die Lizenz habe. Also, gib sie her – wirf sie durchs Gitter.«

»I denk' net dran. I laß mich net prellen«, schreit Strassmann und fängt wieder an um Hilfe zu rufen.

Doch jetzt sagt Mischa sehr bestimmt: »Toni, ich mach' keinen Spaß. In einer halben Minute hab' ich die Lizenz – oder ich ziehe das Schiebegitter auf. Und dann bekommst du Gesellschaft.«

»Das ist Mord«, schreit Strassmann in seiner Todesangst.

»Nur ein Unfall«, sagt Mischa, »ein ganz unbedeutender Unfall. Du hast noch zehn Sekunden.«

Da scheint Strassmann doch zu begreifen, daß Mischa wirklich ernst machen will. Mit verzerrtem Gesicht greift er in seinen Rock, entnimmt der Brieftasche das Lizenzformular, und wirft es durch das Gitter nach draußen. »Da hast den Dreck!«

Mischa hebt das Papier auf, studiert es sehr sorgfältig. Dann nickt er befriedigt. Es ist tatsächlich die von ihm unterschriebene Lizenz. Nun nimmt er ein Feuerzeug aus der Tasche, zündet es an und an der Flamme läßt er das Papier langsam verbrennen.

»So, jetzt komm' raus«, ruft er dem Strassmann zu.

Der letzte Tag auf der Theresienwiese. Die letzte Vorstellung als Abschluß der sehr langen Tournee. Im Bürowagen packt man schon zusammen. Die Kartei, die Personalpapiere, die Steuerunterlagen. Helga ist bei den Gagenabrechnungen für die Artisten. Horn kommt mit den Stallberichten und den Futterlisten. Das Telefon klingelt — und immer die gleiche Antwort auf die gleiche Frage: »Nein, wir verlängern nicht. Heute abend ist die letzte Vorstellung.«

Das große Abschiednehmen ist gekommen. Carlo sitzt im Direktionswagen, und Kogler macht eine Flasche Sekt auf. »Ich danke Ihnen, Carlo«, sagt er dann etwas bewegt und hebt sein Glas, »es war eine schöne Zeit mit Ihnen.«

»Ach, jetzt machen Sie mir meine ganze Rede kaputt«, erwidert Carlo, »dasselbe wollte ich Ihnen gerade sagen.«

»Na, dann lassen wir doch die Sprüche«, Kogler lacht, »trinken wir lieber auf den großen, wunderbaren Carlo Doria, auf seine Kinder, auf die ganze Doria-Familie.«

»Und ich trinke auf den Zirkus. Auf Ihren, Herr Kogler, und auf den ewigen Zirkus in aller Welt, der nie untergehen wird.«

Auf der Grasfläche der Theresienwiese ist in den nächsten Tagen nur noch ein heller, kreisrunder Fleck als letzte Spur des abgebauten Chapiteaus geblieben. Dort war die Manege. Der Herbstwind weht aufgewirbeltes, gelbes Laub darüber hinweg. Bald wird der erste Schnee fallen.

# ROBERT LUDLUM
# Das Parsifal Mosaik

632 Seiten, Ln., DM 34,–

**Es ist der Roman über einen Mann, der aus Bruchstücken das Bild eines unglaublichen Täuschungsmanövers zusammensetzt, das, sollte es je gelingen, alle internationalen Verträge außer Kraft setzen und die Welt in den nuklearen Krieg stürzen würde.**

**Ein Thriller, der sich allen Vergleichen entzieht, weil er neue Maßstäbe in diesem Genre setzt.**

**ERSCHIENEN BEI HESTIA**